モブ同然の悪役令嬢は男装して攻略対象の座を狙う

2

著　岡崎マサムネ
イラスト　早瀬ジュン

TOブックス

Mob dozen no akuyaku reijou ha dansou shite kouryaku taisho no za wo nerau

CONTENTS

イラスト 早瀬ジュン
デザイン モンマ蚕（ムシカゴグラフィクス）

CHARACTERS
登場人物＆関係図

エリザベス・バートン

平凡な公爵令嬢だったが、前世の記憶を思い出したことをきっかけに悪役令嬢としての運命を脱すべく、男装して攻略対象になると決めた。今や立派な最モテ軟派騎士。

Before

エドワード・ディアグランツ
ディアグランツ王国の王太子
一見優しげな美少年
スキ♥
面倒くさい上司
スキ♥
頼れる親友
アイザック・ギルフォード
宰相家の三男坊
真面目系眼鏡キャラ
スキ♥
過剰に
崇拝してくる弟子
ロベルト・ディアグランツ
ディアグランツ王国の第二王子
エリザベスの元婚約者。脳筋。
スキ♥
かわいい義弟
クリストファー・バートン
バートン公爵家の養子
エリザベスの義弟
攻略されてみせる!
(己の幸せな未来のために)
乙女ゲームのヒロイン?

プロローグ

ついに迎えた四月。

入学式のこの日、主人公《ヒロイン》が私と同じ二年生として編入してくることで、乙女ゲームが始まる。

幸せを掴むために男装という手段を選んだ私が、この乙女ゲーム「Royal LOVERS」の攻略対象になれるかどうか。すべてはこの一年にかかっている。

制服を纏《まと》って、鏡の前でくるりと回る。

髪は大して伸びなかったが、少し長さの出た前髪を立ち上げ、額を出すことでロベルトとの差別化を図ることにした。

ぐっと大人っぽくなって、顔の系統ともマッチしている。我ながらよい出来だ。

ツーブロック部分はそのままなので洗いやすさもお墨付きである。

いつも額を出しているキャラが髪を下ろす、というのが好きな女子は多い。正装のときだけ額を出すロベルトとは逆のギャップを狙った形だ。何かしらのイベントで前髪を下ろす機会を狙おう。

髪型に合わせて少し化粧も変えたが、自分ではなかなかに盛れていると思う。

鼻筋が通って見えるので、特に左斜め後ろからがベストアングルだ。

卒業式でご令嬢たちにむしり取られた制服のボタンは侍女長がぷりぷりしながら付け直してくれ

た。シークレットソールを仕込んだ革靴もぬかりない。

脱いだら文句なしの細マッチョ。腹筋も腹斜筋も仕上がっているし、腕まくりをして力を入れれば女子垂涎《すいぜん》の筋と血管がお目見えする。

今年にピークを持って来るためにすべての努力をしたと言っても過言ではない。

その甲斐あって、顔よし、身長よし、筋肉よし。

間違いなくこの十年で一番のコンディションだ。

頑張った。よく頑張ったぞ、エリザベス・バートン。

イケメているぞ、エリザベス・バートン。

心の中で自分を労っていたところで、控えめなノックの音が部屋に響く。

ドアを開けると、クリストファーが意を決したような表情で私を見上げていた。

当然だが、彼も制服を身に着けている。

乙女ゲームの立ち絵を思い出した。攻略対象として登場するクリストファーとは髪型も違うし、制服も着崩さずきっちりと着ているが……かわいらしい顔つきはゲームそのままだ。

「姉上、あの」

「ん？　どうした、クリストファー」

クリストファーが大きく息を吸って、わっと勢いよく叫んだ。

「ぼ、ぼく！　学園では姉上のこと、『先輩』って呼ぶので!!」

大きな声に面食らう。

おお。これはあれか。

ママからお母さんに呼び方が変わるような。もっと言えばお母さんからお袋に呼び方を変えるような。思春期男子だったら、誰もが一度は通る道なのではないだろうか。大きくなったな、クリストファー。

……なんちゃって。

きっとこれは、原作の乙女ゲームのストーリーを守るための回帰力というか強制力というか、そういった力の働きなのだろう。

クリストファーは、主人公に「ただのクリス」と名乗るのだ。自分の生い立ちを語りたがらず、家族のことを話したりもしない。そんなキャラクターが、学園で主人公と同じクラスの令嬢のことを「姉上」なんて呼んでいたら矛盾が生じてしまう。

それを避けるには、クリストファーが私を呼ぶときの呼び方を当たり障りのないものに変更しておく必要があるのだ。

そしてクリストファーがそれを言い出すということは……逆説的に、ゲームが確実に始まるのだということを意味している。

攻略対象の四人にはそれぞれ、ゲームとは異なる点が生じていた。

王太子殿下は早々に他国に療養に行ってしまったし、アイザックは試験での敗北を経験し、クリストファーは元の家と決別した。ロベルトに至っては大幅なキャラ変をしている。

原作とは大きく異なる状況から、乙女ゲームが始まらないという可能性もあった。

しかしクリストファーの台詞は、この原作と少しずれた世界であっても辻褄《つじつま》を合わせながらゲームが始まっていくことを悟るには、十分すぎるものだった。

「ああ、分かったよ」

私はクリストファーの瞳を見据えて、頷く。

絶対に主人公に攻略されるぞ、という強い決意を込めて。

人は見た目ではない、大切なのは中身だ

新入生の集合場所へ向かうクリストファーと馬車の前で別れ、私は学内を歩いていく。

すれ違うご令嬢からの「ごきげんよう」のシャワーに笑顔で手を振りながら歩を進めていると、だんだんと人影がまばらになってきた。

目的地である中庭に到着する。そこには、誰もいなかった。

本来、この中庭で主人公──デフォルト名「リリア・ダグラス」と出会うのは、王太子殿下だ。

迷子になって中庭に迷いこんだ主人公が王太子殿下と出会う、通称出会いイベントである。

慌てた様子で「あの、わたし、猫を追いかけていたら、迷子になってしまって」と言う主人公に、クス、と笑った殿下は「きみ、面白いね」とか何とか言って、彼女を講堂へ案内する。

面白いのハードルが低すぎないか？　箸が転んでもおかしい年頃なのか？

あと優美な美形キャラの「クス……」って笑うあれ、何なのだろう。

一応私も練習したが、どうにも気恥ずかしくて咄嗟《とっさ》に出来る気がしない。

ゲームではその後、講堂で在校生挨拶をする殿下を見て「せ、生徒会長!?　それにエドワードって、王太子殿下じゃない！」とびっくりする、というところまでがセットのイベントだ。

今、殿下はこの国にはいない。私が殿下に成り代わってイベントを横取りするのは、赤子の手を

捻るより簡単なことだ。ただ、この中庭で待っていればよいのだから。

本来このイベントは、ロベルトの出会いイベントと対になっている。

入学式の会場に向かう主人公のところに子猫が現れ、「子猫を追いかける」を選ぶと王太子殿下の出会いイベント、「子猫を呼んでみる」を選ぶとロベルトの出会いイベントに分岐するのだ。

ちなみに入学式後には、同様にアイザックとクリストファーとの出会いイベントが控えている。

ここで出会っておくと好感度の初期値が上がり、かつ、初日の自由行動の画面で出会ったキャラは一足先にマップに表示されるようになる。

好感度管理の厳しい殿下を攻略したいのならば外せないイベントだ。

……まぁ、この世界の主人公がそんなことを知る由もないのだが。

王太子殿下と対になるはずのロベルトはといえば、現在講堂の舞台裏で在校生挨拶の文面を頭にねじ込まれている最中である。

生徒会長が不在の今、副会長が代役をするのが通常だろうが――攻略キャラを差し置いてモブが代表の挨拶をするわけないだろうという乙女ゲームの世界機構的な忖度が働いた結果、前年度の期末試験の首席であり第二王子であるロベルトが挨拶の大役を仰せつかったのだ。

一瞬優秀になったかと思いきやすっかり元気ながっかり第二王子に戻った彼が、今頃教員と生徒会役員たちに詰められてヒィヒィ言っているだろうことは想像に難くなかった。

そう。王太子殿下が西の国に旅立ったおかげで彼の出会いイベントを横取りできたばかりか、ロベルトが彼の代理になったことにより対の選択肢さえ消滅したのである。

主人公はこの中庭に来て、私との出会いイベントをこなすしかない。

ありがとう王太子殿下。元気になって帰って来いよ。……もうしばらくそっちにいた後で。

西の空――まぁどっちが西か正直よく分かってないのだが――に感謝の念を飛ばしていると、がさりと植木が揺れる音がした。

植木の隙間から、子猫が飛び出してくる。

私の前まで来ると、子猫は急ブレーキののちUターンして逃げていった。相変わらず、動物には嫌われている。

ふと、この間見た夢を思い出した。悲しいかな、私から逃げない猫など現実にはいるはずがない。

子猫の来た方へ視線を向ける。

そこには――制服を着た少女が立っていた。


なるほど、愛らしい。

それが彼女を見た最初の感想だった。

ゲーム内では主人公の顔はあまりはっきりとは描かれず、外見の描写としては紅のセミロングの髪、背があまり高くないことと、他には自称「地味で普通の庶民の子」という程度だったはずだ。

しかし実際に主人公を目の前にしてみれば、これのどこが地味で普通？　目ん玉どこについてんだ？　と聞きたくなるほど、可憐で清楚で華奢で笑顔がキュートでありながら芯が強そうで、何もしていなくても「この子はきっと素敵な女の子に違いない！」と思わせるような力がある……早い話が、千年に一度の美少女だった。

いや、分かる。乙女ゲームの主人公は得てして自分の見た目に自信がないものだ。それは理解している。

しかしそれにしたってこれはないだろう、と思った。家にまともな鏡があれば、「地味で普通」などと謙遜であっても言えないはずだ。

これで地味で普通だというのなら、派手で普通でないのはパリコレモデルくらいになってしまう。

というか、このイケメン至上主義の世界である。

普通に考えて、いくら主人公とはいえ可愛くない女の子が優遇されるはずがない。

ここまでかなりモテテクを磨いてきた私ではあるが、万一相手が平安美人だった場合にはその能力を遺憾なく発揮できたかは怪しい。

いや、どうであれやりきるつもりではあったが、かなり覚悟のいる話になるところだった。

よかった、アリだ。全然アリだ、むしろばっちこいだ。

「あれ？　こんなところでどうしたのかな？」

長いコンパスを生かして悠々と、しかし一気に距離を詰める。

彼女は一瞬私を見上げるが、すぐに視線を外してしまう。

俯いて落ち着きなく手で顔を触る、言ってしまえば挙動不審なその様子に強い違和感を覚えた。

何だろう。何か、ものすごく……見覚えが、あるような？

「あっ、いえそれはあっ、わた、わたみ、道に迷っ…フヒッ、オッフ、だからあの、あっ、迷子で、デュフヒッ」

彼女が小さくボソボソと、早口で呟いた。その口調に、思考のすべてを持っていかれてしまう。

私の脳内に氾濫したのは「アチャー」という感情と、「お仲間だ」という感情だ。

そう。理由はうまく説明できないが、私にははっきりと分かった。

彼女は私と同じ、転生者だ。

それも、オタク……お仲間だ。

何故かと言われても説明はできない。最早直感でしかなかった。しかし、間違いないという妙な確信があった。

次にやってきたのは、「これ、アリか？　イケるか？」という感情だった。

見た目はたいそう愛らしい。愛らしいが、この喋り方はいただけない。

何故かは分からないがものすごく既視感があり、見ているだけで身につまされるというか、恥ずかしくて胸のあたりがギューっとなってしまう。

人は見た目ではない、大切なのは中身だ。中身を重視するのであれば、初対面の相手に「デュフヒッ」とか言ってしまうご令嬢は百パーセント事故物件である。

ときめきで胸をキュンとさせるべき主人公が、共感性羞恥で攻略対象の胸をギュッとさせるなど許されない。

というか庶民として育ってきたにしろ、この世界で生きてきた十六年だか十七年のうち、どこかでこの性格は矯正されなかったのだろうか。前世が色濃く出過ぎである。

……いや、この世界は乙女ゲームの世界。見た目重視のイケメン至上主義世界だから、「デュフヒッ」も見た目が可愛ければOK！　と許されてきた可能性すらある。

攻略対象たちよ、この子に惚れるのか？　いくら可愛くたって「デュフヒッ」だぞ？

これも万能の外見効果で「他の女の子とは違う感じがして心惹かれる」に変換されるのだろうか？

だとしたら攻略対象、言っては何だが全員馬鹿である。

人を見る目がない。そんな奴らに国営を任せられるか。

だいたい庶民だってそうそう「デュフヒッ」なんて言わない。

私は笑顔を取り繕ったまま、鼻から深く息を吸って、口から吐く。

大丈夫、見た目は可愛い。大丈夫。

外見を重視して中身には目をつぶるのがこの世界の摂理なら、攻略対象たらんとする私はそれに従うべきだ。

そうだ。攻略していくうちに、彼女が普通のご令嬢になっていく可能性だってあるはずだ。

実際ゲームの中の主人公も、最初は貴族の作法など全く分からないという設定だが、攻略対象のサポートを受けて徐々に礼儀作法を学んでいく。

少なくとも「これに惚れたの？　頭大丈夫？」と（私が）思われない程度にはなってもらえたら

……いや、過度な期待は禁物だ。他人の変化をあてにしていても、ろくなことにならない。

変えよう。私の感性を乙女ゲームナイズしよう。

出来るか分からない覚悟を決めつつ、私は主人公に向き直る。

「道に迷ったってことは、新入生かな？　じゃあ……」

そっと彼女の手を取って、跪く。これが嫌いな女の子などいるものか。

ちなみに、制服の襟の色で同学年であることは分かっている。この後同じクラスになったときに「編入生だったんだね」とか話しかけるために言ってみただけだ。

「講堂まで、私にエスコートさせていただけますか？　素敵なレディ」

指先にキスを落として、気障ったらしくウィンクしてみせる。

彼女は「ぼん！」と音と湯気が出そうなくらい勢いよく赤面した。私を見る瞳の中にハートマークが見える気がする。

返事はなかったが、軽く腕を引くとついてきた。拒まれてはいないようだ。

ついでなので、もう一押ししておこう。

「そうだ。せっかくこうして会えたのだから、学園を案内するよ。さ、ついておいで」

「えっ、あっ、えっ⁉」

「入学式なら心配しなくていいよ。先生に怒られないように、うまく合流させてあげるから」

いたずらっぽく笑って、彼女の手を取り歩み出す。

キョロキョロ辺りを見ていたり、こちらがこんなに見つめているのに目が全く合わなかったりと挙動不審な感は満載だが、ちょこちょこと歩いてついてくる様はなんとも可愛らしい。

見た目が可愛いというのはやはりすごいな。

「おかしいな、『子猫を追いかける』を選択したら、王太子との出会いイベントが発生するはずなのに」

ぼそりと聞こえてきたのは、やたらと早口な彼女の呟きだった。

独り言と言うには大きく、私に話しかけているにしては小さい声だ。思わず振り返りそうになったが、なんとか聞こえていないフリをする。

いけない。大きな独り言を言うタイプだ。

途端に彼女が心配になってきた。

ゲームのストーリーを知っている――つまりこれから起きることを知っているというのは、この世界の住民からしてみれば未来視に等しい。

未来が分かる人間を、どんな手段を使ってでも手に入れたいと思う輩はいくらでもいる。それこそ貴族社会には掃いて捨てるほどいるだろう。

ただの独り言の多い女の子で済んでいるうちに、この癖は矯正したほうがよさそうだ。

……まぁ、私にとっては彼女の考えを知るよい手段なので、癖が直るまではカバーしつつもせいぜい活用させてもらうとしよう。

「このイケメン、誰なんだろ。隠しキャラ？　でも隠しキャラはヨウしかいないはず……あ、別ハードのリメイク版で追加される新キャラとか？」

ぽんぽんと出てくる単語はどれも今世では耳馴染みのない言葉のはずだが、不思議とすいすい理解ができる。彼女もこの乙女ゲーム「Royal LOVERS」をプレイしたことがあるらしい。しかもそれなりにやり込んでいたと見える。

だとすれば、彼女は主人公らしく「イベント」を起こそうとするはずだ。

ならば私はそのイベントに先回りして、他の攻略対象から奪ってしまえばよい。

他の攻略対象の好感度を上げさせず、かつ私のルートに進ませるためにはこれが一番合理的だ。

利用できそうなイベントの記憶を引っ張り出しながら、私は微笑みを絶やさず彼女を先導した。


主人公と別れて教室に着くと、ご令嬢たちに囲まれて挨拶を受けた。

ついでに見回してみたが、クラスメイトはほとんどが見知った顔ばかりである。

当然か、と思う。この学園は一学年四クラスだが、特別クラス二クラスと、一般クラス二クラスに分かれている。これは身分や学力、諸々の忖度によるクラス分けであり、学年が変わっても特別クラスは特別クラス、一般クラスは一般クラスの中でメンバーチェンジするだけなのだ。

しかもたいていが高位の貴族。まともな社交性があるのならば、入学時からすでに顔を知らない相手の方が少ないくらいだろう。

その中に編入する元庶民の主人公のことを思うと、胃が痛くなった。

ゲームをプレイしている時はそういう設定だからと特に違和感はなかった——どころか、ありきたりだと思っていた——が、いざ自分と同郷の女の子がその立場におかれるのを目の当たりにすると、自分だったら胃潰瘍《いかいよう》になりそうだなと考えてしまう。

ゲームの都合上当然ながら、ロベルトもアイザックも同じクラスにいる。男子生徒と談笑していたロベルトは私の視線に気づいて礼を返し、アイザックは座って手元の本を読んでいた。

少しして、教室のドアが開く。少し着崩したスーツ姿の男が入って来た。見覚えのある顔だ。

「静かに。えー。今年お前たちの担任をすることになった、カイン・フィッシャーだ。一年間よろしく。……さっそくだが、今日は編入生を紹介する。入れ」

かつん、かつん。

一気に静まり返った教室に、ローファーの踵の音が響く。

紅の髪の少女が、黒板の前に立つ。

ぺこりと深くお辞儀をして身体を起こし、はらりと落ちた髪を耳にかけた。

少し俯いてはにかむその表情に、皆が見惚れていた。ごくり、と喉を鳴らす音すら聞こえた気がする。

「り、リリア・ダグラスです。よ、よろしくお願いしまひゅ！」

か〜わ〜い〜い〜！

……いけない。一瞬我を失うほど可愛らしかった。

長年培ったポーカーフェイスと淑女教育の効果で顔には出ていない、と思いたい。

周囲を見渡すと、男子生徒は皆同じように顔が蕩けている。

すさまじい。これが主人公力《ヒロインちから》。モブではひとたまりもない。

その中でアイザックとロベルトだけは、いつもと大して変わらない表情だった。

確かに攻略対象の顔が溶けていては格好がつかない。ここで顔を溶かさないのが、攻略対象たる要件なのだろう。

気を引き締めて、余裕ぶった微笑を浮かべる。そして彼女……リリアに小さく手を振ってみせた。

こちらに気づいた彼女の表情に「あ」という驚きが広がる。

「あ〜！　あの時の〜！」作戦、とりあえずは成功だ。

「はい。皆、仲良くするように。……それじゃ、次はお楽しみの席替えだ。各自くじを引いて、番号の席に座りなさい」

教師の案内で、皆でくじを引いていく。

ちなみに、この教師はファンディスクで攻略可能になるサブキャラクターだ。見覚えがあるわけである。まぁ、ゲーム本編では攻略できないので、今はマークしておく必要はないだろう。

くじに書かれた番号の席に座る。廊下側の端っこだが、一番前だ。居眠りは出来そうにない。

かたんと椅子が引かれる音に振り向けば、私の左側の席に座ろうとしているリリアと目が合った。

余裕の微笑を崩さないまま、心の中でガッツポーズする。

隣の席をゲットできるとは幸先がいい。ほかの攻略対象たちと比べて、一歩リードだ。

一番前とはツイていないと思ったが、とんでもない。ツイている。今宝くじを買ったら当たる気がする。隣の席とか、学園モノっぽくてとてもよいではないか。

「隣だね」

そっと小声で告げてウィンクしてみせると、リリアの顔がぽっと赤くなった。

「先生」

アイザックが私たちの横をすり抜けて、担任の教師に歩み寄っていく。

「僕は一番後ろでは黒板が見えません」

「ああ、そうだったな。じゃあこの列の一番前に来なさい。皆一つずつ後ろにずれるように」

「え」

リリアが私に少し残念そうな視線を投げながら、席を立つ。そしてひとつ後ろの席に移動していった。伏し目がちにすると睫毛の長さが際立って、ついつい目で追いかけてしまう。

代わりに、見慣れた眼鏡の男が隣にやって来る。いや、彼も睫毛は長いのだが。

「また隣だな、バートン」

「……そうだな、アイザック」

ふっと勝ち誇ったように笑うアイザック。

何だ、その顔は？　リリアと私が隣同士になるのを阻止したいのか？

……いや、この朴念仁がそのような機微を理解しているとは思えない。偶然だろう。

隣の席でないのは残念だが、幸い私は左斜め後ろからが一番盛れる角度だ。

リリアはすでに私のことが気にかかっている様子だし、ここはことあるごとに後ろから私の横顔を眺めて気持ちを育てていってもらうことにしよう。


昼休み。誰もが好奇の目をリリアに向けていた。

可愛すぎる容姿はもちろんのこと、この学園では編入などめったにありえない。

しかも彼女の名前……姓を聞けば、誰もが貴族たちの間で囁かれている噂を思い出すだろう。

――ダグラス男爵が、聖女を養子に迎えた。

真偽の分からなかったその噂は、彼女がこうして王立第一学園に編入してきたことで裏づけのある確かなものになった。少なくとも貘くらいには実在性が出てきただろう。

本来であれば、男爵家の子息が王立第一学園に……それも、特別クラスに編入することなどありえない。それこそ、聖女でもない限り。

聖女というのはこの世界でほぼ唯一のファンタジー要素、「聖女の祈り」を使う者のことだ。有り体に言えば治癒魔法のようなもので、怪我や病気を治療することが出来るという。

先代の聖女は五十年ほど前に亡くなっていて、私たち若者はその存在をほとんど伝説上の生き物のように聞かされているだけだ。

言ってみれば急にツチノコが現れたようなものである。見るな、気にするなと言う方が無理な話だ。

クラス中から向けられる視線に、リリアはすっかり縮こまってしまっている。

それを横目に、私は椅子に座ったまま体を反転させると、斜め後ろの席の彼女に話しかけた。

「驚いた。編入生だったんだね。リリアって呼んでもいいかな?」

「あ、え、えと、はい、あの」

「分からないことがあったら何でも聞いて。どこへでもエスコートするよ」

にこりと微笑むと、彼女の頬がまたぽっと赤く染まった。

それにしても、名前がデフォルト名でよかった。「†暗黒闇夜姫†《シュヴァルツ・ヴァルキュリア》」とか「りりめろ」とかだったら、平常心で呼べたか自信がない。

字面で見るのと口に出すのとではハードルの高さが段違いだ。

「あ、あの」

リリアが私をちらちら窺いながら、何か言おうとしている。

そこでふと気づいた。そうだ、今年は彼女以外は自己紹介がなかったな。

「ああ、ごめん、名乗っていなかったね。私は……」

「先輩！」

聞き慣れた声の、聞き慣れない呼び名が耳に飛び込んできた。

廊下からクリストファーがぴょこんと体を覗かせている。彼は私の顔を見て、ほっとしたように口許を綻ばせた。

「クリストファー」

「く、クリストファー？」

彼を呼ぶと、リリアが私の言葉を繰り返した。

きょとんとした顔で、クリストファーが彼女を見る。

「えっと……すみません。どこかでお会いしたこと、ありましたか？」

「あっ、え、す、すみません！　ひ、人違いでしゅ、え、へへへ」

リリアはがばりと顔を下げて俯くと、指先をいじいじと弄んでいる。

今のも大きな独り言のつもりだったのだろう。

クリストファーの見た目は、ゲームとは少々変わっている。一見して分からなくても無理はない。

「どうしたんだい、クリストファー。わざわざ二年生の教室まで」

「あねう……先輩と一緒にお昼ご飯を食べようと思って」

「クラスの友達は？」

「先輩と食べたいんです」

頬を膨らませるクリストファーに、違和感を覚える。普通、姉よりも新しい友達と食べたいものではないだろうか。

そんなことを言うなんてもしかしてうちの弟、入学早々クラスでいじめられているのだろうか？

その考えに思い至って、クリストファーがしきりに私に「友達できました？」と聞いてきた理由が分かった気がした。そうか。自分に友達が出来るのか、不安だったのか。

「たい……バートン卿も食堂ですか？」

「ロベルト」

お兄様に弟のメンタルケアについて相談しようと考えていると、今度は前から声が掛かった。

いつの間にか机の前に来ていたロベルトが、いつものキラキラを私に飛ばしながら立っている。

「ろ、ロベルト⁉」

リリアがぶん、と頭を振ってロベルトを見る。

ロベルトは一瞬目を見開いたが、その後すっと姿勢を正し、彼女に挨拶をする。

「初めまして、リリア嬢。ロベルト・ディアグランツだ」

リリアはきちんと挨拶をしてきたロベルトを前に目を白黒させながら、聞こえるかどうか怪しいくらいの声で「……同姓同名……？」と漏らしていた。

気持ちは分かる。ゲームのロベルトは、自分から挨拶をするようなキャラクターではなかった。

「バートン、騒ぐなら余所でやれ」

「アイザック」

「アイザック⁉」

三度、リリアが今度はアイザックを見た。

皆ゲームとは髪型も違うし、雰囲気や体つきまで違う者もいる。ゲームをプレイしていた彼女が驚くのも宜《むべ》なるかな、である。

アイザックは眉間に皺を寄せて、リリアを一瞥する。

「……初対面でファーストネームを呼び捨てにされる覚えはないが？」

「あ、え、えと、す、すみません」

「こら、脅かすなよ」

割って入ると、アイザックは私のことも睨んだ後、ふんと鼻を鳴らして視線を逸らした。

「すまない。彼は気難しいんだ」

「あ、あの、えっと、すみません、わたし、こ、この前男爵様のところに来たばかりで、ぜんぜん、分からなくて」

「そうなんだ」

俯いて、ぼそぼそと早口で話すリリア。ただの「お仲間」らしい喋り方なのだが、その外見でやられると、萎縮《いしゅく》しつつも消え入りそうな声で一生懸命謝罪している、と受け取れないこともないので不思議だ。

「大丈夫だよ、少しずつ覚えていけばいい。私に分かることなら教えるよ」

「あ、ありがとう、ございます」

リリアは耳まで真っ赤になっている。それでもきちんとお礼が言えるとは、いい子だ。

……いけない、判定が甘くなっている気がする。これも主人公力《ヒロインぢから》によるものだろうか。

それとも、いきなり貴族の巣窟に放り込まれた同郷の転生者への同情だろうか？

私は空気を切り替えるように、ぱん、と手を叩いた。椅子を引いて立ち上がる。

「よし！　じゃあまずは、食堂のおいしいメニューを教えてあげる」

自然にリリアの手を取って、歩き出した。

リリアは驚いたような表情をしたが、やはり拒否することなく、ちょこちょこと私の後ろをついてくる。

「攻略キャラ、全員見た目がゲームと違う……どうしてだろ……？」

大きめの独り言は、聞かなかったことにする。

まぁ、私に聞かれたって、分からないことは教えようがないのだが。

考えろ、エリザベス・バートン

「バ、バートン様、き、今日はその、えと、あ、ありがとう、ございます」

「気にしないで。困っている女性に親切にするのは当然のことさ」

それから二週間。私はストーカーで訴えられない範囲で、リリアのサポートに徹した。

教室に残って課題をしている彼女には勉強を教えたし、ダンスの授業では下手っぴな彼女とペアを組んで踊った。勉強はできるまで根気よく教えたし、ダンスでは足を踏まれても笑って許した。

今日はマナーの練習に付き合うという名目で、自宅に招くことに成功した。自宅デートイベント発生である。公爵家子息らしいノーブルでファビュラスアピールも出来て一石二鳥だ。

最初は練習を口実にゆっくり食事でもと思ったのだが、食事以前の問題だということが分かったので普通にマナー講座みたいな真似をする羽目になった。

一応公爵令嬢の端くれなので、本気を出せば最低限のマナーくらいはきちんと教えられる。

最初は「またご令嬢を誑かして！」というような目で私を見ていた侍女長が、かつて彼女がそうしてくれたようにカーテシーを教える私を見て感涙してサロンを出ていってしまった。

一通りの練習が終わったところで、二人でテーブルを囲み、お茶休憩を取る。

クッキーを齧り、気になっていたことを聞いてみた。

「ダグラス男爵は、君に教えなかったのかい？　マナーのこととか、礼儀作法のこととか」

ダグラス家はもともと教会と繋がりの深い家で、普通の貴族とは少し成り立ちが違うと聞いたことがあった。

それでも貴族である。養子にするくらいだ、最低限のことは教えているだろうと思ったのに……そうではなかったことが不思議だったのだ。

「い、いえ。あの、その……だ、男爵様は……わたしに『何もしなくていい』と」

「え？」

咄嗟にこぼれた私の問いかけに、リリアは椅子の上で小さくなってしまう。

彼女は自分の頭を触りながら、俯いてぼそぼそと弁明するように続ける。

「だ、男爵様だけじゃ、なくて。む、昔から、そうなんです。なんででしょう、わ、わたし、何もできないからかな、でへへへ」

彼女はへらへらと笑っていた。千年に一人の美少女の外見を以ってしても誤魔化しのきかないような、ぎこちない作り笑いだった。

中身と外見が合っていないと、こうもちぐはぐな印象になるのか、と感じる。

もしかすると、それがアンバランスな魅力になっているのかもしれないが。

「で、でも、聖女になって。だ、男爵様のお家の子になって。な、なんていうか、何か変わるかなって。ほら、聖女、すごいし。なんか、いよいよ、わたしが主人公《ヒロイン》だ、みたいな。へへ、い、今思うと、もう、ほんと、イタいんですけど」

早口で、小声で続ける。口元は笑顔を形作ろうとして——失敗して、歪んでいた。

「聖女なら、な、何だかもっと、期待……とか、して、もらえるのかなって、思って。で、でも結局、な、何も変わらなくて。当たり前、ですよね、わたし自身、変わってない、わけですし」

外見ばかりを重視するこの世界でなら、ありえそうな話だと思った。

周りはきっと何の悪意もなく、本当に心の底から思っているのだ。「何もしなくていい」、「何もできなくてもいい」と。

それがこの世界の「普通」なのだ。攻略対象たちが許されてきたように、主人公も許されてきたのだ。美少女で聖女でありさえすれば、それだけでよかったから。

歪んでいるのは、この世界のあり方だ。

リリアがどんどんと俯いていってしまう。

私からはもう、紅のつむじと、机の上で忙しなく自分の指を弄る手元しか見えなくなっていた。

「い、一応、聖女だけど、ぜんぜん、ち、力も使えなくて。す、擦り傷くらいしか、治せなくて。でも、その、そのままで、いいんですって」

顔の俯き加減に伴って、声が小さくなっていく。

「わた、わたし、なにも、なにも、出来なくていいんですって」

ぽろ、と、リリアの瞳から涙が零れた。

彼女が見ていないのをいいことに、私は彼女から視線を外して天井を仰ぐ。

目の前で泣かれるのは、非常に気まずい。女泣かせの軟派系騎士になりたいと思っていたのだが、このジャンルの涙は私が求めていたものではない。

というか、出会って二週間の男（女）にいきなり心情を吐露するとか。

この主人公、いくらなんでもチョロすぎじゃないだろうか。

誘われるままほいほい家までついて来ているし、乙女ゲームの主人公はガードが緩いというのは万国共通だが……よくここまで食われずに生きてきたものだなと思ってしまった。

それが「やさしい世界」たる所以《ゆえん》なのだとも思うのだが。

泣かれると庇護欲をそそられる者もいるだろうが、私は生憎、ただただ困ってしまうタイプだ。

侍女長が戻ってきたらまた私の株が下がる気がするので、早く泣き止んでもらいたかった。

「なんで、でしょう。可愛いから、かな、なんて、フヒ。か、顔が、ね。顔だけ、顔だけです」

零れる涙を、ぐしぐしと無造作に拭う。ああ、そんなことをしたら、翌日絶対に目が腫れる。

帰りもきっと赤い目のままだ。侍女長に睨まれる未来が見える。

もしかすると計算の可能性もあるかと警戒していたが、この美しくない泣き方から見るとどうやら本気でそう思って泣いているらしい。

私はテーブル越しに身を乗り出すと、そっと彼女の頬にハンカチを押しあてた。「指で涙を掬い取る」が正解の気もしたが、涙の量を鑑み、それでは追いつかないと踏んでのことだ。

「だ、誰も何も、言ってくれないんです。か、可愛いとか、聖女らしい、とかだけ」

ハンカチを受け取り、リリアは容赦なく鼻をかんだ。違う。そうじゃない。

いや、別に洗うのは私ではないのでいいのだが。

「わたしの表面、しか、見てない言葉で。で、でも。見てくださいって言えるような、中身も、わたしには、なくて。だって、どうしたら、中身がよくなるか、なんて、考えたこと、なかったから」

これが主人公の、主人公なりの悩みというものだろうか。

美少女には……特に、愛される運命にある主人公《ヒロイン》に転生したことを理解している彼女には、他人には分からない悩みがあるのだろう。

彼女に攻略してもらうために一から外見と中身を作り上げた私には、きっと一生かけても分からない悩みだ。

正直言ってそちらは幸せになる未来が確定しているのだから、もっと楽しそうな顔をしていろよという気持ちがないではないが……まぁ、それは逆恨みというものだろう。

分からないからこそ、私は考える。

攻略対象として、どう対応するのが正解なのか。

今が正念場だ。ここで攻略対象として、彼女の心を奪うような言葉が言えたなら。

そうすればきっと彼女は、私に興味を持つだろう。

考えてもみてほしい。彼女はこのゲームをそれなりにやり込んでいる。落とそうと思えば最難関である王太子だって落とせるはずだ。簡単に手に入る恋愛ルートが目の前にごろごろ転がっている。

それでも、それを投げ打ってでも、私を攻略したいと思わせなくてはならない。

考えろ、エリザベス・バートン。「分かったフリ」は得意のはずだろう？

王太子殿下なら何と言う？　ロベルトなら何と言う？

アイザックなら何と言う？　クリストファーなら何と言う？

軟派系騎士様の私なら、何と言う？

「主人公《ヒロイン》って、こんなにつらいのかなぁ」

ぽつりとこぼれた言葉に、私は聞こえなかったふりをした。

都合のいい時だけ耳が遠くなるのは、何も主人公だけの特権ではないのだ。

「わ、わたし。そ、そもそも男の人って、苦手、だし」

それは何とも、乙女ゲームの主人公に向いていない。思わず「気の毒に」と言いかけた。

いや、乙女ゲームの主人公はたいてい男慣れしていない設定だから、ある意味向いているのか？

「二次元……も、物語の世界の人なら、平気で。……王太子推しだし」

後半は大きな独り言――聞き流した方がいい言葉だと判断する。

黙殺して、紅茶のカップに口を付けた。すっかりぬるくなっていた。

「で、でも、実際会ってみたら、何かみんな普通に人間で、三次元で、男の人で。……ま、まだ、現実よりは、マシ……だったけど」

初めてロベルトと会った時、私も似たような感想を抱いたなと思い出した。

約一名、妙に男らしくなってしまった某がっかり第二王子に関しては、原因の二パーセントくらいは私のような気がするが……九十八パーセントはロベルト本人が悪い。

「げ、現実の、三次元の男の人って、平気で、ぶ、ブスとか、キモイとか、言うし。こっちが地味で大人しそうだと思って、馬鹿にするし、じゃ、じゃあ私に文句言えるほど、ご立派な顔なんですか、って、思うけど、言えないし。そ、そのくせ、そのくせ」

こんこんと恨み節が始まってしまった。これは分かる気がする。そういう奴もいる。

やさしい世界たるこの世界の話ではなく、前世の話だが。

「か、可愛くっても、可愛くなくても、け、結局、そんなです。み、見た目とか、そればかりで。でも、見返すほどの……胸を張って、見せられるような、中身、なんて、わ、わたしにはなくて」

「リリア」

そっと彼女の顎を掬う。琥珀色の瞳が、私を捉えた。

女性の悩みを聞くときには、一に肯定、二に共感。三、四が同意で、五に肯定。だがリリアの悩みは、肯定しかされてこなかったことに根付いている。

本来ご法度とされるアドバイスだが、この場合は必要なのだろう。

とはいえ機嫌を損ねないよう、加減に気を付けなくてはならない。うんうんと適当に微笑んで肯定しているだけの方がよほど楽なのだが。

「私は君の外見も、中身も。どちらも尊いものだと思うよ。でも、君が望むなら、もっと君は素敵な女の子になるだろうとも思う」

ゆっくりと言葉を選んで、告げる。

「足りないなら、足せばいいよ。中身が空なら、入れればいい。それだけだと、私は思うけれど？」

「ば、バートン様は、元から、きっと、かっこいいから」

「どうだろうね？　これでも案外、苦労してきたかもしれないよ？」

ふっと微笑んでみせる。

格好良いと思ってもらえているなら重畳《ちょうじょう》、苦労の甲斐があるというものだ。

……軟派系なので、努力も苦労も、表には出さないが。

「なりたい自分をイメージするんだ。こうだったらいいな、こうだったら素敵だなって。リリアにだってあるだろう、そういうもの」

リリアが私の視線から逃げるように、また俯いた。

「最初は中身が伴わなくたっていい。それが普通だ。足りなくってもいい。演じるというのが近いのかな」

彼女のつむじを見ながら、自分のことを思い返す。ここまで私は攻略対象を演じながら暮らしてきたし、とりあえず向こう一年はその暮らしをするだろう。

だが、私はそう悪くない半生――というほど生きてはいないが――だと思っている。

頭で考えるより、見た目からでもいいし、演技でもいい。身体を動かしてしまった方が案外楽になる。突き進んでいるうちは、悩んだり振り返ったりしなくて済むからだ。

「そのうち、中身がついてくるよ。意識していないのに、理想の自分が選びそうな選択肢を選んでいることに気づく。空だったはずの箱に、欲しがっているだけでは手に入らなかったものが入っていたことに、きっと気づく。いつか、君自身が……『これがリリア・ダグラスだ』って、そう自信を持って言えるような女の子になれたらいい。私はそう思っているよ」

机の上に置かれた彼女の手を取る。そしてその手の甲に、キスを落とした。

「そのためなら、いくらでもお手伝いしますよ、お姫様《プリンセス》」

悪戯《いたずら》っぽく笑って、ぱちんとウィンクした。

リリアの頬が赤くなる。俯いていた顔が上がって、目が合った。

大きく見開かれた彼女の琥珀色の瞳が部屋中の光を取り込んで、きらきらと輝いている。

「こ、こんな風に、言ってくれたのは、バートン様が初めて、です」

照れたようにはにかんでいる姿はまるで薔薇の蕾が綻んだようで、何とも愛らしかった。

想像以上に好感触だったようだ。心の中でほっと息を吐く。正念場を、おそらく良い形で乗り越えられた。

やはり女の子も騎士様が好きらしい、手の甲にキスは鉄板だ。

「お、男の人なのに、不思議と嫌な感じがしなくて」

「そ、それは不思議だね！」

思わず私も吃ってしまった。

それは私が女だからだね！　とは、さすがに言い出せなかった。

というか私、名乗ったはずだ。エリザベスと聞けば性別が女性だということは容易に理解できるはず……と記憶を探るも、途中でクリストファーやらロベルトやらの乱入に遭って、きちんと名乗れていないような気がしてきた。

何ということだ。女性にきちんと名乗らないとは、軟派系としてあるまじき失態である。

どうにか伝えようと考えかけて、思いとどまる。おそらくそのタイミングは今ではない。

少なくとも彼女の話を遮ってまで言うことではないはずだ。女の子の話を遮るという行為は、どんな場合であれ基本的に悪手である。

……よし。もうこの際だ、いけるところまで勘違いしてもらおう。どうせすぐバレるに違いない。

「わ、わたし。どんな自分がいい、とか、やっぱり、よく、分からない……ですけど。お、お姫様みたいに、なりたいって。誰かに……運命の、人っていうか……王子様に、大切にされる、お姫様。そういう気持ちは、ずっと、あって。お、男の人は、苦手、ですけど」

「王子様」という言葉に一瞬本物の王太子と第二王子が浮かんだが、すぐに打ち消した。

ここでいうところの「王子様」は、きっと概念の方の王子様だろう。

白馬に乗ってお姫様を迎えに来る存在。おとぎ話登場率一位の女の子の憧れ。

乙女ゲームの主人公に転生したのだ。そのくらい、夢見たっていいだろう。

「なれるか、とか。分からないです。で、でも。バートン様が、『お姫様《プリンセス》』って、言ってくれたから。それに、相応しい……って言ったら、ちょっと、無理かもですけど。バートン様の、隣にいて、変じゃない女の子には……なりたい、です」

語尾がだんだんと消えていく彼女の言葉に、私は曖昧に微笑んだ。

最後まで聞こえていたかどうかは、彼女のご想像にお任せするとしよう。

別れ際の「どうやったらルート入れるんだろ」という独り言は、完全に聞こえないふりをした。

◇　◇　◇

「あ、あの！　バートン様！」

翌日。教室に入ると、私を待ち構えていたらしいリリアに声を掛けられた。

リリアの方から声を掛けられるのは初めてかもしれない。

これは順調に攻略してもらえているのではないだろうか。今夜はお赤飯だ。

「き、昨日はありがとうございました。バートン様さえよければ、えと、その、また……」

「もちろん、いつでも付き合うよ。ああ、次は普通に遊びに来てくれても良いけれどね」

笑い合う私とリリアに、鋭い視線が刺さっているのを感じる。クラスのご令嬢たちの視線だ。

当たり前である。皆に聞こえるような声で、「昨日はありがとうございました」などと言ったのだ。

昨日は休日。ふたりが休日に会っていたことは明らかだし、その上で「次」の話もした。私の周りに侍ってくれているご令嬢たちが心中穏やかでないのは当然だろう。

だが、私はあえてそれを無視する。攻略対象というのはそういうものだ。

近頃私は友の会のご令嬢たちとの時間を減らし、それをリリアとの時間に充てていた。

ご令嬢たちと話すときにも、ふとした時にリリアの話をした。

誰にでも優しい軟派系の騎士様像をキープしながら、リリアを特別扱いする様子を演出するためである。

リリアの方はと言えば、私の献身が功を奏したのか、コミュ障丸出しの状態から少しずつ落ち着きを見せ始め、だんだんと普通に話してくれるようになってきた。

妙に早口だったり、目が合わなかったり、挙動が不審だったりするのが玉に瑕だが……そのあたりは何とか目を瞑《つぶ》れる範囲だ。補って余りあるほど美少女なので。

時折、笑顔も見せてくれるようになった。

それがいちいち新鮮な驚きをもたらすほど可愛いものだから、感心してしまう。

すごいな、主人公力《ヒロインちから》。気を強く持っていないと呑まれそうだ。

リリアが私に好意を向けてくれているのも分かった。

たとえば私と他の攻略対象がいたら私のところに来てくれるし、学内で偶然出会う確率も高い。

ゲーム画面で言えば、マップで私のいる場所を選択したような状況なのだろう。

そして何より、私を見つめる彼女のきらきらとした瞳には、友の会のご令嬢たちと同じ熱がこもっている。決して自惚《うぬぼ》れではない、はずだ。

転生者だし挙動は完全にオタクだが、それ以外ではリリアは概ね可愛らしく、素直で一生懸命な女の子だ。

私は自分の利益のためだけに、そんなリリアの……純粋な女の子の気持ちを弄ぼうとしている。

そのことに、さすがの私もわずかばかりの罪悪感を感じ……なかった。

びっくりするほど感じなかった。

どうやら私にはクズ男の才能があるらしい。

いつだったか、アイザックに言われた「女の敵」という言葉が脳裏を過《よぎ》る。よかった、男じゃなくて。

というより、これは彼女が私を「攻略対象のキャラクター」と見做《みな》していることを理解しているから、罪悪感を抱かずに済んでいるということかもしれない。

どんなに思わせぶりな言動をされていたって、条件を満たせなければ恋愛エンドは見られない。乙女ゲームの世界では当たり前のことだ。ラブラブにデートイベントを楽しんでいたって、パラメータが一でも足りなければ約束の桜の下には来ない。そういうものなのだ。

そして彼女はそれをよく理解したうえで、私の攻略に挑んでいる。「ルート」という発言や私と行動を共にしようとする姿から、私を乙女ゲームの攻略キャラクターとして見ているのは明らかだ。だからこそ、私はあくまでいち攻略対象として、どこまでもドライに徹することができているのだろう。

ならば、私が選ぶべきはきっと友情エンドだ。

私のルートに入ってもらうことで、私の幸せは確約される。それはいい。

だがこの手のゲームにおいて恋愛エンドを迎えるというのは、主人公と添い遂げる覚悟をするのと同義だ。私にその覚悟があるかというと、もちろんないわけである。

自分の人生で精一杯なのに、他人の人生など背負えるものか。

しかも、私は彼女とは法律上結婚できない。これは彼女にとってもデメリットだろう。

そこで視野に入ってくるのが、友情エンドだ。

友情エンドにはエピローグがなく、ゲーム後の二人が描かれることはない。どの攻略対象の友情エンドも今後の可能性をほのめかしつつ、これからも仲良くしましょうね、で終わるのだ。

これが私にとって最も都合がよく、リリアにとってもぎりぎり納得できるラインの結末だろう。

彼女の未来の可能性を狭めることもない。

攻略対象を目指しながら完全攻略を拒否する、というと何とも複雑に思えるが……要は最後の最後で、彼女に「いい友達でいようね」と言えばよいのだ。

好感度が足りませんでした、という顔をして。

だが、今のうちから下手に出し惜しみをすると、他の攻略対象に乗り換えられる可能性もある。

まずは本気で攻略されるつもりで行こう。友情エンドに舵を切るのは、最後で十分間に合う。

相手は腐っても乙女ゲームの主人公《ヒロイン》。手加減なしの、全力で行くべきだ。

「バートン様！」

そんなことを思考しながらリリアと話していると、割り込むようにご令嬢に声をかけられた。

振り向けばクラスのご令嬢が勢揃いで、どこかご立腹の様子で私を睨んでいる。

おお。これは、あれでは。

公爵家の方ともあろう者がー、庶民の相手をするなんテー的な？

確か、クリストファーのイベントで似たようなものがあった気がする。

要するにリリアへの妬《ねた》みだが、そこでクリストファーがリリアを特別扱いしていることが伝わってしまう、プレイヤーからしてみればある種おいしいイベントだ。

こういうとき、ご令嬢がリリアの方に「近づきすぎ」とかいう苦言を呈するパターンが多い気もするが……今回は私がお怒りのターゲットのようだ。甘んじて受けよう。

しかしリリアの立場になってみれば、特に悪いことをしたわけでもないのに妬《ねた》み嫉《そね》みの標的になるというのは理不尽な話だ。特にクラスメイト相手では、今後も気まずかろう。

ちらりとリリアの様子を窺うと、怯えた様子で私の後ろに隠れながらもその瞳には「イベント、きた⁉」の輝きがちらついている。

うん、気にしていないようで安心した。

「どうしたのかな？　子猫ちゃんたち」

「バートン様は最近ダグラスさんにばかり構いすぎですわ！」

先頭に立っているご令嬢――確か、侯爵家のご令嬢だったか――に続いて、そうよ、そうよ、と他のご令嬢たちも口々に言う。期待通りの展開だ。

うーん。これはなかなか気分が良いな。この世界のイケメンたちは常にこんな良い気分でいるのか。許しがたい。

軟派系イケメンの特権とも言える女の子たちからの熱い好意に悦に入っていたが、次の言葉は予想外だった。

「アイザック様がどんな気持ちでいらっしゃるとお思いですの⁉」

「うん？」

「ばッ、や、やめろ！」

見ると、ご令嬢の後ろでアイザックがおろおろしていた。何故、ここでアイザックの名前が出る？

「お前たち、何を！」

「アイザック様が意気地なしでいらっしゃるから、私たちが一肌脱ぐことにしたのですわ！」

おお、アイザックよ。ご令嬢に意気地なし呼ばわりされるとは情けない。

焦った表情のアイザックが、ご令嬢たちにぐいぐいと押されて私のすぐ前までやってきた。

さすがに紳士たれと教育されている令息だけあって――あと彼は女性が苦手なので――ご令嬢を強く払い除けるようなことは出来ないらしく、されるがままだ。

彼は何故意気地なし呼ばわりされているのか自覚があるようで、慌てたような困ったような、居心地の悪そうな顔をしている。

「バートン様、アイザック様がどんなお気持ちでお二人を見ていると思ってますの⁉」

「え？」

思わず素で反応してしまった。ご令嬢たちは構わず続ける。

「お二人がお勉強会に行かれるのを見て、まとめたノートを持って寂しそうに後ろをついていって声をかけられるのを待ってみたり！」

「ダンスの授業だって、自分だってバートン様と踊りたいのをぐっと堪えてバートン様がダグラスさんとばかり踊るのを見守ったり！」

「ぐ、やめろ、やめてくれ」

「やめませんわ！」

「アイザック様は黙っていらして！」

アイザックが頭を抱えて呻くが、多勢に無勢。彼の呻きはご令嬢にぴしゃりと切り捨てられた。

「バートン様、ダグラスさんは確かに急に聖女になられて、男爵家の養子になられて。慣れないことばかりですわ。誰かが助けてあげないといけません」

「でも、アイザック様がしょんぼりしていらっしゃるのは、これ以上見ていられないのですわ！」

「バートン様、アイザック様はお友達でしょう？　どうか仲間に入れて差し上げて！」

どん、と背中を押されたアイザックが、私の目の前に一人歩み出る。

愛想がなくて取っつきにくく、ダンスの授業ではご令嬢の足を踏んで遠巻きにされていた彼が、今はたくさんのご令嬢に囲まれて勇気を出せと激励されている。男子生徒たちも、遠くからはらはらした様子で私たちを見守っていた。

近寄り難かったはずの彼が、私の知らないうちに随分と愛されキャラになっていたようだ。

赤い顔を必死になって隠そうとするアイザックに、思わずにやにやしてしまう。ダンスの授業で無理矢理ターンさせてやった時を思い出した。

いや、アイザックにしてみれば地獄と言って差し支えないほど恥ずかしいのだろうが……。

彼の友達としては少々嬉しく、かなり面白い。

「ぼ、僕は！」

アイザックが、もはややけくそといった様子で声を上げた。

「学年で一番、勉強が出来る」

「知ってるよ」

「だから、お前にも、ダグラスにも、効率的に勉強を教えられるはずだ」

まずは売り込みから入るところが、非常に彼らしいと思った。笑いが噛み殺せなくなる。まぁ、それほど噛み殺す気もないのだが。

「ダンスも、男性パートを練習した。もうほとんど完璧に踊れると思う。……最初の練習相手は、バートン。お前が良い。お前はダンスが上手いし、僕の師でもあるから」

アイザックが、横目にちらりと私を見上げる。

もちろん、私は彼のこのお願いをはねのけることだってできる。

しかし、アイザックにここまで言わせて断ったら、クラス中のご令嬢の反感を買うだろう。それは私の本意ではない。

リリアだってそうだ。これ以上鋭い視線の標的になるのは避けたいだろう。

二人きりのお勉強会イベントもダンスの稽古イベントももう十分にこなしたのだし、今からアイザックが入ってきたとて問題はない。

二人きりにこだわるよりも、ここで友達を大切にする姿勢と懐の広さを見せておく方が私の株も上がるだろう。ご令嬢たちから見ても……リリアから見ても。

同性の友達がいない男というのは得てして、異性にもモテないものだ。

「すまない、アイザック。君がそんなに寂しがり屋だとは知らなかったんだ」

茶化してみると、ぎろりと睨まれた。ご令嬢たちに囲まれていなければ、彼はとっくに逃げ出していただろう。

「勉強会だけど、リリアはとても飲み込みが早くてね。私より頭のいい先生が必要だと思っていたところだったんだ。君の力を借りられたら、私も助かるよ」

ね、と微笑みかけると、リリアは混乱した表情だったが、おずおずと小さく頷いた。

「ダンスだって、言ってくれればいつでもお相手するよ。……水臭いな。友達だろ？　アイザック」

私がにやにや笑いを隠しもせずに手を差し出せば、彼は赤い顔で不満げに私を睨みつけたあと、やがて観念したように私の手を握った。

わっとクラス中から拍手が巻き起こる。アイザックはぷいと顔を背け、私は片手を上げてそれに応えた。

一人、リリアだけは拍手をしながらも、背景に宇宙を背負った猫のような表情をしていた。

それはそうなるだろうな、と思った。

攻略対象というのはいい商売だ

晴れた昼下がり。私とリリアは裏庭のベンチに腰掛けて、のどかな木漏れ日を浴びていた。

授業が終わった後、リリアに「お話しませんか」と誘われたのだ。

アイザックは今年からメンバーになった生徒会の仕事に行ったし、ロベルトは最近王太子殿下の名代《みょうだい》としてこき使われているらしく、護衛に引っ張られて王城に帰って行った。

正真正銘、ふたりきりである。

彼女に導かれるままついてきて裏庭のベンチが目に入った瞬間、私は脳内でぽんと手を打った。

これは手作りお菓子のイベントだ。

たまたま王太子殿下の「秘密の場所」であるベンチで彼と行き会った主人公は、ときどきそこでおしゃべりをするようになる。

平等を謳う学園と言えど、誰かの前では話すことすら憚《はばか》られるような身分の差があるふたり。

こっそり「秘密の場所」で逢瀬《おうせ》を重ねていたある日、主人公は自分で焼いてきた手作りのクッキーを差し出すのだ。

手作りのお菓子という素朴なものなど口にしたことがなかった殿下は驚きつつも、そのやさしい味わいに癒され、「また作ってきてね」と次の約束をする……とか、だいたいそんなイベントだ。

肝心の王太子殿下がいない今、彼のイベントは誰のものでもない。宙ぶらりんの状態だ。殿下のものは私のもの状態である。リリアもそこに目をつけて、私とそのイベントをこなそうというのだ。それはすなわち、リリアがこの乙女ゲームのイベントを利用して、私の好感度を上げようとしていることの証明にほかならない。

もちろん喜んで乗っからせていただく。

どんな選択肢だって、好感度がものすごく上がったような反応をしてみせる。

リリアがどう出るかを窺っていると、彼女は意を決したようにこちらに身体を向けた。

「あ、あの。ば、バートン様は、こういったものを、あまり召し上がらないかもしれないのですが」

ぱっと、ワックスペーパーの包みが差し出される。

「く、クッキーを焼いてきたので、よ、よろ、よろしければ、いかがですか！」

ゲームの中の主人公の台詞をなぞりながら、リリアは頭を下げた。

包みを受け取って、開く。おいしそうなクッキーが姿を現し、ふわりとバターの香りがした。

彼女に「手作りなんです」と言って差し出されたら、たとえ炭でも笑顔で齧る覚悟があった。どんなものでも「おいしいよ」と微笑む自信があった。

なので内心で「意外と肝が据わっているんだな」と思いながらも、微笑を崩すことはない。

ワックスペーパーに押されている焼印に見覚えがあったとしても、だ。

これが下町の小さなパン屋さんで売っている素朴さが売りの手作りクッキーだと知っていても、「おいしいよね、これ！」とか、言ったりしないのである。

そもそも正直なところを言ってしまえば、私は「手作り」というものに対して特に何の感情もないのである。手作りかどうかより、おいしいかどうかの方が重要だ。

わざわざ手作りと偽らなくても、「好きなお菓子をあなたのために買ってきました」とか言われたら、物珍しさもあってノーブルな攻略対象たちは十分喜びそうなものだ。

私だって、おいしいものを食べてもらいたいと選んでくれたことを知ったら大いに喜ぶだろう。

だが、乙女ゲームの世界ではやたらと「手作り」が重要視されがちだ。

それが本当に男性は手作りをすべからく喜ぶものだからなのか、はたまた手作りを喜んでほしいという女の子の願望が具現化されているのかについては、私には分からない。

乙女ゲームの主人公はお菓子作りや料理のスキルがデフォルトで備わっているからそれでいいのかもしれないが……本人が「何も出来なくていい」と言われ続けていたと言っていたし、リリアはそちら方面のチート能力的なものは持っていないようだ。

そもそもこの世界には、電子レンジも電気オーブンもないのだ。

もちろん、便利なお料理サイトもお手軽な手作りキットもない。

細かいところを言うなら、調味料や小麦なんかもおそらく前世で売っていたものより純度が低い。

たとえ前世で腕に覚えがあったとしても、ちょっとやそっと練習したくらいではまともなものは作れまい。腕に覚えがなければなおさらだ。

ちなみに私の今世での得意料理は「川魚を何匹かまとめてそのへんに生えてるデカめの葉っぱで包んで焚き火で蒸し焼きにし、塩をかけたやつ」だ。

遠征訓練の時に振る舞ったところ「食べられるだけありがたいという自己暗示が必須」「これを美味しいと感じる精神状態はヤバいという指標」「戦争がこんなに悲しいものだとは知らなかった」など、期せずして戦争の抑止力となってしまった。

食べ物でSAN値チェックしないでもらいたい。

リリアもおそらくお菓子作りに失敗したか諦めたかで、イベントを再現するための苦肉の策として「既製品を手作りだと偽る」という選択をしたのだろう。

彼女は悪くない。炭を笑顔で食べるよりもよほどいいし……普通の公爵家のご令息なら、下町のパン屋のクッキーなんて知らないものだ。

ノーブルでファビュラスな攻略対象の反応としても、知らない体《てい》で通すのが正解だろう。

「ありがとう、いただくよ」

手に取ったクッキーを齧る。軽い歯ざわりのクッキーは口の中でほろりと解け、バターの風味が広がった。甘さは控えめで、素朴でどこか懐かしい味がする。

「すごくおいしいよ。ふふ、いくつでも食べられちゃいそうだな」

「あ、わ、た、たくさんあるので！　よかったら！」

「本当？　嬉しいな、独り占めだ」

笑いかけると、リリアの顔がぽっと赤くなる。おいしいものが食べられるし、微笑んだだけで喜んでもらえるし、攻略対象というのは実にいい商売だ。

ふと、背後に気配を感じる。

「わぁ、おいしそう。これ、リリアさんが？」

「……クリストファー」

リリアとふたりきりのひと時に、聞き慣れた声が割り込んできた。

「く、クリストファー様、ご機嫌よう」

「こんにちは、リリアさん」

きちんと挨拶をしたリリアに、にこりと人懐こい笑顔で返事をするクリストファー。

「こんなところで、どうしたんだ？」

「お散歩してたら、先輩の姿が見えたから。ねぇ、ぼくにもひとくち、分けてください」

あーん、と燕《つばめ》の雛のように口を開ける。

やれやれ。普段は子ども扱いをすると怒る癖に、結局まだまだ子どもじゃないか。

苦笑しながら、彼の口にクッキーを放り込んでやる。

「んむ。……んん！　バターの風味が効いてて、とってもおいしいです！」

「あ、あのー」

目を輝かせるクリストファーを微笑ましく眺めていると、リリアが挙手していた。

しまった。せっかくもらったものをいつもの習慣で分け与えてしまった。

機嫌を損ねただろうかとはらはらしたが、彼女は不思議なものを見るような顔で私とクリストファーを代わる代わる見つめているだけだ。

「お、おふたりは、どう、いった関係で……？」

「え？」

「あっ、い、いえ、すみませんすみません、す、すごく仲がよさそうだったから、その」

慌てて言い募るリリアに、私は一瞬答えに窮した。

確かに入学したばかりの一年生と先輩、という距離感ではなかっただろうが、ここで「弟」と紹介していいものだろうか。

わざわざ「先輩」に呼び方を変えさせてまでこの世界が維持しようとした、クリストファーというキャラクターの根幹に関わる事柄である。ここで私が言ってしまって、いいのだろうか。

「あれ？　先輩、話してないんですか？」

私が逡巡していると、クリストファーが目を丸くしてこちらを見る。

苦笑して誤魔化すと、彼はリリアに向き直って笑顔で言った。

「ぼく、先輩の弟なんです」

クリストファーが何故か自慢げに胸を張る。

「えっ⁉」

「養子ですけどね」

「そ、そう、なんですね……」

リリアはしばらく私とクリストファーを見比べていた。

俯いて、何事かをぶつぶつと——今回は小さな独り言だった——呟く。

そしてぱっと顔を上げて、私に言った。

「い、いいなぁ！　わたし、一人っ子だから。兄弟がいるって、羨ましいです」

リリアの台詞に、私は舌を巻く。これは王太子殿下との会話で主人公が言う台詞だ。

非常に上手に軌道修正してきたなと思う。さすが、勉強に全振りすればアイザックをしのぐ頭脳を持つ主人公。もともとのポテンシャルがチート級だ。

この台詞に、王太子殿下はどこか翳《かげ》りのある表情で「そうでもないよ」と返すのだが……。

お兄様の顔を思い浮かべる。目の前の弟を見る。

もし私がそんなことを言おうものなら、罰が当たるだろう。

「うん。いいものだよ、兄弟って」

私は心の底から、そう答えた。


それから、私とリリアは時折裏庭のベンチで過ごすようになった。

アイザックやロベルトの邪魔が入らないので、私としては非常にありがたい。王太子殿下様々である。……まぁ、クリストファーが乱入することはあるのだが、たまになので誤差の範囲内だろう。

その日も二人で話していると、背後に気配を感じた。

次いで、砂を踏む音がする。咄嗟に立ち上がった。

視界の端に、不思議そうな顔で私を見上げるリリアが映る。

「……リジー？」

聞き覚えのある声がした。はて、この声は。

「リジー！」

振り向くと、両手を広げた何者かが私に抱きつこうと腕を広げているところだった。

無意識のうちに体が動く。

その腕を躱《かわ》して背後に回り込み、その腕を捻り上げ……ようとして、その何者かが王太子殿下であることに気づいた。

これはまずい。王太子の腕を捻り上げたら、さすがに怒られるどころの騒ぎではない。

すんでのところで踏みとどまり、そのまま背後をすり抜けて対面の位置に戻ると、殿下の両手をぎゅっと握って笑いかけた。

「これは殿下！　お久しぶりです」

「うん？　気のせいかな？　今何か不穏な気配を感じたのだけれど」

「気のせいでしょう」

必要以上ににこやかに笑って、これ以上の追及は無用と言外に伝えながら、目の前に立つ殿下の様子を窺う。彼も微笑んではいるが、誤魔化しきれたかは分からない。

殿下が西の国に行っていたのは四カ月程度だったと思うが、ずいぶんと背が伸びた気がする。

踵を抜いたら私の方が低いかもしれない。男子三日会わざれば括目してなんとやら、だ。

最後に見た日に髪を切っていたが、さすがに散切り頭そのままのわけもなく、毛先がずいぶん軽く整えられていた。銀糸の髪の透明感が際立っていて、ゲームの時からその髪型でしたっけ？　と聞きたくなる仕上がりだ。

しかし顔だけでなく全体像を見てみると、わずかに違和感を覚える。

制服ではなく正装していることもおかしいが……何だか、体つきが少ししっかりしたというか、健康的な顔色になったというか。元の顔がお綺麗なだけあって繊細な雰囲気は失われていないものの、今にも消えそうな儚さが薄くなっている気がする。

病気が治っただけでこうも雰囲気まで変わるものか、と少々驚いた。

「……リジー」

呼びかけられて、殿下の顔に視線を戻す。笑顔とも泣き顔ともつかない顔をしていた。

いつの間にか、私の手が握っていたはずの殿下の両手に包み込まれているのに気づく。

久しぶりに学園に来て見知った顔を見たものだから、生還の喜びを実感した……というところだろう。彼自身は成功率実質百パーセントの手術だなどと知らずに治療へと旅立ったわけだし。

「戻ってきたよ。君のところへ」

「はぁ」

「何か気の利いたことの一つでも言ったらどうなの？」

会って早々、無茶ぶりである。やれやれだ。

少し考えてから、私は騎士の礼を執った。

「お帰りなさいませ、王太子殿下。国民一同、殿下のご帰還を心よりお待ちしておりました」

「三十点」

「三十点満点で、ですか？」

「百点満点で、だ」

無茶ぶりな上に点数が非常に厳しかった。とんでもない上司である。

もう少し西の国でゆっくりしてきてくれてもよかったのだが。

「ところで」

殿下が妙にわざとらしい咳払いをして、私の背後を覗き込む。

「そちらの、ご令嬢は？　きみが誰かといるなんて珍しいね」

まるで人を寂しいやつのように言わないでもらいたい。

学園内では単独行動を取ることが多かっただけである。

「ああ。彼女は……」

紹介しようとリリアを見ると、彼女はベンチでこちらを振り向いたままの状態で硬直していた。

その視線の先は、王太子殿下である。

そういえば、彼女は前に「王太子推し」とか口走っていたかもしれない。

まずい。これは非常にまずい。完全に殿下の顔面の美しさにノックアウトされているようで、目の前で手をひらひら振っても反応がない。

何故帰ってきてしまったのだ、この王太子。帰ってくるにしろ、もう少し先でもよかったはずだ。

しかも何故、今日に限ってさらに顔の良さが引き立つ華美な正装で現れたのか。

空気を読んでもらいたい。

「リリア、りーりーあ」

「っふはひ⁉　な、ななん、何でしょう⁉」

肩を叩きながら名前を呼ぶと、やっとこちらを見た。どうやら息まで止めていたらしい。

その頬は上気していて、目の奥にハートが見えた。私は事態が非常によろしくないことを理解する。

よし、ここはプランBだ。いや、何がプランAかは知らんけど。

「殿下、ご紹介します。彼女はリリア。私の恋人です」

満面の笑みで言い切った。

一瞬沈黙が訪れる。

「っどぅえ⁉」

「ふふ、なんてね」

リリアが悲鳴とも何ともつかない声を上げた。

その反応に、私は冗談めかして笑ってみせる。

「……面白い冗談だね」

リリアを見ていた殿下が、ふっと冷笑しながら私に言った。いつも以上に貼り付けた笑顔である。

なお、この場合の「面白い冗談だね」は貴族用語で「くだらない嘘をやめろ」の意味である。

いや、別に殿下を騙す必要はない。リリアの意識がこちらに向きさえすれば成功なのだ。

殿下の冷ややかな視線を受けて、私は軽く肩を竦めた。そして今度はきちんとリリアを紹介する。

「リリアは聖女の力に目覚めたそうで、この春から編入して来たんです。リリア、こちらはエドワード殿下だ。……なんて、紹介するまでもなかったかな」

「お、王太子殿下！」

リリアは慌てた様子ながらも、きちんと淑女の礼をしてみせた。

その様子に、不覚にもじーんときてしまう。少し前の彼女なら、王太子を前にしてスライディング土下座をかましていてもおかしくない。特訓に付き合った成果が出ていてとても嬉しい。

「お、おは、お初に、お目にかかります。聖女として、この学園に編入させていただくことになりました。り、リリア・ダグラスと申しましゅ！」

「あ……ああ」

噛んでしまったが、挨拶も及第点だ。私は心の中でリリアにスタンディングオベーションを送る。

どこか上の空の様子だった殿下は、目の前で頭《こうべ》を垂れるリリアに視線を向けた。

「そうか、きみが……ダグラス家の養子の」

「は、はひっ！」

「驚いた。ついこの前まで庶民だったのだよね？　さすが、公爵家の『お友達』の指導が素晴らしいと見える」

「そうでしょう」

私は得意げに胸を張る。

これでも公爵家の端くれ、礼儀作法は嫌というほど叩き込まれてきたのだ。淑女の礼も臣下の礼も、騎士の礼までなんでもござれだ。

もちろん、リリアが一生懸命特訓をしたからこそのお褒めの言葉である。

微笑みながら彼女に目を向ければ、リリアも不安そうにちらりと私を見上げた。

殿下の物言いが回りくどすぎて、褒められたことに気づいていないらしい。

「リリア。とても素晴らしい挨拶だったよ。殿下も褒めてくださっている」

「え？　あ、そ、そう……なのですか？」

頭を撫でてやると、リリアが恐る恐るといった様子で殿下の顔色を窺う。

「……もちろんだとも」

殿下はいつもの王太子スマイルを貼り付けたよそ行きの笑顔で頷いた。

その微笑みに、リリアの肩がびくっと震える。

おっと、まずいまずい。リリアがまたあのお綺麗な顔にあてられてしまう。

そっと彼女の肩に手を回し、意識をこちらに向けさせる。

「ほらね。ふたりでたくさん練習した甲斐があったろう？」

あえて「ふたりで」を強調して言えば、リリアの頬がぽっと赤くなる。そして私を見上げて嬉しそうにはにかんだ。ふにゃりと微笑む様は、またたいそう可愛らしい。

「ふたりで？」

私がやけに強調するものだから、殿下も気になったのか聞き返してきた。

「私の家で、ふたりで特訓したのです。リリア嬢はとても一生懸命で、教える私もつい熱が入ってしまいました」

「きみの家で？」

「はい」

「……きみの部屋で？」

「？　いえ、サロンですが」

私がそう答えると、殿下はどこか勝ち誇ったようにふんと鼻を鳴らした。

「それはそうか。きみの私室はひどく殺風景だからね」

突然部屋を貶された。年頃の令嬢の部屋をつかまえて殺風景とは、ひどい言い様だ。

私としては殿下に押し付けられた品物たちでずいぶん賑やかになったと思っているのだが。

「……ええ。あまり物を置かない主義なので」

笑顔を崩さない殿下に私もにっこり笑って応じれば、視界の隅に間に挟まれたリリアが狼狽《うろた》えているのが見えた。急に攻略対象同士がバチバチ火花を散らし始めたものだから、何のイベントだろうと思っているのかもしれない。

「おっと。殿下をいつまでもお引き留めしてはいけませんね。さぁ行こう、リリア」

「あ、は、はい！」

殿下に一礼し、リリアの肩を抱いたまま踵を返す。

「待ちたまえ」

……が、殿下に腕を掴まれて、引き留められた。

「どうせこの後たいした予定もないだろう？　少し手伝ってくれないかな？」

「え？」

「ちょうど、人手が欲しかったんだ」

殿下はまたにっこりと笑っていた。よそ行きの王太子スマイルに、何となく嫌な予感がした。


リリアとともに殿下に連れて来られたのは、生徒会室だった。

聖地巡礼……もとい、学内巡視の時に外からは見ていたが、中に入るのは初めてである。

同じことを考えているのか、リリアも部屋の中をきょろきょろと見回していた。

その片隅に、見覚えのある藍色の頭が見えた。

「アイザック」

呼びかけると、中にいたアイザックが顔を上げた。片手を上げて、彼に挨拶する。

机にかじりついていた彼の周りには、たくさんの帳簿が積み上げられていた。

彼は眼鏡の奥の目を細め、じっと私を見る。

「……僕は疲労で幻覚を見ているのか？　バートンがいるように見える。あと、王太子殿下も」

「暇そうにしていたから、人手として引っ張ってきたんだ」

殿下がにっこり笑ってアイザックに言う。

アイザックがめちゃくちゃ小声で「ないよりはマシか」と呟いたのが聞こえたが、お前、それはどういう了見だ。

見ればアイザックはげっそり疲れた様子で、手元の紙には桁の多い計算式がずらりと並んでいる。

私の生徒会のイメージとずいぶん違う、と感じた。ゲームの中の生徒会室は概ね主人公と攻略対象が乙女ゲーム的なあれこれをする場所であって、仕事をしている描写はほとんどなかったからだ。

「真面目に仕事してるんだな」

「当たり前だろう」

「もうすぐ開催される剣術大会の準備と、秋の学園祭の予算の割り当てを決めているんだ」

「……まだ半年も先ですよ」

「もう半年後だ」

殿下の言葉に、私は眉間に皺が寄るのを感じる。

来年の話をすると鬼が笑うと言うが、私は半年先の話だって笑ってしまう。

半年後にはルート分岐であるダンスパーティも終わっているのだ。「まだ」であってもらわなくては困る。

「殿下、何故正装を？　まだお戻りになったという話も聞いていませんでしたが」

「ああ、先ほど帰ってきたところだからね。陛下に挨拶をして、その足でここに来たんだ」

アイザックも私と同じ疑問を抱いたようだった。殿下の答えに、思わず彼を二度見する。

西の国から帰ってきたその足で、わざわざ学園に生徒会の仕事をしに来たのか？

いくら病気が治ったからと言って、元気になりすぎではないだろうか。

もしくはとんでもないワーカホリックか、どちらかだ。

「……無事のご帰還、何よりです」

「ありがとう。留守を任せて悪かったね」

アイザックよ、その挨拶の点数を聞いてみてくれ。きっと三十点だと言われるぞ。

その後も、殿下とアイザックは一言二言言葉を交わしている。そういえば、ゲームではこの二人の組み合わせは「生徒会組」とか呼ばれていたなぁ、とぼんやり思い出した。

「リリア嬢はこの帳簿を隣の書庫に戻して、このメモにある書類を代わりに持ってきてほしい。書庫は全て日付とファイル順に並んでいるから、棚をよく見れば分かるはずだよ」

「は、はい！」

殿下がリリアに帳簿の束を手渡し、その上にメモを載せる。大した量ではないが、小柄なリリアが持つととても大荷物に見えてしまう。

レディにこんなに荷物を持たせては、軟派系の名が廃るというものだ。

「では、私もリリアと一緒に」

「きみはこっち」

よたよた歩くリリアの後ろをついていこうと思ったところ、殿下にがしりと肩を掴まれた。

そのまま無理矢理椅子に座らせられて、目の前に帳簿と書類の束が積まれた。

「ほら。これが前年と前々年の予算と積算と、あとそれが今年の積算と物品の価格表、これを……」

書類に目を落とすと、桁の多い数字がたくさん並んでいる。見ているだけで頭痛がしてきそうだ。

私の知っている学園祭の規模じゃない。アイザックが疲弊しているのも頷ける。

すでにげんなりしている私をよそに、殿下はいやに上機嫌でアイザックに向き直った。

「ギルフォードは書庫でダグラス嬢の書類探しを手伝ってやるといい」

「いえ、僕は計算の途中ですので。殿下がご案内されてはいかがでしょう」

「は？」

「は⁉」

思わず殿下とアイザックの顔を交互に仰ぎ見てしまった。

書庫でやることがあるなら、私にそれをやらせてくれたらいいのではないだろうか。

もしかして、私がここで「じゃあ私が」と言ったら「どうぞどうぞ」となるやつだろうか？

そう思って立ち上がろうとするが、肩に置かれたままの手に圧を感じる。トラディショナルジャパニーズジョークの出番ではないらしい。

これは先ほど手を捻り上げようとした私への仕返しに違いない。いや、さすがの私もあれは悪かったとは思っている。

だが、だからと言ってこれは見過ごせない。アイザックか殿下のどちらかとリリアがふたりきりになってしまう。

生徒会室のイベントといえば、王太子殿下が高いところにある本をリリアに取ってやるイベントに、アイザックが倒れてきた本棚からリリアを庇って押し倒したような体勢になるイベントにと、密着度の高いドキドキのイベントが目白押しだ。

これはまずい。

「アイザック！　君の方が数字と『よろしくやってる』だろ！」

「なっ！」

わざと汚い言葉《スラング》――訓練場の教官仕込みだ――で言えば、殿下とアイザックの両方がぎょっとして身を強張《こわば》らせた。よし、引いている。お坊ちゃんには刺激が強かったようだ。

その隙を突き、ひらりと肩に置かれた殿下の手を取って立ち上がる。

「お前、どこでそんな！」

「頼むよ！　それじゃ！」

くるりと王太子殿下を腕の下で回して躱すと、アイザックの肩を叩いてから、書庫へ向かう。

「リジー！」

一拍遅れて聞こえた怒気を孕んだ殿下の声をスルーして、私は書庫に滑り込んだ。


書庫に入ってみると、リリアが上の棚の書類を取ろうと背伸びしているところだった。

ナイスタイミング。

後ろからそっと近づき、彼女が取ろうとしていた本を代わりに取ってやった。

「これ？」

至近距離でリリアの顔を見下ろし、目を細めて最大限に甘く優しく微笑んでみせる。

ぼん、と音が出そうなほどの勢いで、リリアの顔が朱に染まった。さながら瞬間湯沸かし器だ。

「は、はりがとう、ございまふ」

真っ赤になってどこか焦点の合わない目で私を見つめるリリアの手に、ぽんと帳簿を載せてやる。

「次はどれ？」

「え⁉　あ、あの、えっと」

屈《かが》み込んで、彼女の手元のメモを覗き込む。

こんなことをするよりメモを受け取って確認した方がよく見えることは重々承知の上だ。しかし攻略対象というのはそれを理解してなお、効率を度外視してでも距離が近い方の選択をしなくてはならない時がある。

リリアはすっかりのぼせ上がっているようで、耳まで赤くなってしまっていた。

「リジー！」

ばん、とドアが大きな音を立てて開け放たれた。

「ちょっと、今のは貴族としてどうかと思うよ⁉」

顔を赤くしながらずんずんと歩いてきた殿下の肩が、立てかけてあった脚立に当たる。

「あ」

リリアが声を上げた。

脚立が倒れ、私とリリアのいる書棚に当たり——上から書類やら帳簿やらが降ってくる。

彼女が声を上げた理由が分かった。イベントが発生したのだ。

「危ない！」

「きゃ！」

私は咄嗟を装い、降ってくる書類からリリアを守るように覆いかぶさった。

本当はそんなことせずとも降ってくる書類をすべて弾き返すくらいのことは出来ただろうが、それをしないのが攻略対象らしい行動だ。

ばさばさ背中に書類が当たるが、まぁ大した重さでもない。木刀の方がよほど痛いくらいだ。

「……大丈夫？」

書類の落ちる音が止んでから、ぱちりと目を開けた。

すぐ目の前に、リリアの琥珀色の瞳があった。

目を見開いて私を凝視している。

今の私は、リリアを床に押し倒すような――いわゆる床ドンの体勢だった。きちんとイベントを再現できて、内心ほっとする。

ぱくぱくと口を開け閉めする彼女に、私は余裕たっぷりで微笑んで、言った。

「おや。役得だ」

「あ、あばばば」

リリア、もはや人語を解していなかった。

思わず苦笑いをしていると、ぐいと首根っこを引っ掴まれ、無理やり身体を起こされる。

身体をよじって振り向くと、珍しく機嫌の悪そうな表情の殿下が立っていた。

「……私は片づけてくれと言ったのだけど？」

「……殿下が脚立を倒したせいですよ」

立ち上がって、殿下を見下ろす。まったく、自分で蒔いた種だろうに何故怒っているのか。何様なのだろう。……いや、王太子様なのだが。

しばらく私を睨んでいた殿下は、リリアに向き直ると一転、優しげな声音で言う。

「……リリア嬢、遅くなるといけないから今日は帰るといい。馬車で送らせよう」

「では私も」

「きみは残って片付けだ」

ぴしゃりと言い切られた。ずいぶんと態度が違うではないか。

まぁ、いいだろう。この部屋でこなすべきイベントはすべてこなせた。

殿下のアシストがあってのことだし、片付けくらいは手伝ってやろう。

私は肩を竦めると、両手を上げて降参の意を表した。


結局、書庫の片づけはアイザックも一緒に手伝ってくれたのですぐに終わった。

その後予算編成の手伝いまでさせられそうになったので「精査も積算もしなくていいから、全部に三パーセントのシーリングをかけたらいいのに」と言ったら悪魔を見るような顔で追い出された。

どこの会社の上層部もそんなものだろうと思っていたのだが、違ったらしい。

帰宅して私室で日課のドラゴンフラッグをこなしていると、慌ただしいノックとほぼ同時にドアが開かれた。侍女長が勢いよく部屋に転がり込んでくる。

「エリザベス様！」

「どうしたんだい？　クリストファーが庭で転んだ？」

「違います！」

慌てた様子の彼女に、私はカウチから起き上がった。

「で、殿下からドレスが届いています」

「？　ロベルトがドレスを送ってくることなんて、前にもあったろう？」

ちなみに正体がバレたので、一番直近の誕生日には本人がわざわざ家まで来て、剣帯と「何でも言うことを聞きます券」を手渡していった。

剣帯はいい。実用品だ、ありがたく使う。だが「何でも言うことを聞きます券」は何だ？

私はお前の親か何かか？　というか王族が人に渡していいものか？

その時も、侍女長とたまたま居合わせたクリストファーにどういうことかと根掘り葉掘り聞かれて閉口した。婚約している間は会いに来たことなどなかったのに、解消した途端に家に来て贈り物を手渡ししてきたロベルトに疑問を持ったらしい。

疑問を持たれても、私には掘られる根も葉もないのだが。本人に聞いてもらいたい。

侍女長が焦れたように声を荒げた。

「王太子殿下からです！」

「は？」

…………嫌な予感がしてきた。何だか前にもこんなことがあった気がする。

そんなフラグの回収の仕方があるか？

侍女長が持ってきた箱を、恐る恐る開ける。中には本当に、ドレスが入っていた。

おそらく素材は絹だろうか。白とも銀ともつかない上品な色の、光沢のある生地だ。

生地の上からきらきらした糸で編み上げられたレースが重ねられている。よく見るとレースのところどころに小さなビーズが編みこまれていた。いや、小さいがこれは宝石だろうか？

触ってみると私でも良い生地っぽいことが分かるような、きめ細やかでしっとりとした手触り。そして何度見ても機械製にしか見えない精巧なレース。何ともゴージャスなドレスだ。

広げてみると、Iラインというのかコクーンシルエットというのか、すとんとした珍しい形をしている。レースどころか、これはパターンから引いたんじゃないかと思わせる出来栄えだった。

……いや、さすがにそれは、ない。と思いたい。

「ロベルト殿下と婚約を解消されたばかりなのに、王太子殿下からドレスを贈られるなんて……旦那様になんと説明したら良いか……」

侍女長の顔は真っ青になっていた。

さもありなん。一般的には男性から女性にドレスを贈るのは求愛に等しい行為とされている。

殿下もそのあたりのマナーは私より詳しいくらいだと思うのだが……おそらく作ったドレスを見てほしい欲が、良識に勝ってしまったものと思われる。

思わず遠い目をしてしまうくらい、カーテンの方がマシに思えるくらい、弩級《どきゅう》に重たい贈り物であった。

しかもわざわざ家に送りつけてきやがった。直接手渡そうとすると、何やかんやと理由をつけて私が拒否すると思ったのだろう。正解だ。

半ばパニックを起こしかけている侍女長に、私は努めて明るく、あっけらかんとした風で言った。

「よし。送り返そう」

「はい？」

「宛先間違いですよと書いて送り返そう」

「そ、そんな不敬な‼」

励まそうと思ったのだが、逆効果だったようだ。顔色が青を通り越して白になってしまっていた。

「直接王家の馬車が持って来たのですよ！　宛先間違いなんて馬鹿なことがありますか！」

「誰にだって間違いはあるよ、人間だからね」

ぽん、と侍女長の肩に手を置く。

効果はないと知りながら、だいたいの女の子が騙されてくれる軽薄な微笑みを添えておく。

「主君が間違ったことをしたとき、それを間違っていると言えるのが真の忠臣というものだ。忠義のために勇気を出そうじゃないか」

「エリザベス様」

「はい」

「ふざけている場合ではございません」

「はい」

普通に怒られた。

やはり人望の公爵様が言うのと私が言うのとでは重みが違うらしい。

「分かった。それなら私が城に持っていって直接返してくる」

「じゃあ、お兄様から突き返してもらおう。勘違いされるようなものを送ってきたのは殿下が悪いのだし、『僕の妹に色目を使わないでもらえるかな？』とかなんとか言って」

「より最悪です」

「坊ちゃんがそのようなことを仰ると思いますか？」

「思わないなぁ」

自分で言っておいて何だが、想像できなさ過ぎて笑ってしまった。

人様の贈り物にケチをつけるようでは人望の公爵は務まらない。

しかし、殿下も殿下である。せっかく他国に行ったのだから、こんなに重たい贈り物ではなく、無難に食べ物でも送ってくれたらよかったのに。

そこまで考えて、ふと思いついた。

「分かった、これは土産だ」

「は？」

侍女長がぽかんと口を開けてこちらを見た。

私は全力で「なるほどな！」という顔を作って、腕を組んでうんうんと頷く。

「殿下は西の国に行かれていたんだろう？　こう見えて学園ではたまに話す間柄なんだ。きっとロベルト殿下との婚約破棄のお見舞いを兼ねて土産を送ってくれたんだな、うん。そうに違いない！」

「え？　ええ⁇」

「よく見たら何となくメイドイン西の国、という感じがしなくもない。この国ではあまり見たことのない形のドレスだし」

「そう、言われてみれば……？」

侍女長の目がわずかに泳いだ。よし、あと一押しだ。

「西の国の礼儀ではお詫びの品として衣服を贈るのが一般的だと聞いたことがある。いやぁ、他国の文化をしっかり学んでおいでとは、さすが殿下だなあ！」

「……そう、なのですか」

「そうだとも。お父様には、殿下からお土産をいただきましたよと伝えておこう」

虚言千パーセントだが、堂々と胸を張って言い切った。嘘をつくときは堂々としておくに限る。

混乱していたらしい侍女長は、最終的には丸め込まれてくれたようだ。ふぅ、やれやれである。

手早くドレスを箱に戻し、彼女が正気に戻らないうちにと、半ば無理やり押し付けた。

「まぁ、私には無用の長物だけどね！　頂き物は頂き物だし、大切にしまっておいてくれたまえ。他の贈り物と同様、厳重に……そう、二度と目につかないくらい奥の方に」

出禁

五月に入り、学園内は剣術大会ムードにあふれていた。

男子生徒全員が強制参加の体育祭のようなイベントで、授業で学んだ剣技をぶつけ合う。そのためこの時期は誰もが大なり小なり、剣術の授業に力を入れて取り組んでいた。

本来であれば、私も意気揚々とその準備に勤しむところ……なのだが。

なんと私、出場権がないのである。

何故なら、私が優勝するのが目に見えているからだ。

すでに師範の免許を持っていて授業が免除されている私には成果発表の必要はない、とかなんとか理屈を説明されたが、要するに体のいい出禁である。

「生徒たちの安全のために隔離推奨」を引き合いに出されると、私としてはぐうの音も出ない。

だがせっかくリリアに良いところを見せるチャンスだというのに、これでは宝の持ち腐れだ。

「砲丸投げにならないか？」

「なるわけがないだろう」

生徒会の権限に頼ろうとアイザックに頼んでみたが、あっさり切り捨てられた。

砲丸投げ、ダメなのか。トライアスロンでもダメだろうか。

ちなみにこの大会、ゲーム内ではロベルトが優勝するのだが……。

「俺も出場できないのは、少々残念です」

昨年めでたくお免状持ちとなったロベルトも、私同様出禁である。

こうなると誰が勝つのだろう？　無難に我が訓練場の候補生の誰かだろうか。

近づいてきたロベルトに、ついでに話を振ってみる。

「お前も砲丸投げ、良いと思うだろう？」

「砲丸投げ？　いいですね！　俺、かなり自信があります！」

「いい加減にしろ」

私とロベルトが盛り上がり始めたところで、アイザックからストップがかかった。

「お前たちには関係ないだろうが、僕はこれから剣術の授業なんだ。着替える時間がなくなる」

言われて見回すと、教室内にはもう他に誰も残っていなかった。

着替えに時間のかかるご令嬢はおろか、男子生徒たちもとっくに更衣室に行っているようだ。

「どうせ誰もいないんだし、ここで話しながら着替えていけばいいだろ」

「いいわけあるか」

言い捨てて、アイザックは荷物を抱えて教室を出ていってしまう。懐柔作戦は失敗だ。

ロベルトがいつものキラキラを飛ばしながら、空いた隣の席に座る。

「隊長は、空き時間は何をしているんですか？」

「だいたい筋トレだな」

「同じです！」

身を乗り出して、ロベルトが嬉しそうに声を上げた。

彼の放つキラキラがより一層明るくなった気がする。

「兄上から西の国の土産にと彼の国の兵法書をいただいたのですが、そこに載っていたトレーニング方法がとても興味深くて。俺も取り入れられないかと考えていたのです」

何だ、そのちゃんと弁《わきま》えた土産は。私もそれが良かった。

ドレスと交換してもらえないものだろうか。

羨ましそうにする私に気づいたのか、ロベルトがこちらを覗き込む。

「お持ちしましょうか？」

「ああ、頼む。私も興味がある」

「分かりました！　今度一緒に読みましょう！」

妙に意気込んで頷くロベルトに、思わず笑ってしまった。

そこからは、普段どんなメニューをこなしているかとか、訓練場のメニューをどうするかとか、おすすめのジョギングコースについてとか、取り留めもない話をした。

彼があまりに楽しそうにするので、私もつられて笑ってしまう。

ふと会話が途切れたタイミングで、ロベルトがぽつりと言った。

「こうして……二人でゆっくり話をするなんて、初めてですね」

「そうだったか？」

私が首を捻ると、ロベルトは「そうですよ」と苦笑いした。

「不思議ですね。俺たち、婚約していたはずなのに」

「仕方ないだろう。形だけの婚約者だ、珍しい話ではないさ」

「そう、ですが」

珍しく歯切れが悪い。ロベルトは珍しく視線を彷徨わせ、俯いていた。

そういえば、ゲームの中の彼はこちらを見ている立ち絵が少なかったな、と思い出した。

彼は言いにくそうに、自分でも迷っているように、一言一言、言葉をこぼしていく。

「ふと考えてしまって。もっと早く、貴方と話をしていたら。一緒の時を過ごしていたら……俺たちはどうなっていたのだろう、と」

「何を言うかと思えば」

今度は私が笑う番だった。ふん、と鼻で笑う。

「今日までの半生、私が家族以外で一番共に過ごした時間が長いのは……間違いなくお前だよ、ロベルト」

「！」

ロベルトが小さく息を呑み、目を見開いた。

「いや、お前たち『自称・バートン隊の隊員』と言うのが正しいか？　学園に入るまでは毎日のように訓練場に入り浸っていたし、今も週に一日は顔を出しているだろう」

「……では、」

ロベルトが、私の瞳を見つめた。

普段のキラキラとは違う輝きが宿っているような、どこか真剣な目をしていた。

「今からでも、遅くはないのでしょうか」

彼の意図はよく分からなかったが、適当に分かったフリをして「もちろんだとも」とか言って鷹揚に頷いておいた。

ロベルトもまだ十七歳。今から始めて遅すぎるということの方が世の中には少ないだろう。六十の手習いとか言うくらいだしな。


「この際、覆面でもして参加するか？」

「すぐにバレませんか？」

「大会本部をジャックするのは？」

「なるほど。昨年と同じなら、会場がこの向きで、大会本部はここですね」

「ああ、それなら後ろの建物から裏に回って撹乱しよう」

「逃さないよう前方を包囲した方が良いでしょうか」

「いや、生徒よりも審判役の騎士に注意した方がいい」

「お前たち、何をしているんだ」

とある日。剣術の授業の間暇を持て余した私とロベルトは、どうやったら剣術大会に参加できるかの作戦を練っていた。

二人で膝を突き合わせてこそこそ話しているところに、授業から戻ってきたアイザックの声が割り込んでくる。

さすがに運営側のアイザックにバレるとまずい。二人で顔を見合わせ、適当に笑って誤魔化した。

「おかえり、アイザック。ここから見ていたけど、君、酷いやられようだったなぁ」

私の言葉に、アイザックの眉間の皺が深くなった。

ダンスは相当うまくなったが、剣術の方はまだまだである。

教えている身としては、一回戦くらいは突破してほしいところなのだが。

「ギルフォード、俺が稽古をつけようか？」

「結構だ。先生役はバートンで間に合っている」

「隊長が、先生？」

「ああ、時々練習に付き合ってやっているんだ」

私が答えると、ロベルトが途端にショックを受けたような瞳をして縋《すが》りついてきた。

私よりも背があるくせに、こういう時だけ何故か上目遣いに見えるから不思議である。

「そんな！　隊長！　一番弟子は俺ですよね⁉」

「お前、私の弟子だったのか？」

いや、関係性としては師弟が近いとは思っていたのだが、弟子にするとか言った覚えはない。

もっと言えば隊を率いているつもりもない。

縋りついてくるロベルトを引きはがそうと苦心しているのを見て、アイザックの眉間の皺が一層深くなった。そしてわざとらしくため息をつく。

「どこかの誰かに勉強を教えなくていいのであれば、僕も剣術の稽古に集中できるんだが」

「あーあー、悪かったよ、アイザック。見捨てないでくれ。な？」

じろりとこちらを睨んだアイザックに、両手を合わせて「頼むよ」のポーズをしておく。

剣術大会もあるが、そのすぐ後には中間テストだ。リリアにギャップを感じてもらえるような点数を確保するためにも、彼の機嫌を損ねるのはまずい。

私が下手《したて》に出たことで溜飲が下がったのか、アイザックはふっと眉間の皺を緩めた。

そして私とロベルトに向き直り、告げる。

「剣術大会のことだが、エキシビションマッチをすることになった」

「え？」

「お前とロベルト殿下とで、大会前に余興として一戦、やっていい」

その言葉に、私とロベルトは顔を見合わせる。ロベルトの目が爛々《らんらん》と輝いていた。きっと今は私も似たような顔をしているに違いない。

二人して期待をこめてアイザックを見つめていると、アイザックは眼鏡の位置を直しながら、どこか照れくさそうに目を逸らした。

「お前たちをただ出場させないだけでは、ろくでもないことをしでかしそうだからな。それよりは適度に発散させた方がいいだろうと掛け合っただけだ」

完全にお見通しだった。

いや、それでもいい。エキシビションでも何でも、見せ場がもらえただけで十分だ。

持つべきものは友達……いや、親友だな！

「ありがとう、アイザック！　君が女の子だったらキスしてるところだ！」

「は⁉」

「俺からも礼を言うぞ、ギルフォード！　俺もキスした方がいいか？」

「別にお前のためじゃ、痛っ⁉　叩くな！　こら、バートンもだ！　いっ⁉　いい加減にしないと怒るぞ⁉」

ばしばしとアイザックの背中を叩いていたら、結構本気で怒られそうになったので慌ててやめた。

女子の目がないとつい、男子の部活みたいになってしまっていけない。

リリア、早く着替えから戻ってこないだろうか。

「そうと決まれば、こうしてはいられません！」

立ち上がったロベルトが、ものすごい勢いで荷物をまとめ始めた。

「俺、武者修行に行ってきます！」

言うが早いか、ロベルトは教室を飛び出していく。

「武者修行……？　この後の授業は……？」

「あいつ、試験勉強は大丈夫なのか……？」

私とアイザックは、呆然としたまま教室に取り残された。

出ていったきり、ロベルトは戻って来なかった。それどころか、しばらく学園に来ていない。

あいつ、気軽に学園を休みすぎではないだろうか。学生の本分を何だと心得ているのか。

剣術の授業の間、昨年までは一人でも十分有意義に過ごしていたはずなのだが……話し相手がいないと急につまらなくなったように感じるから不思議である。

まぁ、単純に大会前で剣術の授業が多く行われているからというのもあるが。

一人で試験勉強するのも退屈なので、教科書を引っさげ剣術の授業を見学することにした。

剣術担当の教師は私の姿を見るや否や慌てて駆け寄ってきて、地面に木の枝で円を描き「いいか、そこから絶対に動くな。模造剣にも触るな。頼むからいい子にしていろ」と厳命した。

人間というのは不思議なもので、ダメだと言われると別に興味がなかったことでもやりたくなってくるからむしろ逆効果なのではないかと思う。

だいたいそんなことをしなくても、私はたいていの場合はいい子にしていると思うのだが。

円の中に座っていい子に教科書の練習問題を眺めていると、走り込みが終わってへとへとになったアイザックが戻ってきた。

やぁやぁお疲れと声をかけると、「いいご身分だな」と睨まれた。だったら代わってほしい。

休憩している彼に、何となく話を振ってみる。

「ロベルトのやつ、学園を休んで何をしているんだろう。まさか本当に山に籠《こ》もってるのか……？」

「さぁな。それがどうかしたか？」

疲れているからか、アイザックの返事はつれないものだ。

「もうすぐ中間テストだぞ？　授業に出ないとまずいだろ」

「あいつは僕に勝ったんだ。心配いらないだろう」

アイザックはふんと鼻を鳴らした。

なるほど、去年試験でロベルトに負けたことを根に持っているのか。道理で、私がロベルトの話をすると不機嫌になるわけである。

彼はロベルトが実力で学年首位の成績を取ったと思っているらしいが、私はそうは思っていない。あの時のロベルトはいつものロベルトではなかった。完全にゾーン的なものに入っていた。試験だって、感覚が研ぎ澄まされまくったせいで鉛筆転がし打法があり得ない精度で的中しただけなんじゃないかと疑っているくらいだ。

つまり、彼の真の学力はいつもの……中の下くらいのままだろうと私は踏んでいる。

だが負けた方のアイザックからしてみれば受け入れがたい事態であったのだろうし、ありゃまぐれだぞ、と言うのはさすがに無神経と名高い私でも憚られた。

結果として、どうも歯切れの悪い返事になってしまう。

「いや……それはどうかなぁ……」

そもそも、実技系の試験もある期末と違って中間テストはいわゆるお勉強系科目ばかりだ。

私やロベルトにとっては、アドバンテージがなくなる。

しかも、期末試験は実技系の準備でお勉強科目の勉強時間が削られるからか、全体として平均点が低い――つまり、赤点のボーダーも低くなる。

だが、中間テストにはそれがない。ちょっと気を抜いていると余裕で赤点の危機なのだ。

「自分の心配をしたらどうだ」

「それは今してる」

「そこ、間違ってるぞ」

「早く言ってくれ」

「無茶を言うな」

指摘された問題を確認する。結構序盤の段階で計算をミスしていたことが分かり、がっくり来てしまった。同じ問題をやり直す気にはなれなかったので、次のページをめくる。桁が多そうだな、このページもパスしよう。

アイザックはしばらく私を眺めていたが、やがて小さく呟いた。

「てっきり、お前はダグラスのことを心配するものと思っていたが」

「いや、リリアは大丈夫だよ。やれば出来る子だから」

一拍間が空いた。リリアがチート級のポテンシャルを秘めた主人公だと知らないアイザックには、彼女が大丈夫そうに思えないのかもしれない。まぁ、確かに大丈夫じゃないところも多々あるが。

やや間を置いて、アイザックが言う。

「僕のことは心配しなくていいのか？」

「君は私の心配をしてくれ」

私の言葉に、彼はふっと笑みをこぼした。

「……心配してばかりだ。お前が思うより、ずっとな」

何だ、その含みのある言い方は。

だから勉強しろ、という無言の圧をかけられている気がした。

◇◇◇

「ば、バートン様！　が、がが、がんばってくだひゃい！」

「ありがとう、リリア」

待ちに待った剣術大会当日。

しゃちほこばったリリアの応援を受けて、私は余裕たっぷりに微笑んでみせた。

そうそう、これである。こういう展開が必要だったのだ。青春学園モノっぽくて良いではないか。

「私が勝ったら、その勝利は君に捧げるよ」

リリアに向き直り、一番盛れる角度でウィンクを投げた。

「だから、しっかり見ていて」

「ひゃ、ひゃい」

ぽわぽわと瞳の中にハートマークを浮かべるリリアと別れ、即席の観客席の間を抜けて会場の中心を目指す。

ぐるりと観客席を見渡すと、だいたい女子生徒は私の髪の色である金のポンポン――あれの正式名称は何なのだろう。この国の物はビニール製ではなくリボンで出来ていた――だったり、私の名前を書いたパネルや横断幕を持っている。

対する男子生徒には、ロベルトの瞳の色である若草色の鉢巻きを巻いていたり、旗を振っていたりする者が多かった。ロベルト、意外と男子から人気のようだ。

まぁ、モテ倒している私への嫉妬から「いっちょかましたれ！」という気持ちでロベルトを応援している男子生徒もいそうだが。

というか、エキシビションが本番のような力の入った応援具合だった。

歩いていると、ロベルトの名前を書いた横断幕を広げている一団を見つける。

見知った顔だと思ったら、案の定訓練場の候補生たちだった。

「お前たち、私を応援しなくていいのか？」

揶揄いまじりに声を掛けてみると、候補生はきょとんとした顔で答えた。

「え？　だって隊長、応援しなくても勝つじゃないですか」

「それもそうだな」

一言で納得させられてしまった。

それは確かに応援するまでもない……というか、応援し甲斐がないかもしれない。

そう思うと、応援してくれるリリアやご令嬢たちにはよくよく感謝をしないといけないだろう。

「まぁ、ロベルトがこっち側にいたら、隊長を応援しろとか言いそうですけど」

言いそうだった。

候補生たちとともに苦笑いしてしまう。

「まぁ、負けるにしろ……俺たちぐらいはあいつを応援してやらないと、と思いまして」

な、と顔を見合わせる候補生たち。広げた横断幕には「派手に散れ」の文字が躍っている。

それは応援か？

「あいつ、いい奴なんで。馬鹿だけど」

「すっげー頑張ってるんで。アホだけど」

「ですから、隊長の応援は出来ません！　申し訳ありません！」

清々しい笑顔で言ってのける候補生たちに、私もつられて笑う。

誰も「第二王子だから」などとは言わなかった。ロベルトはまともな友情を築いているらしい。

「はは。野太い声援はこちらから願い下げだ」

候補生たちの「そんなー」という不満げな声を背中に受けながら、私はまた歩き出した。

通りすがりに、ご令嬢たちへのファンサービスも忘れない。

会場の中心、試合場に降り立つ。

反対側からロベルトが歩いてくるところだった。

どうやら本当に山籠もりしていたらしい。何となく薄汚れている。護衛の騎士たちの苦労がしのばれるな。

まぁ、時間通りに来たのでよしとしよう。これでもし試合にも遅れて来るようだったら、すわ巌《がん》流島《りゅうじま》作戦かと疑うところだった。ロベルトは巌流島も宮本武蔵も知らないだろうが。

準備されていた模造剣を手に取る。

もちろん刃は潰されているが、金属製だ。ぶつかり合うと派手な音が出るので、観客にも臨場感が伝わるようにという配慮だろう。

所定の位置につく。ロベルトと目が合った。

いつものキラキラは鳴りをひそめて、代わりに真面目くさった空気がピンと張りつめている。

会場の歓声が大きくなった。見ている方もボルテージが上がってきたようだ。

ロベルトは黙って突っ立っていたが、私は手を振って歓声に応じた。投げキッスとともに上がる黄色い歓声が何とも心地良い。

一通りファンサービスを終えた後、ロベルトに向き直る。

目を合わせてから、私とロベルトが一礼する。途端に、会場が静まり返った。

審判の騎士が片手を上げる。それを合図に、互いに剣を構えた。

「始め！」

先ほどまでの喧騒が嘘のような静寂のなか、審判の声がやけに大きく響く。

審判の声を合図に、私とロベルトは同時に地面を蹴って距離を詰めた。

ロベルトが打ち込んできた初撃を剣で受け止める。

私が受け切ったのを見るや、彼は横薙《よこな》ぎに剣を振って上段に構え直し、再度振り下ろした。

剣の角度を変えて衝撃を逃しながら、次々と打ち込まれる刃を捌いてゆく。

瞬時に勝負を決めてしまってもいいのだが、これはあくまでエキシビションマッチ。観客を楽しませるのが目的だ。多少は遊んでやらなくては。

ロベルトの剣筋は非常に素直で直線的で、見ていて気持ちが良い。身体が大きいのでリーチも長いし、一撃一撃集中して力を込めた重い剣を打ってくる。

剣戟《けんげき》を繰り返してもまったく威力が落ちないだけのスタミナもある。多少長引いても観客は退屈しないだろう。

低めに放たれた水平斬りを躱して、ひょいと跳躍した。

ロベルトが私の着地を狙ってくるが、それを読んでハンドスプリングで一歩後ろに着地。

そのまま腹筋の力で方向転換すると、ロベルトの剣を足場に再び跳躍、宙返りをして彼の頭上に跳び上がる。

おおっとどよめきが聞こえた。落下の勢いを活かして、大上段から剣を打ち込む。

金属のぶつかり合う派手な音がした。

着地とともにしゃがみこみ、本当なら足払いでもかましたいところだったが——剣術大会向きではないので、そのまま剣で切り上げるに留めた。

今度はロベルトがそれをバックステップで躱す。

私が距離を詰めようと踏み出すと同時、ロベルトもこちらへ向けて一歩を踏み出した。

ふむ。武者修行とやらの成果が出ているようだ。直線的だが、しっかり勘所を押さえて攻められている。本当に山籠りでもして猪と戦っていたのかもしれないな。勝負には時に、獣のような貪欲さも必要だ。

甲高い金属音を響かせながら、激しい打ち合いが続く。ときにロベルトが攻め私が守り、ときに私が踏み込みロベルトが受け流した。

一瞬にも何時間にも感じられる時間だった。

よし、そろそろいい頃合だろう。

私は剣を上段に構えて、ロベルトに斬りかかる。彼は刃でそれを受け止めようとした。

剣と剣がぶつかり合う直前、私はふっと肩の力を抜いた。目を閉じて、静かに呼吸して。

一閃。

音もなく、ロベルトの構えた剣が真っ二つに折れた。

いや、私が斬ったのだ。

修行をしたのは何もロベルトだけではない。私も剣術大会という見せ場に向け、腕を磨いた。

ここぞという時に使う必殺技……というか、どう見せ場を作るか考えた結果が、これだ。

弘法筆を選ばずとはよく言ったもので、その道の達人は道具を選ばない。そういう意味では、私はすでに達人の域に達していると言えるだろう。

達人ともなれば、刃を潰した模造剣でだって、鉄を切ることができるのだ。

まぁ、こんにゃくは斬れないかもしれないが。

驚いた顔をしているロベルトの喉元に、すかさず剣の切っ先を突きつける。

ロベルトはしばし目を見開いていたが、やがてふっと息をつき、言った。

「参りました」

彼の声が、静まりかえった会場に響く。

一瞬遅れて、わっと歓声が上がった。

一礼ののちロベルトとがっちり握手を交わす。目が合うと、彼は楽しそうに笑っていた。今度は二人して、手を振って歓声に応える。

エキシビションマッチは、特に大番狂わせもなく私の勝利で終わった。

だが会場は大いに盛り上がったので、成功と言って差し支えないだろう。


控室でロベルトと健闘を称え合っていると――実質感想戦みたいになってきていたが――剣術の教師と学園長が飛び込んできて、来年の剣術大会出禁を直々に言い渡された。

模造剣でも鉄を切れるようなやつには危なくて試合などさせられない、とのことだ。

言われてみればそれもそうだな、と思った。一人だけ真剣で戦っているようなものだ。

そもそもエキシビションマッチに参加できただけでだいぶ譲歩してもらったと思っている。

何より、私にとって大切なのはゲームの進行している今年の剣術大会で出番を作ることだった。来年以降どうなろうが関係あるまい。

そう思ってはいはい言っていたのだが、ロベルトは納得がいっていない様子だった。

「対戦相手の俺が気にしていないと言っているのに、どうしてたい……バートン卿だけが出場禁止になるんだ！」

「そうは言いましても、御身に何かあっては」

「では俺も出場禁止にすればいいだろう！」

「いえいえ。今年は大いに盛り上がりましたし、殿下の素晴らしい腕前を見たいという生徒も多いでしょう。ぜひ殿下には来年も……」

「そんな馬鹿な話があるか！」

ロベルトは今すぐにでも噛みつきそうな形相をしていた。

こういう表情をしていると、ゲームの中のロベルトと同一人物だったなぁと今さらながらに思い出す。ガタイが良い分、ゲームの彼よりも迫力がありそうだ。

背も高いし腕っぷしも強いうえ、一応王族だ。凄まれたらさぞやりにくいだろう。学園長はおろか、剣術の教師もすっかり尻込みしてしまっている。

やれやれと肩を竦めてから、彼をなだめにかかることにした。

「よせ、ロベルト。私はいい。今年で十分楽しんだ」

私の言葉に、ロベルトは悔しそうに唇を噛む。

学園長はと言えば、信じられないものを見るような目でこちらを見ていた。私が引いたのが意外だったらしい。

それではまるで私がいつも無理を通させているようじゃないか。心外だ。

「じゃあ……じゃあ、俺も来年までに模造剣で鉄を斬れるようになります！　そうしたら俺も出場禁止になりますよね⁉」

お前はどうしてそう斜め上方向の努力をしようとするんだ。

なかなか矛先を収めようとしないロベルトを、くいくいと指で呼び寄せる。

素直に寄ってきた彼に、そっと耳打ちした。

「来年までに候補生に師範代を増やして、お免状持ちだけで『あぶれ者たちの剣術大会』でもすればいいだろう。もちろんこっそりでもいいし……」

ちらりと学園長に視線を送る。ほんの一瞬だったが、彼は機敏にそれを察知して身を縮めた。

「本会場を乗っ取ったっていい」

私の言葉に、ロベルトは目を見開いた。そして私の顔を見つめる。

にやりと不敵に口角を上げてみせれば、ロベルトの瞳から放たれたキラキラが私に降り注いだ。顔がうるさい。

「ほら、行くぞロベルト。第一試合が始まってしまう。アイザックの応援をしてやらないと」

「はい！　お供します！　どこまでも！」

嬉しそうに後ろをついてくるロベルトに、私は大げさなやつだなと苦笑いした。

◇　◇　◇

観客席を見て回り、リリアとクラスのご令嬢たちと合流する。

「バートン様も応援して差し上げて！」と謎のリクエストがあったので、試合に向かうアイザックに野次を飛ばしたところ鬼の形相で睨まれた。

アイザックは案の定、一回戦で敗退となった。クリストファーは二回戦に進んだが、そこで当たったのがうちの訓練場でも指折りの候補生だったので、惜しくも二回戦止まりとなった。

「あいつ、また上手くなったな」

「フランクですか？　確かに今日は動きのキレもいいですね」

「フランク先輩は今年の優勝候補と言われていますのよ」

ロベルトと話していると、近くにいたご令嬢が教えてくれた。

なるほど、先輩ということは最後の剣術大会か。気合いも入るわけである。

「お噂では、優勝したら想い人に交際を申し込まれるおつもりだとか……」

「きゃー！　ロマンチックですわ！」

盛り上がるご令嬢たち。女の子というのはいつの世も、こういう話が好きなものらしい。

剣術大会には、優勝した者が一つ何でも願い事をすることが出来る、という慣習がある。

ご令嬢たちの話に出たような王道の恋愛系の願いもあれば、「来年は俺と決勝で戦え！」とかいう熱い少年漫画系の願い、先生に向かって「テスト簡単にしてください！」というウケ狙いの願い等、年によって様々ということだ。

ちなみに、「みんなの前でお願いできる」というだけで、叶うかどうかは別問題である。

「テスト簡単にしてください！」の年はテストが例年より難しかったので、優勝者が後からタコ殴りにされた……という噂がまことしやかに語り継がれているくらいだ。

さてこの剣術大会、ゲームではロベルトが優勝する。

通常は「願い？　チッ、くだらない。俺に構うな。以上」みたいなつんけんしたコメントで終わるのだが、好感度がかなり高い状態で剣術大会を迎えた場合のみ、台詞が変わってスチルが見られる隠しイベントがあった。

ロベルトは観客席の主人公に剣の切っ先を向け――これが願い事をする際のルールらしい――こう言うのだ。「お前、俺のモノになれ」と。

つい、隣にいるロベルトの顔を見上げてしまった。こみ上げてくる笑いをポーカーフェイスの下で必死に噛み殺す。

似合わない。そういえば俺様キャラだったなと久しぶりに思い出した。

ゲームの中とはいえ……そして記憶の中のものとはいえ、知り合いのそういうところが思い浮かぶのはどうも気恥ずかしいというか、むずむずする。

きゃー！　と黄色い歓声が響き渡った。試合場に視線を向けると、王太子殿下の姿がある。ちょうど試合が終わり、殿下が勝ち進むことが決まったようだ。

ああなるほど、と理解した。入学式の在校生挨拶のことを思い出す。

ここは乙女ゲームの世界だ。その舞台で「優勝」なんて華々しい栄誉に輝くのが、名もなきモブであるはずがない。いや、モブにだって名前はあるのだが。

私は心の中でフランクに合掌した。おお神よ、彼とその想い人に幸多からんことを。

予想通り、剣術大会は殿下の優勝で幕を下ろした。

まぁ、予定調和というやつである。

殿下の腕前は随分前にロベルトとの一戦を見ただけだったが、その時から比べて格段に強くなっていると感じた。さすがに今のロベルトに勝つようなことはないだろうが、それなりにいい勝負になるのではないかと思う。

　病気が治って、元々の攻略対象的ポテンシャルを十分に引き出せるようになったというところだろうか。

「最後の詰めが甘かったな。気の緩みが見えた。反撃の隙を与えずに押していれば勝てただろうに」

「俺は途中で一度距離を置いた場面が気になりました。フランクの力があれば踏み込んだ方が兄上にとっては脅威だったでしょう」

「あの場面では踏み込むと自分も相手の間合いに飛び込むことになるからな、安全策を取った……というより、日和《ひよ》ったな。あれは」

「ちょっと！　たい……バートン卿！　ロベルト！　聞こえてますからね⁉」

　私とロベルトが敗因を分析していると、フランクが試合場から文句を言ってきた。

「こっちはエキシビションマッチのときお前を応援してやったんだぞ！　俺のことも応援しろよ！」

「いや、だって真面目に見てたから」

「お前ホントそういうとこだぞ！」

　ロベルトを指さしてぷりぷり怒っているが、実際のところあと一歩で負けたことの八つ当たりだろう。これは精神面も鍛錬が足りていないようだ。

「鍛え直しだな」

「少しは労ってくれてもいいじゃないですか～‼」

「敗者にかける情けはない」

「お、鬼……」

がっくり肩を落としたフランクに、私とロベルトは顔を見合わせて噴き出した。フランクもつられて苦笑いしたところで、表彰式のアナウンスが流れる。

優勝のトロフィーを抱えた殿下が、すっと剣を抜いた。

ん？

何となく、今一瞬目が合ったような。

というか大会の慣習とは言え、王太子殿下が願いを言う必要は無いように感じる。本来の権力構造から言って、本当にお願いされようものなら我々下々の貴族が断れるわけがない。

わざわざ大会の優勝者の権利を使うまでもないことで……これ、意味がないのではなかろうか。

王太子という立場を持つ人間の「願いごと」は、学園のちょっとしたイベントごとのオマケとしては重過ぎる。

殿下が高く掲げた剣の切っ先を、こちらの方角に向けた。

その延長線上を辿ると、どうやら私のいるあたりに向いている。

私は殿下のアメジストの瞳を見返した。今の並びは、左からロベルト、私、リリアの順だ。

ふむ。これは、あれだな。おそらく位置がずれている。

表彰台から観客席はそれなりに距離があるし、多少の誤差は仕方ないだろう。

「殿下」

敵に塩を送るべきか悩んだが、このシーンで間違えるのは後々黒歴史になりかねない。さすがに気の毒だ。出来るだけ穏便に指摘を試みる。

「切っ先、ずれていますよ」

「は？」

「リリア嬢はもう少し右です」

殿下の微笑みが、ぴしりと固まった気がした。

それはそうだろう。一番いいところでポジション取りを間違えたのだ。恥ずかしくて笑顔も固まるというものだ。

……つい親切に指摘してしまったが、ロベルトの方を指すように嘘をつく手もあったな。

私の心中を知ってか知らずか、殿下はお綺麗な顔に貼り付けた微笑みを固めたまま、剣の角度を直すことなく言う。

「金輪際、私の前で誰かを恋人だと偽ることを禁ずる」

しん、と辺りが静まり返った。

ああなるほど、と納得する。それは確かに私に切っ先を向けねばならないだろう。間違いなどと言って悪いことをした。

どうも私がリリアを恋人呼ばわりしたのがよほど腹に据えかねたらしい。

本当はリリアに関する願いを言うつもりだったのを、「間違えていませんけど？」感演出のために挿《す》げ替えたのかもしれないが……まぁ、そこは聞かないのがやさしさというものだろう。

というか、これはやっぱり「願い」じゃなくて「命令」じゃないか。

「嘘のつもりはなかったのですが」

「冗談でも、だ」

「……分かりました」

ちらりとリリアに視線を送る。彼女も私を見つめていたようで、一瞬目が合った。

が、すぐに俯いてもじもじしてしまう。非常に可愛らしい。

さりげなく彼女の手に触れ、するりと指を絡めた。リリアがはじかれたように顔を上げる。

ちょうど二人の間、周囲の死角になっている角度を狙ったので、彼女以外はそうそう気づかないだろう。私は何でもないことのように涼しい顔を作っておく。

「本当の恋人が出来たときだけ、ご報告します」

にこりと笑って答えれば、会場中からご令嬢の悲鳴が上がった。


さて、ゲームならば剣術大会のイベントはここで終わりになるのだが、現実はそうもいかない。

いかにお貴族様の学園といえど——いや、だからこそか？——学校行事のお片付けは生徒が行うものなのだ。

リリアと私、それにロベルトは倉庫に片づける荷物を運ぶことになった。

もちろん、リリアには重いものは持たせていない。

「ば、バートン様……きょ、今日の試合、すごくかっこよかったです」

歩きながら、リリアが私に話しかけてきた。

これは剣術大会のイベントで、主人公がロベルトに言う台詞だ。

「ありがとう」

「そうだろう！　たい……バートン卿はとても格好良いんだ！」

私の返事に割り込むように、ロベルトが鼻息も荒く言う。何故お前が自慢げなんだ？

「先ほどの試合の『斬鉄一閃』も素晴らしかった……強さはもちろん、剣術に打ち込む真摯な姿勢、俺たちへの指導……どれをとっても理想的な教官だ。リリア嬢もぜひ訓練場に見学に来るといい」

「わ、わぁ！　行ってみたいです！」

勝手に私の技に名前を付けるな。

ぐいぐい来るロベルトに若干怯えながらも、リリアはきちんと主人公らしい台詞を返してみせた。

確かに、私の強さを見せるには訓練場に呼ぶのも悪くないかもしれない。部活のマネージャーのような感じだろうか。タオルとはちみつレモンを差し入れに来るリリアを頭に思い浮かべたところで、自分が鬼軍曹だったことを思い出した。

いけない。せっかく学園では軟派系騎士様で通しているのに、これはちょっと、百年の恋も冷める可能性がある。

適当に笑いながら「そのうちね」と返しておいた。ちなみに、お貴族様の「そのうち」は一生来ないものである。

私とリリアを見ていたロベルトが、ふと思いついたようにリリアに問いかける。

「そういえば、ずっと気になっていたんだが……リリア嬢はどんな武術を極めているんだ？」

「え？」

「見たところ、そこまで筋肉量があるとも思えない。合気道の類か？　それとも、弓術等の遠距離系の武術だろうか？」

「え？　あ、あの、特に……何も……？」

「何も？」

リリアが首を傾げながら返事をすると、ロベルトも怪訝そうな顔をする。

何を言っているんだ、こいつは。

全員頭にクエスチョンマークが浮かんでいる気がする。どうにも話が噛み合っていない。

ロベルトが立ち止まる。リリアから私に視線を移して、不思議そうな顔で質問をぶつけてきた。

「た、隊長は……リリア嬢が強くなる見込みがあるから目をかけているのではないのですか⁉」

「え？　違うけれど……」

「え？」

「え？」

私とロベルトの「え？」が交互に響いた。お前、どこまで脳筋なんだ。

「で、では、何故、リリア嬢と一緒にいるのですか……？」

本気で分からないという様子で狼狽《ろうばい》して問いかけてくるロベルト。

何故とは野暮だが、しかしナイスアシストだ。

ゲームの中では悪役令嬢として散々アシストしてやったのだから、たまにはいいだろう。

視界の隅にちらりとリリアを捉える。彼女はどこか期待に満ちたような瞳で、私を見上げていた。

「何故、か。改めて言われると、私にもうまく説明出来ないけれど……」

少し考えるような素振りで顎に手をやりながら、今度はしっかりとリリアに視線を向ける。

そして優しく、思わず溢れたとでも言うような微笑みを浮かべた。

「不思議と放っておけないんだよ。頑張り屋で一生懸命な彼女のことを、つい目で追ってしまって」

そう、それはまるで、無自覚な好意の告白めいた言葉で。

「私は彼女に笑顔でいてほしいんだ」

リリアの頬が赤く染まり、瞳がきらきらと輝き出す。

この言葉に嘘はない。主人公の行動は常に目を離すことなくチェックしているし、同じ世界に転生した同郷の女の子が楽しく笑顔で過ごせたら良いなぁと思う気持ちはある。

私の不利益にならない範囲で。

まぁ問題は嘘かまことかということではなく、私の方にこれが告白のように聞こえる言葉だという自覚が大いにあるところだと思うが。

「隊長……」

リリアと対照的に、私を呼ぶロベルトの表情は曇っていた。

迷っているような、縋るような目で私を見つめ、一歩距離を詰めてきた。

「た、隊長は……強い者よりも、弱い者が大切なのですか？」

「……騎士とは、そういうものだろう」

彼は、突然何を言い出すのだろうか。

リリアがいなければ「何を当たり前のことを」と叱りつけているところだ。こんな質問、騎士道以前の問題である。彼も当然、分かっているはずのことだ。

「か弱い者を守るのも、騎士の務めだ。私は君たちに、そう教えてきたつもりだったけれど」

「でも、……隊長の隣に並ぶために……俺は……」

「ロベルト」

彼の名前を呼ぶ。普段だったらしゃんと伸びるだろう彼の背筋は、曲がったままだ。

「君と私とは共に戦う仲間だ。国のため、王のため、そして国民を……弱き者を守るために戦う騎士だ。そういう意味では、君たちは十分、私の背中を預けるに足る存在だと思っている」

若草色の瞳が不安げに揺れている。そこに映る私は、彼を正面からまっすぐ見据えていた。

「そしてリリアは守るべき国民であり、この国にとって重要な、聖女の素質を持つ女の子でもある」

ロベルトは黙っていたが、やがて苦しそうに私から目を逸らした。

いつもの彼とは違う元気のない様子に、内心首を捻る。一体、何がどうしたというのだろう。

「私が君たちと共にあることと、リリアと共にあることは、両立するはずだ。違うか？」

「そう、ですね……」

ロベルトはそう頷きながらも、どこか納得していないように見える。

「その、はずなのですが……」

小さく呟いた彼は、それ以上声をかけては来なかった。

順調に攻略してもらえている

「あ、あの！　バートン様……こ、これ！」

教室でリリアから渡された招待状を見て、私は内心ガッツポーズをする。

教会で催される大々的なチャリティーイベント「星詠祭」――通称教会イベントの招待状で、ゲーム内では好感度を上げたいキャラクターを選んで渡すものだ。

つまり、リリアは私の好感度を上げたいと思ってくれているということだ。

順調である。実に順調に攻略してもらえている。

中間テストの結果も予定通りの位置につけられたし、文句なしだ。

ちなみに、今回の試験は見事アイザックが首位へと返り咲いた。リリアからしてみれば当然の結果だろうが、実際のところはいろいろと騒動があったので感慨深いものがある。

……何故かロベルトが山籠もりしていた割にいい成績だったのは納得いかないが。

剣術大会からこっちロベルトの様子がおかしいので、また「有能なロベルト」になっている可能性がある。不安要素があるとすればそこだろう。

「せ、聖歌隊とか、楽団の演奏もありますし、ば、バザーとかもありますし、貴族の方も、たくさんいらっしゃいますし、おすし」

最後の一言は聞かなかったことにした。

惜しい。何故今お寿司を我慢できなかったんだ。

どうしても言わなくてはいけなかったのか、それは。

「わ、わたしも一応、みんなの前で、お祈りを捧げることになってて……ほんと、手をこう組んで、俯くだけなんですけど。も、もし、よろしければ」

「もちろん。私が君の誘いを断るはずないだろう？」

ちらちらとこちらの様子を窺うリリアの手から、招待状を受け取る。

ほっとしたような微笑みを見せるリリア。本当に、見るたびに感動を覚えるほど可愛らしい。

主人公らしくしようと頑張っている姿ももちろん可愛いが、ふとしたときに見せる素の表情まで愛らしいので時々当てられそうになる。うっかりすると顔が溶けそうだ。

招待状を眺めながら、ゲームの中の教会イベントを思い出す。

孤児院の子どもと戯れるロベルト、パイプオルガンを弾く殿下、バザーを手伝うクリストファー、神父のコスプレをするアイザック……いや、最後のは二次創作だったか。

「楽しみにしておくよ」

誰のイベントを横取りするかを考えながら、にっこりとリリアに微笑みかけた。

……パイプオルガンは無理だな。一瞬で「弁償」の二文字が脳内を駆け巡った。

◇　◇　◇

リリアと約束をした日。教会に足を運んでみれば、まだ朝の時間帯にもかかわらずかなり賑わっていた。食事を配っているところもあるようで、ふわりと食欲をそそる匂いが届く。

こういう場合も炊き出しというので正しいのだろうか。

「やあ、リリア。今日はお招きありがとう」

「い、いえ、そのあ、あの、こちらこそ」

「そのワンピース、可愛いね」

私が言うと、リリアは頬を染めて俯いてしまう。

出合い頭にとりあえず女性を褒めるのは貴族の礼儀なので、そのくらいは笑顔で受け流せるようになってもらいたいところだ。

いや、一生懸命口説いている側としては、別に都度初々しい反応をしてくれたっていいのだが。

今日のリリアは、ふわりと裾が広がった膝丈の白いワンピース姿だった。

白いワンピースというのはつくづく、美少女と幽霊にしか着用を許されない衣服だなと思う。

リリアの案内で、教会の中を見て回る。バザーを眺めたり、ステンドグラスに見惚れたり、聖歌隊の歌を聞いたり。

頻繁に出入りしている教会だからか、リリアも普段よりリラックスしているように見えた。充実したデートである。

だが、イベントらしいことは何も起こらない。リリアも途中からだんだんとそわそわし始めた。

バザーを手伝うよう声を掛けられることもなかったし、孤児院の子どもたちに捕まることもない。

壊すのが恐ろしくてパイプオルガンには近づいていないのだが……そろそろそちらに足を伸ばさないといけないだろうか。

一瞬、ふっと弱気が頭を掠める。

もしかして、私が攻略対象ではないから……この世界に攻略対象として認識されていないから、イベントが起きないのだろうか。

しかし、私はその思考を頭から振り払った。起きないなら起こせばよい。今までもそうしてきたのだ。これからもそうしていく。それだけのことだ。

世界の強制力などに頼っていては、それこそモブ同然の悪役令嬢に逆戻りだろう。

さて、どうやってイベントを起こそうかと考え始めたとき。

「聖女様！　ちょうどいいところに」

駆け寄ってきた男がリリアに声を掛けた。服装からして神父だろうか。

「神父様、ど、どうかしましたか？」

「すみません、少し席を外さなくてはならなくて……懺悔《ざんげ》室の方をお願いできないでしょうか」

「懺悔室？」

「聖女様に聞いていただけるとあれば、迷える子羊たちもさぞ救われるでしょう。対応の仕方は中に紙が貼ってありますので」

神父様の提案に、私とリリアは顔を見合わせた。

懺悔室の、神父側の部屋に二人で入る。

躊躇うリリアを「君を一人にするわけにはいかないからね」とか何とか理由を付けて丸め込んだ。リリアもこれがイベントだと思っているようで、あっさり丸め込まれてくれた。チョロすぎて少々心配になるくらいだ。妙な鍋とか買わされないでほしい。

本来一人で入るはずの部屋なのでそこそこ狭いが、リリアが小柄なので並んで座る分には問題ない。何なら狭い方が自然に密着できるので、私にとっては都合が良い。

中には神父様の言う通り紙が貼ってある。簡単にだが、対応の手順が書いてあった。

基本的には黙って信者の懺悔を聞く。信者から質問を受けた時だけ返事をする。最後は「神はあなたを赦すでしょう。共に祈りましょう。礼拝堂へどうぞ」で締めくくる……とのことだ。ちなみに重大な犯罪に関する懺悔だった場合は、音を立てないようにそっと外に出て衛兵を呼ぶらしい。……そんなパターンもあるのか。

リリアは頼られたのが嬉しいらしく、気合十分と言った様子だ。微笑ましい限りである。

まぁ、正直言ってお祭りのようなことをやっている日にわざわざ懺悔しに来る人間がそうそういるとは思えないのだが……リリアのためにも、一人くらいは来てほしいところだ。

少し待っていると、がたがたと反対側の部屋の扉が開く音がする。

壁で仕切られているので向こう側の様子は分からないが、壁の一部は四角く窓のように切り抜かれてカーテンで覆われているだけなので、音はよく聞こえた。

壁の向こうで、声がする。

「いや、これは二人で入る広さじゃない。私は外で待っているから」

「いえ、護衛対象が離れると迷惑が掛かりますから、兄上もご一緒に」

「私が迷惑なのだけど……」

声からして、二人。どちらも若い男だ。「兄上」と言っているから兄弟だろう。「護衛」がついているようだから、貴族か裕福な商人……といったところか。

反対側の部屋もこちら側と同じくらいの広さだとしたら、男二人では相当狭いに違いない。

「……分かった、分かったからその顔をやめろ。早く済ませたまえ」

「はい！」

一瞬、部屋の中に沈黙が満ちる。リリアが緊張した面持ちで、ごくりと息を呑んだ。

壁の向こう側、男の一人が懺悔を始めた。


神よ。俺の罪を、どうか聞いてください。

俺には婚約者がいました。強く、気高く、誰からも尊敬されるような、そんな人物でした。

傲慢で何の取り柄もなかった俺が……兄と自分を比べて、逃げてばかりだった俺が、前を向けるようになったのは彼女のおかげです。

彼女は俺の憧れでした。

だからこそ、俺は自分から彼女の婚約者の座を降りました。

弱い自分では彼女の隣に並び立つのに相応しくないと。彼女に認めてもらうには足りないと。

そう思ったからです。

もっと強い自分になったとき、いつか彼女の隣に立てたら……お互いを支え合うような、そんな存在になれたら。俺はそれで満足だと、そう思っていました。

ですが、近頃彼女と二人で過ごす時間が増えて……その時間がとても心地良くて、幸せで……いつまでもこの時間が続けばいいと、そう思うようになりました。

いつかではなくて、今も彼女の隣にありたいと……欲深くも、思ってしまいました。

そんなとき、彼女に言われました。俺を共にあるべき仲間だと思っていると。

俺は、すでに彼女に認められていたんです。

なのに、俺は喜べなかった。それどころか、何かを見失った気すらしました。

俺がずっと目指してきたものが、手の中にあるはずなのに。ずっとそうなりたかったはずなのに。

俺はそこで気がつきました。俺は、彼女に認められるだけでは足りなかった。

彼女と共に並び立つ仲間の一人というだけでは、満足できなかった。

彼女の隣に立つ、たった一人になりたかったのだと気づきました。

俺はその「たった一人」になる権利を手放した後で、それに気づいたのです。

そしてそれをいともたやすく成し遂げている者を……俺よりもか弱く、彼女といた時間も短いはずなのに、彼女が自らの隣にと選んだ者を……妬んでしまいました。

同時に、すべてを手放してからその価値に気づいた自分を恨みました。

親が決めた婚約者でもいい。そこにあるのが愛でなくてもいい。

それでも、俺のもとに繋ぎ止めておけばよかったと……そのような感情が、今も胸の内で溢れて止まないのです。

この感情を何と呼ぶのか、俺には分からないのですが……。


「それは恋ですね」


リリアが声を発した。

慌てて目を向けると、彼女はアッと小さく悲鳴を漏らして、口を覆う。どうやら思わず言ってしまったらしい。よくここで口を挟めたな。

この主人公《ヒロイン》、時々私でも予想できない豪胆さを見せるのでびっくりしてしまう。

いや、言ってしまったものは仕方ない。どうにかリカバリしよう。

壁に貼ってある紙の決まり文句を指さし、リリアに視線を送る。

相談者の方には申し訳ないが、さっさと最後のお決まりの言葉を言ってお帰りいただこう。

彼女も私の意図を読み取ったらしく、こちらを見てうんうんと頷いた。

「恋？　……これが、恋……なのか……？」

呆然としたような呟きが、壁の向こうから聞こえてくる。

呟きには反応せず、リリアはごほんごほんと咳払いをした後で、カンペどおりの言葉を告げた。

「神はあなたを赦すでしょう。共に祈りましょう。礼拝堂へどうぞ」

「……失礼。私も、神に打ち明けたい罪がある。このまま聞いていただいても良いだろうか」

「え？」

壁の向こうから、先ほどとは違う男の声がする。おそらく一緒に入った兄の方だ。

リリアが困った様子で私に視線を送ってきた。

とりあえず、手で丸を作ってリリアに見せる。ここが教会であり懺悔室である以上、迷える信者に「ダメです」とは言わないはずだ。たぶん。いや知らんけど。

リリアは私を見て頷くと、壁の向こうの男に真面目くさった声で言う。

「どうぞ」

「ありがとうございます」

リリアの許可を得て、二人目の男が話し始めた。

「神よ、どうかお許しください。私は……弟の婚約者を愛してしまいました」

「え」

壁の向こうで聞こえた驚愕の声と、リリアの小さな声が重なった。

いや、これはリリアが悪いとは言い難い。むしろ私はよく堪えたと思う。

しかも壁の向こうのもう一人の男も初耳だったらしい。急に話がドロドロしてきた。

こんなところで修羅場はやめていただきたい。

壁の貼り紙にはさすがに修羅場の対応方法までは載っていなかった。

二人目の男は、驚きの声を無視して懺悔を続ける。

最初は弟の婚約者であると、距離感を弁えて接していました。

彼女と出会った当時の私は、今にして思えば捻くれた子どもでした。勝手に自分の将来を悲観して、世の中はつまらないことばかりだと悟ったような気になっていました。

しかし彼女は私の悩みを取るに足らないものだと笑い飛ばし、私を広い世界へ連れ出してくれたのです。

彼女が私に生きる意味を与えてくれました。

世界がこんなにも明るく美しく、尊いものだと知ることが出来ました。

そんな彼女に私が惹かれるまでに、時間はかかりませんでした。

それでも、私は自分の気持ちに蓋をして過ごしました。これは恋などではないと自分に言い聞かせて過ごしました。

ですが……諦められなかった。日に日に彼女の存在が自分の中で大きくなっていきました。

そんな時、彼女が弟との婚約の解消を望んでいることを知ったのです。

神よ、お許しください。私は邪な気持ちでもって、弟と彼女との婚約解消を父に進言しました。本人の望みとはいえ、私欲のためにそれに賛同しました。

戻って来られるかも分からない旅に出ることになり、一時的に彼女と離れることになりましたが……それでも。いえ、会えないからこそ、彼女への気持ちはより一層募りました。

そして戻って来たときに、彼女と弟が婚約を解消したことを知りました。天啓だと思いました。もう自分の気持ちに蓋をする必要はなくなったのです。

私と彼女の間を阻むものは何もありません。……仮にあったとしても、乗り越えてでも振り向かせると決めました。

今日私は宣言します。これからは彼女の心を射止めるために全力を尽くすと……神に誓います。

「あ、兄上……!?」

壁の向こうでがたがたと人が動いている気配がする。

これは、まずい。万が一取っ組み合いの喧嘩でも始まった場合、どうするのが正解なのだろう。

この壁のマニュアルの他に、どこかにトラブル対応Q&A集とか置いていないものだろうか。

仮にないとしたら作っておいた方が良いのではないだろうか。

「え、えーと……」

リリアも困った様子だったが、やがてやけっぱちといった様子で言った。

「か、神はあなたを赦すでしょう！　と、共に祈りましょう。今度こそ、礼拝堂へどうぞ！」

勢いで言い切った。

勢いは大切だ。堂々と勢いを生かして言いきれば誤魔化せる場面も意外と多いものである。事態がややこしくなっているときは、特に。

壁の向こうの男たちは沈黙し、やがてがたがたと音を立てて懺悔室から出ていった。

よかった。とりあえず出ていってもらえれば、喧嘩が起きても衛兵が飛んできてくれるだろう。あとは野となれ山となれである。

「リリア。よく乗り切ったね。意外と向いているんじゃないかな？」

「え？　あ、え、えへ、そ、そうですかね。すごい、テンパりましたけど。ほ、放送部、だからかな。デュフ」

心からリリアを称賛すれば、彼女は照れたように頬を覆って笑った。

また少し「デュフヒッ」が出ていた気がするが、今日は頑張りに免じて許そう。

「でも何か、どこかで聞いたことある声、……だったような」

ぽつりとリリアが大きな独り言をこぼす。そういえば、そろそろこの癖も気をつけてもらった方がいいだろう。

聞かなかったフリをやめて、あえて問いかける。

「あれ？　何か言った？」

私が首を傾げると、リリアははっと口を覆った。あの大きな独り言、本当に無意識でやっているらしい。

「あ、いえ、ひ、独り言です、フヒ」

「じゃあ、私に話してほしいな。せっかくふたりでいるんだから」

そっと彼女の手を握って、至近距離で微笑んでみせた。リリアの頬がぽっと赤く染まる。これで多少でも気を付けてくれるようになればめっけものだ。

だいたい、本当に知り合いの懺悔だったとしたら気まずすぎる。気にしないのが吉だろう。

かたかたと音がした。反対側の懺悔室のドアが再び開いたようだ。

「あ、あのー……お話、聞いてもらってもいいでしょうか」

控えめな声がする。若い男……いや、少年と言った方がしっくりくるような声だ。

気配からして、今度は一人。当たり前である。普通は一人で入るものだ。

「どうぞ」

リリアが先ほどよりやや自信の感じられる声で返事をした。

壁の向こうで、誰かが椅子を引く音がする。

「……神父様、神様。どうかぼくの罪をお聞きください」

少し間があって、壁の向こうの少年が話し出した。

「ぼくは義理の姉に恋をしています」

ごん、と隣から小さな音がした。前のめりになったリリアが額を目の前の壁に打ちつけたらしい。

気持ちは分かる。さっきから懺悔の内容がいやに昼ドラじみている。

何なんだ。大丈夫なのか、この国は。

懺悔室がいつもこのような悩みばかりだとしたら、この国の未来と神父様の精神状態が心配になってくるところだ。それとも今日はお祭り騒ぎだから、普段と客層が違うのか？

私の心配をよそに、懺悔は続く。

道ならぬ恋だとは理解しています。

ぼくは養子ですが……跡取りは他に決まっていますので、ぼくも姉もゆくゆくは家を出ることになります。ぼくが姉と結ばれることはきっとないでしょう。

姉は変わり者で、今は婚約者もいません。

変わり者ですが、優しくて、強くて、かっこよくて……とても魅力的な、ぼくの自慢の姉です。

ぼくは、誰かに必要とされたかった。愛されたかった。

親に捨てられたぼくを救ってくれたのも、物のように扱われて自分の価値を見失いそうになったぼくを大切だと言ってくれたのも……今の家族です。

愛してくれたのも、今の家族です。

だから、ぼくは家族に恩返しをしたいんです。その気持ちに嘘はありません。

父も、母も、兄も、姉も……みんなに幸せになってほしい。その手伝いがしたいんです。

家族が幸せになるためには……ぼくは姉と結ばれることを願ってはいけない。

ぼくなりに考えました。姉の魅力をもっと多くの人に知ってもらおうと……もっと普通のご令嬢のようにふるまってほしいと姉に働きかけたこともありました。

でも今は……もしも、もしもこのまま、姉と結婚したいという男が現れなければ……もしかしてと、そう願ってしまうのです。

ただの家族では、ぼくはもう足りない。姉弟という関係では、ぼくはもう足りないのです。

だって、姉がぼく以外の誰かを愛するところを……ぼく以外の誰かと結ばれるところを、見たくないと思ってしまったから。

貴族の養子として、弟として、これが正しい願いでないことはわかっています。

それでも……ぼくは彼女に恋をすることを、やめられないのです。


「……神はあなたを赦すでしょう。共に祈りましょう。礼拝堂へどうぞ」

リリアの声が若干疲れていた。その気持ちは分かる。

何だろうな、胸焼けすると言うべきか。他人様のドロドロした話はメンタルになかなかのダメージを与えていく。懺悔室、ゴシップの類が好きなタイプの人間には天職かもしれない。いや、そういうタイプには守秘義務があるのがデメリットになるのだろうか。

それにしても、懺悔室が意外と盛況なようで驚いた。

自分だったら、と想像してみるが……まったく興味を惹かれなさそうだ。

そもそも神に許しを請わなければならないような罪を犯していないので、懺悔の必要がない。

もしもリリアを騙しきって、私のルートに引き込むことが出来たなら……その時は懺悔が必要かもしれないが。

聖女を騙したとかそんな話をされた日には、神父様は胃痛どころの騒ぎではないだろうな。

がたがたと音がする。また懺悔室に迷える子羊がやってきたらしい。

「まず初めに言っておくが、僕は神という存在を信じていない」

じゃあ何しに来たんだよ。

先ほどから迷える子羊の癖が強い。

無神論者が来た場合はどうすればいいのだ。異教徒として排除していいのか。

そのあたりのマニュアルを整備して分業制にしないと、神父様の胃が穴だらけになりそうだ。

「僕は守秘義務がある第三者に話をしたいだけだ。自分の中で整理を付けるために話がしたい。もちろん施設を利用した分寄付をしていく」

ならいいか。

浮かせかけた腰を下ろした。やはり異教徒を徹底排除するような宗教は今日び流行らないだろう。きちんとお金を払うならお客様だ。話ぐらいは聞いてやろう。

リリアに視線を送ると、彼女もこちらを見てこくりと頷いた。

「どうぞ」


僕は、友人の婚約破棄を喜んでしまった。

彼女が望んだ婚約ではなかったとはいえ、貴族令嬢にとって婚約破棄というのは喜ばしいことではない。

それも理解したうえで、彼女が婚約を解消したと聞いたとき、僕はチャンスだと感じてしまった。

やっと彼女に、心置きなく手を伸ばせると思ってしまった。

友人だなどと笑わせる。僕にとって彼女はずっと、初恋の女の子だったのに。

だが、喜んだのも束の間、彼女がずっと話していた「運命の相手」というやつが現れた。

夢物語だと思っていたが……その相手といるときの彼女は本当に幸せそうで、愛おしそうで

……横恋慕している自分が馬鹿らしくなってくるくらいだ。

……馬鹿らしくなっても、それでも好きでいることをやめられない。

いや、やめるつもりはないし、諦めるつもりもない。

婚約者がいた時だって諦められなかったのに、「運命の相手」ごときで諦めるものか。

彼女は僕を強いと言ってくれた。だから僕は強くあれた。

努力を続けることが出来た。折れかけてもまた立ち上がれた。

今の僕があるのは彼女のおかげだ。彼女が僕を強くした。

彼女が誰を選ぼうと、誰を追いかけていようと、僕も彼女を追い続ける。

一度や二度の敗北で折れるような、柔なもので僕は出来ていない。

努力は得意だ。彼女が責任を取ってくれるまで、諦めない。

これは懺悔ではない。「運命」とやらへの宣戦布告だ。

「…………」

「…………」

言うだけ言って、壁の向こうの男はさっさと出ていった。

私とリリアは沈黙してしまう。感情としては「何だこれ」一択である。

誰か教えてくれ。これ、どうするのが正解なんだ。さっきから初心者向けの懺悔が一つも来てい

ない。「きょうの懺悔ビギナーズ」ぐらいの難易度のやつをお願いしたい。

イベントだと喜び勇んだ私の感情をどうしてくれるか。

何とも言えない空気が満ちている懺悔室のドアが、また開かれた。

「こんにちは。えーと。話を聞いてもらいたいんですけど」

聞き慣れた声がした。狭い部屋の中で、思わず立ち上がりそうになる。

隣のリリアは、これまでと同じように告げた。

「どうぞ」

「ありがとうございます。懺悔というより、お悩み相談みたいになってしまうんだけれど」

「はい、大丈夫ですよ」

改めて注意深く聞いても、非常に聞き慣れた声だ。

聞いているだけでほっとするような、蓄積したメンタルへのダメージが癒されるような声だ。

いや、聞き間違いという可能性もある。向こう側の声は少し反響して聞こえる気がするから、似た声の人というだけかもしれない。

「僕、今年で二十二なんですけど、まだ婚約もしていなくて。家督を継ぐのに未婚はどうなのか、という話もあって。でも僕としては正直、妹や弟たちの後でいいかなと思っているところで……」

私は顔を手で覆って俯いた。壁の向こうに聞こえない程度に、長い長いため息をつく。

私の異変に気づいたのか、リリアが心配そうにこちらを覗き込んだ。

私は低く小さく、呟いた。

「……兄だ」

リリアが目を見開いた。

そう。壁の向こうにいるのはお兄様だった。

他の誰の声を聞き間違えたとしても、私がお兄様の声を聞き間違えるはずがないのである。

「すまない。ちょっと、これを聞くのは人としてまずい。外で待っているよ」

私は音を立てないように立ち上がると、気配を殺して懺悔室を後にした。


その後、戻って来た神父様と交代して懺悔室を出たものの、ディープな話を聞いたせいか私もリリアもすっかり消耗してしまっていて、お祈りのお披露目が終わったところでデートを早々に切り上げることになった。まったく、散々である。

ちなみに、リリアは神父様に内関のツボを教えていた。彼女も神父様のストレスが心配になったらしい。やさしい子だ。

次の日。朝食の席でお兄様と一緒になったものの、私は一方的に気まずくなってしまっていた。

さわりだけとはいえ、お兄様が悩みを抱えていると知ってしまったことが非常に後ろめたい。

「お兄様」

「うん？　どうしたの、リジー」

「私もクリストファーも、頑張って嫁に行きますので」

「うん、えーと。クリストファーはお嫁には行かないかなぁ」

お兄様は困ったように笑っていた。クリストファーは私の顔を凝視してパンを取り落としている。

「姉上、お嫁に行く当てがあるんですか⁉」

「それは、ないけれど」

そこまで驚愕しなくてもいいだろう。失礼な弟である。

腹いせにクリストファーが机に落としたパンを代わりに食べてしまうことにした。

クリストファーと侍女長の非難ありげな視線は黙殺する。

「あ、あぁ！　そういえば、昨日の星詠祭、リジーも行ったんだってね？　僕もクリストファーと一緒に、お父様の名代で行ってきたんだ。エド……王太子殿下と、ロベルト殿下も来ていたよ」

明らかに気を使って話題を変えようとしてくれたお兄様だが、残念ながら話題は変わっていない。

だが星詠祭の話よりもお兄様の言いかけた殿下への呼び方のほうに意識を引っ張られてしまった。

「お兄様。いつから王太子殿下のことを……その、お名前で？」

「え？」

お兄様は目を丸くする。ふくふくの頬に浮かんだ青い瞳は、青空を閉じ込めたようだ。

「いつだろう。結構前からだけれど……補佐役としてだけじゃなく、良き友人になれたら、って、お父様や陛下からも言われていて」

思ったよりお兄様と殿下が仲良くなっていた。

不安だ。お兄様が殿下から悪影響を受けるんじゃないかと心配になってくる。顔面はたいそうお綺麗だが、結構面倒くさいところのある上司だし、お貴族様らしく「良い性格」をしている。

そうでなくとも、間近であの顔を見慣れてしまったらたいていのご令嬢が霞んで見えてしまいそうだ。そういう意味での悪影響もあるかもしれない。

「友人と言えば。リジー、ちゃんとギルフォード君にお礼を言っておいてね」

「アイザックに？」

何故、アイザックに礼を言う話になるのだろう。それも、お兄様が？

私が首を傾げていると、お兄様がテーブルに置かれたジャムの瓶を見せてきた。

「去年から、時々領地の名産品を贈ってくれるんだ。リジーにお世話になっているからって。これもそうだよ」

アイザック、友達の家にお中元とか贈るタイプらしかった。

いや、彼自身はあまり人付き合いが得意な方ではなさそうだから、さすがは新進気鋭の宰相様を擁する伯爵家、といったところか。

「お母様も、以前もらった茶葉がとても美味しかったと言っていたし、このジャムは僕もとても気に入ってるんだ」

お兄様は幸せそうな顔で、ジャムをたっぷりと塗ったパンにかぶりつく。

見ている方が幸せになるような笑顔だった。いつのまにか、気まずさはどこかへ消えている。

アイザックには、重々礼を言っておこう。

何だ、友達に向かってその睫毛は

「ふ、降ってきちゃいましたね……」

「朝から降りそうだったからね」

校舎を出たところで、傘を差す。リリアも自分の傘を差して、私の隣に並んだ。

「今日はうちの馬車で送るよ」

「えっ、やった」

言いかけて、はっとリリアが自分の口を塞いだ。

送っていくだけで喜んでもらえるとは、送り甲斐があるというものだ。

「あ、ありがとう、ございます」

頬を染めて、リリアが俯く。だいぶ普通に接してくれるようになったと思うのだが、すぐ俯いてしまうところは変わらない。

門へと向かいながら、下校イベントはゲームにもあったなと思い出した。イケメンというものは一緒に帰るというだけでイベントになってしまうらしい。改めて考えるとすごいことだ。

そういえば登校イベントがある乙女ゲームも多いが、この「Royal LOVERS」にはなかったな。たいていの移動が馬車なので、偶然一緒になるというのが起こり得ないからだろうか。

万が一食パンをくわえて攻略対象とぶつかろうものなら、人対馬車のただの交通事故である。ばしゃばしゃと背後から足音が近づいて来る。振り向けば、傘を持たないアイザックがこちらへ走ってきたところだった。

「悪い、入れてくれ」

「いいけれど、君、傘は？」

「出掛けに忘れてきたようだ」

アイザックは私の傘に入ると、眼鏡を外して忌々しげにレンズについた水滴を拭っている。

私とリリアは「その手があったか！」という顔になってしまった。

何を二人してちゃんと傘を持ってきているのだ。相合傘チャンスを逃してしまったではないか。

「じゃ、じゃあアイザック様はわたしの傘、使ってください！　お二人では狭いでしょうから！」

「お前はどうするんだ」

「わ、わたしは、その、バートン様の傘に入れていただきますので……」

リリアの言葉に、アイザックが怪訝そうに眉根を寄せた。

「いや、それには及ばない。肩の高さから考えても僕がバートンの傘に入る方が効率的だ」

「いいや、こういうのは効率の話じゃないぞアイザック」

傘の下でやいのやいのとやっていると、アイザックの手からぽろりと眼鏡が落ちた。

足元に眼鏡が転がる。

「あ、リリア。ちょっと待っ」

「え？」

ぱき。

「あ」

「え」

嫌な音がした。

恐る恐るリリアが足を退けると、そこにはすっかりひしゃげた眼鏡があった。レンズも割れてしまっている。

地面に落ちたアイザックの眼鏡を、リリアが踏んづけてしまったのだ。

「え、え――――っ!?　ご、ごご、ご、ごめんなさい、アイザック様！　わたし」

リリアが慌てて眼鏡を拾い上げ、眼鏡に向かって謝罪する。

リリア、それはアイザックの本体ではない。

「いや、私がきちんと注意しなかったからだ。リリアのせいじゃないよ」

「弁償！　弁償します！」

「出来るのか？　言っておくが、高いぞ」

アイザックが身体を屈めて顔を近づけ、リリアを睨む。眼鏡がないのでそうしないと見えないのだろう。リリアがひっと息を呑んだ。

そこでふと思い至る。まずい。これはまずい。

そう気づいた瞬間、リリアの鼻からたらりと血が垂れた。

「り、リリア！　血が！」

「へ？」

慌ててハンカチを取り出し、彼女の鼻に当ててやる。ついでにアイザックから引き離した。

アイザックは何が起きたのかよく見えていないようで、不思議そうに首を捻っている。

いつもの眼鏡がなくなったアイザックの顔面は、もはや凶器であった。

あまりにも顔が良いのである。彼の顔を見慣れている私ですら、新鮮な驚きを覚えるほどに顔が良い。もともとの作りが良すぎるのだろうが、鼻の高さと柳眉の形の良さ、彫刻のような顎のラインが相まってまるで芸術作品を見ているような気分になる。

何だ、友達に向かってその睫毛は。

至近距離で食らってしまったリリアが鼻血を出すのも無理は——いや、年頃の女の子がイケメンに興奮して鼻血を出すというのはさすがにどうかと思う。フォローしきれない。

眼鏡キャラが眼鏡を外すことを絶対に認めない派閥もあると聞くが、彼女はそうではないらしい。

さりげなくリリアをアイザックから遠ざけるため、間に入る。

「怖い顔をするなよ、アイザック。私が弁償するから」

「いや、僕は」

「いいから、いいから」

なおもリリアに文句を言おうとする彼に、にっこりと笑顔で圧を掛ける。

ゲームの中にも、主人公が彼の眼鏡を壊してしまうというイベントがあった。シチュエーション

は違うが、このまま進むとそのイベントに突入してしまう恐れがある。

眼鏡がないせいで何もできないアイザックに、主人公が「責任を取ります！」とか何とか言って付きっきりで手取り足取り面倒を見てやる、というイベントだ。

乙女ゲームの主人公諸君に告ぐ。女の子は気軽に「責任を取ります」とか言ってはいけない。「何でもします」もだ。

「お兄様からも言われているんだ、君に重々お礼をしておくようにって」

「は？」

「ほら、君も一緒に送っていってやるから」

呆然としているリリアと怪訝そうなアイザックを半ば引きずるようにして、私は公爵家の馬車へと歩みを進めた。


リリアを送った後――私としては先にアイザックを放流したかったが、レディファーストである。やむを得まい――アイザックを家まで送って行くと、以前と同じ執事が私たちを出迎えた。

今日はアイザックと一緒だからか、初手からものすごく腰が低い。是非お茶を飲んでいけとしつこく言うので、頂いていくことにした。

サロンに案内されて、前回ここでアイザックの兄その①、②に絡まれたことを思い出した。

あの時も昼間っから暇そうにしていたし、もしかしてまた現れたりするのだろうか。

さすがに目の前で弟を馬鹿にするようなことは……聞いた話ではしかねない。最悪うるさかったら窓から投げてしまって、後始末もアイザックに丸投げしよう。

「どうした、難しい顔をして」

「ん？　……君、見えてるのか？」

周囲を警戒しつつお茶を飲んでいると、アイザックに問いかけられた。

私と彼は向かい合って座っている。先ほどリリアに顔を近づけていたところを鑑みれば、その距離では表情は見えていないと思うのだが。

「お前がどんな顔をしているかくらい、見えなくても分かる」

「私はそんなに分かりやすいかな」

あまりに自信ありげに言われたので、苦笑してしまう。

自分ではポーカーフェイスはそこそこ上手いと思っているのだが、もしかして意外と声や雰囲気に出ているのだろうか。

「君の兄さんたちは？」

「ああ。今は領地で下積みからやり直しをさせられている」

直球で聞いてみれば、アイザックはこともなげに言った。

「は？」

「兄の元婚約者たちから聞いていないのか？」

私が聞き返すと、アイザックも疑問形で返してきた。

家に届いている手紙の山を思い出し、私は笑って誤魔化す。

卒業式に渡された手紙もまだ全部は開けられていないのだ。

長いこと文字を見ていると眠くなるし、極論卒業生とは会う機会も減るので、会う機会の多いご令嬢の手紙から優先して対応しているのが現状である。

アイザックの兄の婚約者たちからも手紙をもらったような気がするが、読んだ記憶はない。

「元婚約者」ということは……ゲームの本来の筋書き通り、アイザックの兄たちはご令嬢たちに無事捨てられたようだ。

「相手は父が見つけてきた、我が家の今後の繁栄には必要な家の娘たちだった。身分も父が宰相であるために……伯爵家の嫁としては、破格の相手だったが」

ちらりと、彼が私に視線を送った。

「どこかから漏れた醜聞で、彼女たちは婚約を白紙に戻してほしいと言ってきた。父が一旦保留としているところに、僕が兄たちの膨大な愚行の証拠を余すところなく提出した」

「わぁ」

他人事のように驚いておいた。

途中までの進捗は知っていたが――ご令嬢たちが婚約破棄に向けて意気込んでいる様子は見ていたし、そうなるだろうことは薄々予想していた――、そういう結果に落ち着いたのか。

ゲームでも最終的にはアイザックが伯爵家を継ぎ、次期宰相となる。原作回帰というべきか。

「結果兄さんたちは見限られて、領地で反省するまで下働きだ」

「さて、反省するかな」

「どうだかな」

私がとぼけてみせると、アイザックも紅茶を飲みながら白々しく言った。

少し間があって、彼は先ほどまでより幾分真剣そうに呟く。

「先日の試験で、僕は初めて兄さんたちの点数を超えた。……昔の、父さんの点数も、だ」

「すごいじゃないか」

アイザックの父である現宰相の有能さは、お父様やお兄様からも聞いている。ゲームでもたびたびアイザックの壁として立ちはだかっていた。

自分に厳しく他人にも厳しい、ずっと首席しか取ったことのないような完璧超人であるらしい。

そうでもなければ、伯爵の身分で宰相まで登りつめることはできなかっただろうが。

「君の父さん、すごく実力主義だろう？　君が爵位を継ぐのもあり得るんじゃないか？」

「ああ。父から打診があった。兄たちが戻ってくるのを待つより、その方が利があると見たらしい」

アイザックがティーカップを机に戻そうとする。位置取りがどうも不安だったので、そっと受け取って私が戻しておいた。

きっとお客様用のカップなので、割れると個数が半端になって使用人が泣く。毛足の長い絨毯の後始末も大変だろう。

「……それで？　君はどうしたんだ？」

「試しに、言ってみたんだ。僕は伯爵家を出てもいい、と」

驚いて、アイザックの顔をまじまじと見てしまう。彼は妙に晴れ晴れとした顔をしていた。

今の彼は眼鏡もなければ、眉間の皺もない。伏し目がちにしていると本当に睫毛が長いのがよく分かる。何とも羨ましい限りだ。

「投資した鉱山が大当たりして、かなりの配当金が入った。伯爵家を出ても、僕は一生金には困らず暮らしていける。学園を出てから、研究機関に勤めてみるのもいいとずっと思っていた」

アイザックの言葉に、思わず目を見開いた。

伯爵家を出る？　アイザックが？

それは、ゲームのどのルートにもなかった展開である。

だが、彼は非常に頭が良いものの、人付き合いは得意ではない。貴族同士の騙し合いの手練手管《てれんてくだ》が求められる宰相職よりも、研究職の方が向いているかもしれなかった。

彼がノーブルでファビュラスでなくなれば、攻略対象でなくなるかもしれない。ライバルが減るのは、私としては大歓迎だ。

「そうしたら、父が僕に頭を下げた。僕が本気で言っているのが分かったんだろう」

アイザックはふっと笑った。

端から見て分かるくらい嬉しそうで、それでいて少し、意地の悪そうな笑顔だった。ゲームの中でよく見た冷笑とも、主人公に向けるやわらかな微笑みとも違う。

言ってみれば、共犯者に向けるような顔だった。

「『アイザック、お前の勝ちだ』と」

「そりゃ、痛快だ」

彼の言葉に、私もつられてにやりと笑った。

その調子なら、宰相職だって問題なくこなせるかもしれないな。

「僕としては、この家自体にたいした思い入れはないが……爵位には興味がある。父の申し入れを受けることにした」

「意外だな。そっちの方が興味ないのかと思っていたよ」

「例えば僕が次期宰相になれば……侯爵に上がることも視野に入る。そうすれば……」

じっとアイザックがこちらを見た。

眼鏡がないので、私の表情はよく見えていないはずだが……はて。彼は私の表情を探って、どうしようというのだろうか。

今特に、どういう顔をしている自覚もないのだが。

「今、私はどんな顔をしている？」

「……特にどうということもない顔をしている」

試しに聞いてみると、アイザックがため息まじりに答えた。当たりだ。

◇　◇　◇

「おい、アイザック！　そっちは植え込みだ！」

「む」

「アイザック！　足元を見ろ！　そこは用水路だ！」

「む」

「アイザック!!」

あ――――もう!!

イベントを阻止するため、翌朝学園に行く時にアイザックを拾っていったのだが、馬車を降りて三歩進むたびにやれ植え込みだの用水路だのに向かっていくので早々にキレた。

最近はリリアの手前我慢しているが、本来私は気が短いのである。

「もういい、私が運ぶ。君は大人しくしていてくれ」

「は？」

彼の膝の裏に腕を差し入れ、ひょいとアイザックを横抱きに抱き上げた。

細身なだけあって、この身長の男子としては軽い方だろう。殿下といい勝負かもしれない。

「え!? は!?」

「文句を言うなよ。この方が早い」

どうせ見えてないだろうに私の顔と周囲に交互に視線をやるアイザックに、ふんと鼻を鳴らした。

この調子で彼を自由に歩かせていたら、教室に着く前に日が暮れてしまう。

「大丈夫。殿下もよく抱き上げられているから」

「どうしてお前が王太子殿下を抱き上げる事態になるんだ？」

眉根を寄せるアイザックに、私は沈黙で返した。どうしてかは私が聞きたい。

アイザックを抱いて廊下を進むと、人波が割れていく。気分はモーセである。

この学園、誰かが抱かれているときは道を譲らなくてはならない校則でもあるのだろうか？

まだ授業開始までには時間があるが、廊下や教室にはそこそこの数の生徒がすでに集まっていた。雑談をしていた生徒たちは皆こちらに目を向け、何やらざわざわと騒いでいる。

「……いっそ殺してくれ……」

アイザックは両手で顔を覆っている。耳まで真っ赤だ。

教室に行ったらどのみち誰だか分かるわけだし、顔を隠してもあまり意味はないと思うのだが。

「仕方ないだろう。これが一番効率が良いんだから。好きだろ、効率的」

「効率とかの話じゃない……」

「恥ずかしいと思うから恥ずかしいんだ。堂々としていたら意外と気にならないぞ」

「恥ずかしくない方がおかしいだろう！」

力説された。

まぁ、アイザックも思春期男子だ。お姫様抱っこで往来を行くのは恥ずかしいのかもしれない。

お兄様だっていつの頃からか「誰かに見られたら本気で婚期が遅れる気がする……」とか言って緊急事態以外は背負われてくれなくなったしな。

「……分かった、じゃあこうだ」

アイザックを地面に立たせると、彼の手を取る。

「え」

「手を引いてやるからついてこい。これならいいだろ？」

「あ、ああ」

「ちゃんとついてこいよ。次に何かあったら今度は担いで行くからな」

よほど恥ずかしかったのか、アイザックはまだ顔を赤くしている。握った手も熱いし、何よりじっとりと湿っていた。

「君、手汗がすごいぞ」

「今それどころじゃない」

教室に着くと、すでに登校していたご令嬢が私たちを見てはっと息を呑んだ。

誰も声を掛けてこないが、ご令嬢たちの何とも言えない生暖かい視線がアイザックに向いている。

詳しい事情は知らないが、何故かアイザックはクラス内で寂しがり屋の愛されキャラ認定をされていて、友達である私と仲良くなることを応援されているようなのだ。

彼は席に着くなり、視線から逃げるように頭を抱えて俯いていた。

なるほど。彼にしてみればこれは確かに恥ずかしいかもしれない。そう考えながら、私も席に着く。

リリアが登校して来るまでに収拾がつくなら私は何でも構わないのだが。

「……どうしてギルフォードは隊長に担がれて……？」

「さっきロッカーに荷物を取りに行こうとして、間違えて窓から出ていきかけたからだ」

「ば、バートン様、力持ちですね……？」

授業中はノートと顔が近いくらいで大人しかったのだが、昼休み早々にやらかしたのでもうアイザックは担いで移動することに決定した。

いつもはアイザックが私の世話を焼いてくれる方だが、逆になってみてそのありがたみに気づく。

アイザック、ものすごく面倒見が良いらしい。私には誰かの面倒を見続けるのは無理だ。

「たい……バートン卿、俺もご一緒してもよろしいでしょうか！」

「構わないけれど……行こうか、リリア」

「は、はい！」

リリアは担がれているアイザックを横目にチラチラ見ながら、隣に並んでついてきた。

ロベルトも反対側に並ぶ。最近、妙にロベルトがまとわりついてくる気がする。殿下が帰ってきて公務代行から解放されたから暇なのだろうか。

アイザックは私の肩の上ですっかり意気消沈していた。あと一歩で窓から転がり落ちるところだったのだから、こちらとしては感謝してほしいくらいだ。

食堂に着いたところで、彼を降ろしてやる。

「アイザック、服の裾でも掴んでついてこい」

「……分かった」

担がれるよりはいいと思ったのか、アイザックは渋々頷いた。

……が、一瞬目を離した隙に手を放し、間違えて他の女子生徒の服の裾を掴んでいる。

「ロベルト、回収してきてくれ」

「は！　分かりました！」

「ん？　お前、誰だ？」

アイザックが女子生徒に顔を近づけて覗き込む。相手のご令嬢は赤面して一時停止してしまった。

彼は殿下と違って自分の顔の良さに自覚がないタイプだ。自分の顔面の威力を理解していない上に、今は眼鏡がないことで――一部の宗派の方々を除いては――破壊力が増している。

ロベルトに回収を任せて、私はリリアと一緒に席取りに向かった。

やれやれ。やっとふたりきりになれた。

「あ、先輩！」

息つく間もなく、クリストファーがこちらに気づいて駆け寄ってきた。

空気の読めない弟である。

「ぼくも一緒に食べていいですか？」

聞きながら、返事を待たずに私の隣にお盆を置く。

アイザックの回収を終えたロベルトも戻って来た。

「バートン卿、Aランチなんですね！　さすがです！」

いつも通り尊敬のキラキラを飛ばしてくるロベルト。

仮にBランチでも同じことを言うだろう。もう何でもいいんじゃないか、お前。

リリアは人見知りなせいで、人が増えるとどんどん存在感が消えていく。

縮こまっている彼女に声を掛けようとしたとき、ぽんと私の肩に手が置かれた。

「賑やかだね」

穏やかに優しく笑う王太子殿下が、こちらを見下ろしていた。

おお、攻略対象揃い踏みである。

リリアを含め、主要キャラクター全員が集まったのを見るのは初めてかもしれない。まるでゲームのパッケージみたいだ。こうして改めて見ると顔面偏差値がものすごいことになっている。

すっかり萎縮しているリリアを横目に、ふと思った。

昨年まで、こんな風に攻略対象が一堂に会することはなかった。

当たり前だ。肝心の主人公がいなかったのだから。

主人公が現れた途端、こうして攻略対象たちは彼女を中心に集まってくる。まるで花に集まる蝶のようで……そして、乙女ゲームのようだった。

最近の出来事を思い浮かべてみる。生徒会室、剣術大会、下校イベント。

私とリリアがふたりきりになる機会が邪魔され、攻略対象の誰かが割って入る格好になっていた。

見たところ彼らの中にリリアへの好感度がそれほど高い者はいないようだが……彼ら自身は無意識なのかもしれない。

私という異分子と主人公が結ばれることを防ぎ、あるべき形に戻ろうとしている世界の働きなのかもしれない。これが乙女ゲームの強制力だろうかと、私は見えない世界機構へ思いを馳せた。

まぁ、世界機構が相手だとして、負ける気はさらさらないのだが。

捕まえたよ、私のウサギちゃん

正面玄関で愛馬お嬢さんに取り付けた鞍と鐙を確認していると、屋敷の中からクリストファーが現れた。

「姉上。どこに行くんですか？」

「ああ、ちょっとこれから、リリアとピクニックに」

「ピクニック？」

私が鐙を調整しているのを見て、クリストファーが首を傾げる。

「リリアさんって乗馬、得意なの？」

「いや？　学園に来て初めて乗馬をしたそうだから……ああでも、今日は私の馬に乗せるから問題ないよ」

「えっ、姉上の？」

目を丸くするクリストファーに頷いてみせる。

中世ヨーロッパ的乙女ゲーム世界でのデートと言えば、馬の二人乗りは外せない。前に乗せてよし、後ろに乗せてよし。どちらにしても密着度の高いドキドキの時間をお届けできる。

「Royal LOVERS」の中でも攻略対象が主人公《ヒロイン》と馬に乗るイベントが複数存在するくらい、お決まりのデートイベントなのである。

あと、やはり足がある男とない男なら、足がある男の方がモテる。バイクしかり、車しかり……乙女ゲーム界隈で電車移動のデートが許されるのは高校生までだろうな。

「大丈夫ですか？　二人乗りでは馬に負担が掛かるんじゃ……」

「大丈夫、リリアは羽のように軽いから」

ね、とお嬢さんに話しかけた。彼女はフルルと小さく鳴いて返事をする。

殿下と二人乗りしたこともあるので、問題ないだろう。最近はさすがに殿下も大きくなったので、お忍びの時も二頭で行動しているが。

「で、でも……」

ちらちらと私を見るクリストファー。

何を言いたいのか分からなかったが、その視線ではっと気がついた。

「クリストファー。いくら私の筋肉量が多いからといって、さすがに成人男性より重くは……」

「ち、違います！　そうじゃなくて……えーと。馬車の方が……」

「馬車より馬に乗る方が好きなんだ。地に足がついている感じがして」

「馬車だって地に足はついていると思うんですけど……」

しばらくへどもどしていたクリストファーが、ぱっと顔をあげて言う。

「心配なので、ぼくも行きます！」

「えっ」

「ぼくが行けば、代わりの馬が一頭出来ますから。姉上の馬が疲れたら、帰りはぼくの馬を使って帰ればいいんですよ」

「そうかもしれないけど。君にそんな迷惑は」

「迷惑だなんて思ってないです！　ぼく、姉上の役に立ちたくて……だめ、ですか……？」

すっかり大きくなったと思っていたが、上目遣いで見上げられると彼がまだ家に来たばかりのころの表情そのままのような気がして、過去と現在がオーバーラップする。

潤んだはちみつ色の瞳は庇護欲をそそり、私にはないものと思っていた母性──ないしは姉性？

──がくすぐられてしまう。

その後もしばらく押し問答をしたが、結局妙に頑固な義弟を説得することが出来ず同行させることになってしまった。

弟とはいえクリストファーも攻略対象である。私とリリアの仲を邪魔してくるのは想定内だ。

もちろんふたりきりがベストだが、三人では何もできないと言っていては始まらない。

めげない、しょげない、である。

まぁ、これまでの半生であまりめげたこともしょげたこともないのだが。

それにしても、姉だし騎士宣言をしているしで私の方が庇護する立場であるはずなのだが、何かと心配ばかりされている気がする。お兄様が家にいることが少なくなった分、「リジーをよく見ておいてね」とか言われているのだろう。目に浮かぶようだ。

私も私で、彼はいくつになっても可愛い弟であり、家族の厚意をなかなか無下にはしがたく──

あとお兄様に言いつけられると怖いので——最後には折れてしまうのだ。

遠慮がなくなったのは、家族としては喜ぶべきことなのだろうが。


私がピクニックにと選んだ場所は、王都から少し離れた草原だった。近くに湖畔や森もある。

リリアを迎えに行ったまでは良かったのだが、彼女を乗せようとしたところでお嬢さんが機嫌を損ねてしまってひと悶着あった。

殿下を乗せた時には何も問題がなかったので、二人乗りが嫌なわけではないのだろうが……もしかしてこの世界、馬まで「イケメンしか乗せたくないわ！」とか言いだす面食いなのだろうか。だとしたら何とも世知辛い。

結局、クリストファーの乗ってきた馬と交換することで事なきを得た。

お嬢さん以外の馬に——というか動物全般に——蛇蝎のごとく嫌われている私だが、リリアの方は逆に動物に好かれる性質らしく、彼女と一緒であれば私も乗ることが出来た。

動物に好かれるというのはとても聖女らしく、そして主人公らしい属性である。

ふたりきりではなくなったことを惜しんでいたが、クリストファーが来てくれて結果的に助かった。持つべきものは弟である。

一時間ほどタンデムを楽しんだ後、目的地近くの街に馬を預けて、草原まで歩いた。

かなり広い範囲に芝生が広がっていて、深呼吸したくなるような清々しい風景だ。

小高い丘を登って、三人で腰を落ち着ける。リリアの座るところにはハンカチを広げてやった。

攻略対象と主人公がピクニックをするイベントはいくつかある。

例えばロベルトのピクニックイベントではリリアの膝枕でロベルトが眠ってしまい、いつもと違う無防備な表情にドキドキ☆という展開……なのだが。

ふたりきりならいいが、弟の前でそれをやるのが果たして正解なのか？

リリアの方もそれはさすがに恥ずかしいのでは？

イベントを知っているはずのリリアと、私との間に妙な緊張感が生まれる。お互いがお互いの次の一手を読もうと全神経を集中させている。さながら熟練の騎士の試合のようだった。

どうする？　やるか？　やめておくか？

「わあ！　気持ちいいですね。ほら、先輩も」

私たちの事情などお構いなしに、クリストファーは伸びをするとそのまま芝生に寝転んだ。

「こら、行儀が悪いよ」

「先輩には言われたくないです」

「昔は可愛かったのに。いつからそんなに生意気になってしまったのやら」

頬を膨らませるクリストファー相手に、わざとらしく肩を竦めてため息をつく。

私とクリストファーのやり取りを見て、リリアはくすくすと笑っていた。

さやさやと吹く風は心地よく、座っている芝生は乾いていて柔らかい。確かに寝転がって空を見上げたら、たいそう心地が良いだろう。

よし。膝枕は諦めよう。

芝生の誘惑に負け、私はチキった。

「リリア」

「はい？」

そっとリリアの手を握る。リリアの頬が朱に染まった。

その手を引いて、軽く万歳の姿勢を取ったあと、ぱたんと背中から芝生に倒れこむ。

私に引っ張られて、リリアも一緒に芝生に倒れた。

「きゃっ」

リリアはきゅっと両目をつぶっている。どうやら驚いたらしい。

目をつぶっていても可愛らしいので、神様は罪な生き物を生み出したものだな、と思った。

リリアから空に視線を移す。

抜けるような青空に、白い雲がゆるやかに流れていた。

時折風がそよぎ、草花と太陽の匂いがさわやかに通り過ぎる。

もう季節は夏になるはずだが、気温変化が前世の日本よりだいぶ緩やかなので、まだ十分に行楽日和といった気候だ。深呼吸をすると、肺が洗われていくような心地がする。

この世界、都会だろうと特に排気ガスとかないはずだが。

「あはは。確かにこれは気持ちがいい。ね、リリア」

「…………」

問いかけるも、リリアの返事がない。

芝生は柔らかいし、勢いがつかないよう加減をした。どこか痛めたわけではないだろうが……。

心配になって横を向くと、顔を真っ赤にして私を見つめる彼女と目が合った。

「……リリア？」

わざと余裕たっぷりに、優しく微笑んでみせた。

十分茹蛸《ゆでだこ》のようだったリリアの顔がさらに赤くなる。ぼふんと湯気が出そうだ。

「そっ、そ、そそそそ、そうで、すね！」

勢いよく上を向いたリリアの返事は非常に不自然だったが、私は気づかないフリをした。

無意識だったが、飾らない表情がよかったのかもしれない。何がどうツボに入るか分からないな。

リリアはしばらく挙動不審だったが、やがて空の青さに気づいたようだ。

あっと驚いたような顔をして、しばらく雲を眺めた後で瞼を閉じた。

私も視線を空に移して、目を閉じる。清々しい空気の香りと、柔らかな風が頬を撫でた。

しばらく三人で風と陽だまりを感じていると、徐々に自然に溶け込んでゆくような気がした。

気配を消すときの感覚と似ている。

ふと頬に何かが触れる感触がして、目を開けた。

ばたーん！

その瞬間、顔のすぐ横で何かが勢いよく倒れた。

咄嗟に身体を起こすと、私の顔があったあたりにふわふわの小動物が倒れていた。耳が少々短いが、フォルムからしてうさぎだろうか。

しかし四肢を投げ出して倒れているところを見ると、なんだか違うような気もしてくる。

そもそも急に倒れるとは、何か恐ろしい病原菌でも持っているんじゃなかろうか。

「わぁ、かわいい！」

「あっ」

止める間もなく、リリアがうさぎを抱き上げた。

どう考えても死後硬直みのあるうさぎを見て「かわいい」は、無理があるのでは。リリアの表情も若干引きつっているような気がする。

うさぎはしばらく固まっていたが、やがて鼻をひくひくと動かしはじめ、緊張を解いた様子でリリアの腕の中に納まった。よかった、生きているらしい。

「うさぎって、死んだフリするんですね」

クリストファーも起き上がって、リリアの腕の中のうさぎを眺めていた。

「きっと先輩に獲って食われると思ったんですよ」

「失礼だな……」

「先輩、動物に好かれたためしがないじゃないですか」

私は沈黙する。

何故だか分からないが、昔から動物——小動物は特にだ——に嫌われるのだ。

私がただの「エリザベス・バートン」だった頃からこうだったのかは分からないが、少なくともこの十年は続いているので、もう一生こうなのだろうと諦めている。

「ば、バートン様、動物が苦手なんですか？」

「苦手というより、向こうに嫌われる性質なんだ」

「へぇ……何だか意外です」

リリアが抱いていたうさぎを膝の上に降ろした。うさぎは大人しくその場に丸まっている。

「バートン様にも苦手なものがあるんですねぇ」

苦手ではないと言ったつもりなのだが……まぁ、いいか。

うさぎを膝に乗せているリリアは非常に絵になる。インスタにアップしたいくらい映えていた。

「かわいいなぁ」

クリストファーがリリアの膝の上で丸まっているうさぎを覗き込む。

その微笑みは非常に無邪気で、天使のようだ。うさぎも興味があるようで、立ち上がってクリストファーの顔にひげを当てている。

彼も非常に可愛らしい顔つきをしているので、現状私から見る画角には可愛いものしか収まっていない。何とも癒される光景だった。

クリストファーが妹だったらよかったのに。そうであれば、私も彼を攻略対象として警戒することなく、もっと手放しで可愛がれたかもしれない。

今から男の娘にギアチェンジしてくれたっていいぐらいだ。

「あれ。このうさぎ、なんだか耳が短いですね」

「あ」

リリアが小さく声を漏らした。その声に、私もある確信を得る。

これはアイザックルートのイベントだ。

絶滅の危機に瀕している珍しいうさぎ——いったい何ミノクロウサギがモデルなんだろうな——を密猟者が追っている場面に出くわしてしまい、アイザックが森に仕掛けられた罠を利用して密猟者を一網打尽にする、というイベントだ。

リリアの「かわいいですね」に対して、「僕は、お前の方が……いや、なんでもない」とか言うのである。あの朴念仁が、だ。

ゲームのときは素直にきゅんとできたが、アイザックと友達になった今では何だかくすぐったく、「へぇ～あの馬鹿真面目がねぇ～？」と揶揄いたい気持ちになる。

のんびりするのも良いが、密猟者を一網打尽。私好みの展開だ。

私ならば罠などなくとも密猟者程度に後れを取ることはない、簡単だろう。

ターンッ！

突如、破裂音がした。

一瞬後、咄嗟にかざした腕の辺りで甲高い金属音が響く。腕を見ると、カフスボタンがひしゃげて、鉛だか鉄だか分からない金属の塊がめり込んでいた。

間近で見るのは初めてだが、おそらく銃弾だろう。

この世界では銃火器の類はあまり発展していない。一発ずつ弾を込めないといけないし、命中率や威力もその手間や価格に見合っていないから普及しないのだと、グリード教官が言っていた。

確かに話を聞くにつけ、弓の方がはるかにコストパフォーマンスが良いだろう。

カフスボタン程度も貫通できないのだから、威力の方はお察しである。

速度も弾道が肉眼で十分捉えられる程度で、軌道を見てからでも余裕で対処が間に合った。

使用しているのは一部の裕福な猟師か、もっと良い銃火器の開発を目論んで実験を繰り返している腔に傷を持つような組織の連中くらい、という話だ。

珍しいうさぎを狙ったのか私たちを狙ったのかは分からないが、どちらにしろただの裕福な猟師ではなさそうだ。

辺りを見渡し、手のひらサイズの小石を拾う。

攻略対象というものは、銃を相手にしたくらいで怯んでいては務まらない。

振りかぶって、ピッチャー第一球。投げました。

投げた小石が、銃弾の軌道をそっくり辿って飛んでいく。一拍置いて、ギャッと小汚い悲鳴が聞こえた。狙い通り、デッドボールだ。

「よし」

まだ意識があるかもしれない。もう一発いっておこう。

屈んでもう少し大きい石を探していると、石を投げ込んだ茂みの方から人の声が聞こえてきた。

訛りがきつくて何を言っているのかは聞き取れないが、声からして四、五人はいそうだ。

「先輩！」

「人数が多そうだ。森に入って撒こう」

クリストファーに目配せをすると、リリアの手を取って草原を突っ切る。たいした威力でないとは言え、わざわざ的になってやる必要はない。

後ろを振り向くと、私たちが立っていたあたりで小さく土煙が上がっている。

うさぎを抱いているリリアの顔色が青くなっていた。ゲームでは密猟者とのドンパチをアイザックの頭脳で乗り切ることが出来たが、今ここにアイザックはいない。

私は正直負ける気はしていないのだが、リリアが不安になっていてもおかしくはないだろう。

「バートン様、さっき、じゅ、銃弾が……！」

と、思ったら違う心配をしてくれていたらしい。

「わ、わたしたちを守って、お怪我を……」

リリアはぜぇはぁ息を切らしながら、そっと私の左腕に触れてきた。

森の中に分け入ったところで、リリアのために少しスピードを緩める。

「大丈夫。運よくボタンに当たったから、何ともないよ」

答えてから、しまった、と気づいた。

これは、リリアを庇って肩に怪我をしたアイザックへの台詞だ。

怪我をしておいた方がイベント上都合がよかったかもしれない。一発くらい食らっておくんだった。

森の中を早足で歩いていると、ほんのわずかに金属の触れ合うような音が聞こえる。

「クリストファー！」

叫んで、クリストファーの腕を強く引く。彼は咄嗟に横っ飛びして、地面に倒れこんだ。

クリストファーが足を下ろしかけていた地面で、ばくんとトラバサミが空を噛む。

「きゃっ」

リリアが驚いて悲鳴を上げた。

「これは、うさぎ向けにしては大きすぎるね……密猟者を捕らえるための罠かな。大丈夫かい、クリストファー」

「は、はい。大丈夫です」

クリストファーも顔を青くして、冷や汗をかいている。

「気をつけて進んだ方がよさそうだ」

私の言葉に、二人とも真剣な顔で頷く。リリアに抱かれたうさぎだけはのんきな顔で、鼻をひくひくさせていた。

歩き始めて、またかちりと小さな音がしたかと思うと、今度は風を切る音がした。

飛んできた矢を三本まとめてキャッチし、真っ二つに折って地面に捨てる。

この地域の人はずいぶん密猟者に迷惑していたらしい。先ほどからいくつも罠が作動している。

時折えさの入ったかご型の罠や落とし穴のようなものもあるので、密猟者がうさぎを捕るための罠を仕掛け、その密猟者を捕らえるための罠を近隣の街の住人が仕掛けた、という二重構造になっているようだ。

知らずに一般人が入ってしまったら悲惨だ。

首尾よく罠をかいくぐりながら進んでいたのだが、だんだんとクリストファーが遅れがちになる。

彼も訓練場に通っているので、少なくともリリアよりは体力があるはずだ。このペースについてこられないのはおかしい。

「クリストファー？」

声を掛けながら歩み寄ると、クリストファーの顔は青白く、脂汗が浮かんでいる。

「どうした？」

「えと、……足が……」

「足？　見せて」

彼が庇うようにして歩いていた右足を、ブーツを脱がせて確認する。

足首の辺りが見て分かるほど赤く腫れ上がり、じんじんと熱を持っていた。

「さっき、罠を避けたときに挫いたみたいで……」

「そういうことは早く言いなさい」

「ごめんなさい……」

ただでさえ俯いていたクリストファーが、さらに小さくなってしまった。

やはり私には、お兄様のように優しく叱るのは無理だったようだ。

「……ほら」

何か言えば言うほど弟に泣かれそうなので、私はさっさとしゃがんで彼に背中を向けた。

「……あの」

「乗って。私が負ぶった方が早い」

「で、でも、その」

クリストファーはちらちらとリリアを気にしている。どうやら恥ずかしいらしい。

彼も思春期。女の子の前でお姉ちゃんにおんぶされるのは避けたいだろうが、そんなことを言っている場合ではない。思春期は時と場所を選んで発揮してくれ。

「早く」

私が急かすと、クリストファーは渋々私の背に乗った。

余談だが、私は生まれてこの方「足を挫く」という経験をしたことがない。前世でもしたことはなかったと思う。

そのため「足を挫く」というのは一種のファンタジーというか、少女漫画の世界かそれこそ乙女ゲームの世界で、主人公にのみ発生する特異な現象だと思っていたくらいだ。

あるんだなぁ、本当に。

……こういうのは主人公《ヒロイン》の役回りじゃないだろうか。

歩いていると、遠くに人の声が聞こえた。声と言うより怒号である。先ほどの一団のうち何人かが近くまで来ているようだ。リリアも気づいたらしく、不安げな瞳でこちらを見上げている。

クリストファーを背負っているくらいではハンデにもならないが、このまま移動している最中に多勢で襲われたら、リリアに危険が及ぶかもしれない。

怪我などさせてはドキドキどころの騒ぎではなくなってしまう。ここは慎重を期すべきだろう。

密猟者を一網打尽にするよりも、リリアとクリストファーを無事に連れ帰ることが優先だ。

私にとってはその方が難易度が高いかもしれない。イージーとノーマル程度の差だが。

歩いていると、ちょうど少し開けた場所に出た。大きな木が近くにあり、四メートル程度の崖のような地形もある。これは使えそうだ。

リリアに向き直り、私は計画を彼女に伝える。

「移動中に襲われるとこちらが不利になるかもしれない。一度ここで追手を迎え撃つ」

「えっ」

「リリアはうさぎと一緒に安全なところに身を隠していて」

一旦クリストファーを降ろして、今度はリリアを抱き上げた。

手近なところにあった木に登り、木の枝に彼女を座らせる。

「いい子で待っていてね」

「ふぁい」

ぱちんとウィンクを投げると、リリアの瞳の中にハートマークが浮かんだ。さっきまで怯えていたのに、現金なものである。

木から降りて、クリストファーを背負い直した。

降ろしておいて人質にでも取られたら面倒なことになるので、この方が都合が良い。

特に息を潜めることもなく突っ立っていると、がさがさと茂みをかき分けるような音がした。

「動くナ！」

男の声だった。訛りがひどいが、何とか聞き取れる。

幸い、相手は一人だ。こちらに銃を突き付けているが……この距離で、これだけ遮蔽物が周りにある中で、まだ銃で戦おうというのだろうか。道具も悪いが、使い手にも問題がありそうだ。

「お前、何者⁉　銃、効かなイ、何故！」

男の怒鳴り声を聞いて、首を傾げる。これは訛りどころではない。片言と言っていい。

もしかして、他国の人間だろうか。最初の叫び声が聞き取れなかったのも、私の知らない言語だったとすれば辻褄が合う。

他国の人間が、銃を使ってうさぎ狩り。何ともきな臭い話である。

「目的、言エ！　何を――」

男の言葉の途中で、瞬間、一気に距離を詰める。

視線がこちらに向く前に、ぽーんと顎を蹴り飛ばした。

男の身体は勢いよく跳ね上がり、きりもみ回転しながら崖下に落ちる。

崖下を見下ろすと、積み上がった腐葉土の中に上半身が沈んでいた。

悲鳴も文句も聞こえてこないので、どうやら気絶したらしい。

「あ、姉上……どこの手のものか確認しなくて良いんですか……？」

「それは衛兵に任せる。私の仕事は君とリリアを一刻も早く安全なところに連れて行くことだよ」

「で、でも、このままだと、また追手が」

ふむ。確かにまた追手が来るかもしれないし、今の男が目を覚まして仲間を連れて来るかもしれない。

とりあえず今蹴落としたやつは縛って、衛兵が見つけやすいようにしておくか。

男を蹴落とした崖を飛び降りた。柔らかい地面に少々足を取られたが、難なく着地する。

適当な木の蔓《つる》を使って気絶している男を拘束し、木に吊るしておいた。

これで目を覚ましても簡単には逃げられまい。

「見せしめに、密猟者へのメッセージでも書いておく？　『ニンゲン……カエレ……』とか」

「それは街の人も怯えるんじゃ……」

「そうかな？　じゃあやめておこう」

どのみち、馬を預かってもらっている街に戻らなくてはならない。

衛兵を探して報告すれば、おそらく回収してもらえるだろう。衛兵より先に仲間が助けに来た時のことも考えて、近くにあった作動済みのトラバサミをいくつかこじ開けてもう一度設置しておく。

クリストファーを一旦地面に降ろすと、リリアに呼びかけた。

「リリア！　もう大丈夫だよ」

崖の上を見上げて彼女の姿を探す。木の隙間からリリアとうさぎが姿を現した。

私は両手を広げて、彼女に呼びかけた。

「ほら、おいで」

「え？」

「大丈夫、ちゃんとキャッチするよ」

崖といっても大した高さではない。下もふかふかの腐葉土だ。

可及的速やかに街に戻るのが望ましいので、出来るところはショートカットしていきたい。

ついでにリリアを合法的に抱き締めることができるので、一石二鳥だ。

リリアは意を決した様子で唇を引き結び、うさぎを抱いたまま私の腕に飛び込んできた。

彼女の身体をしっかりと抱き留める。

やはり、羽のように軽い。

「ね？」

ぎゅっと目をつぶっていたリリアだが、私の声に恐る恐るといった様子で瞼を上げた。

至近距離で、抱き上げた彼女の瞳を見上げる。

「捕まえたよ、私のウサギちゃん」

リリアを抱いたまま、くるりと一回転した。彼女は赤面して、口をはくはくと開け閉めしている。

おや。少々クサかっただろうか。

このまま抱いて歩いてもよかったのだが、本人が歩きますと言うのでそっと地面に降ろしてやった。だんだん麻痺してきた気がするが、誰かを負ぶった上で別の誰かを抱き上げて移動するのはあまり一般的とは言い難い。

クリストファーを背負い、リリアを気遣いながら歩いていると、だんだんと木々の密度が下がり太陽の明るさが十分に感じられるようになってきた。

森の出口が近いらしい。

時々森の奥から悲鳴が聞こえるが、誰かが密猟者向けの罠にでも掛かっているのだろうか。

見つける都度仕掛け直してきたので、そこそこ効果があったのかもしれない。

ふと気配を感じて、茂みに目を向ける。人間よりずっと小さく、軽い生き物の動く音だ。

「あ」

ぴょんと、一羽のうさぎが私たちの前に姿を現した。

リリアの抱いているうさぎとよく似ているが、二回りほど大きい。親うさぎだろうか。

「よかった。仲間がいたんですね」

リリアがしゃがみこみ、そっとうさぎを地面に下ろしてやる。

二羽のうさぎは近寄って鼻を突き合わせたあと、やがて連れ立って森の中へと走っていった。

余談であるが、うさぎのしっぽというのはどうしてあんなに可愛らしいのだろうか。丸かと思いきや、どちらかと言うと三角形に似ているのだ。罪深くすらある。いや、うさぎに罪はないのだが。

その罪のないうさぎによからぬことをするとは、許しがたいことである。

今度ジョギングがてら、密猟者の殲滅《せんめつ》に来てもいいかもしれないな。

街に着いて、まず入り口付近の詰め所にいた衛兵に密猟者のことを伝えておいた。

やはり街の人は密猟者に迷惑していたようで、すぐに衛兵が森の中へと走っていった。

街を改めて見渡すと、うさぎの土産物やうさぎ見物ツアーなどの看板が出ているのに気づく。この街にとって、あのうさぎは貴重な観光資源であるらしい。

次に、馬を預けていた厩舎《きゅうしゃ》に向かう。

怪我をしているクリストファーを馬に乗せるわけにもいかないし、かといってリリア一人では馬に乗れない。厩舎で相談して、最終的に馬車を借りる手配をした。乗ってきた馬は別で公爵家に届けてもらうよう頼んでおく。

私一人なら辻馬車だっていいのだが、クリストファーの怪我のことも考えると馬車を借りるのが正解だろう。

グレード高めの馬車を借りたので、ノーブルでファビュラスな公爵家アピールもばっちりだ。

「わぁ、ぼく、現金って初めて見ました」

……と思ったら、もっと上を行くお坊ちゃん発言をされてしまった。

クリストファー、若干の幽閉時代はあれど、基本的には私よりよっぽど真っ当な公爵令息として育っているらしい。

高位の貴族というのは、普段は現金を持ち歩かない。貴族向けの店でも、「請求はバートン公爵家に」のようないわゆる「ツケ払い」が基本だ。

それが出来ないような店にはあまり立ち寄らないし……立ち寄ったとして、従者が一旦立て替えて支払うのだろう。

ちなみに、学園に入った頃から、私が表立って出かけるときにも「護衛」やら「従者」やらがついてくることはほとんどなくなった。

理由は簡単である。いる方が足手まといだからだ。

ごくたまに尾行がつくことはあるが、私が簡単に撒けることを家の者は皆知っているのではっきり言って無駄である。

「無駄なことをさせる」というのは、働く者のモチベーションを著しく削ぐ行為だ。人望の公爵様は労働者ファーストなので、そのようなことに人的リソースが割かれることはめったにない。

「先輩、手馴れてるんですね」

「……時々街に出かけることもあるからね」

にっこり笑って受け流しておいた。

弟は時折私の振る舞いにお小言をくれるのでまた何かあるかと思いきや、彼はしょんぼりと肩を落としている。

「すみません、ぼく持ち合わせがなくて」

「わ、わたしも……」

「そんなことは気にしないでよろしい」

肩透かしを食らって、拍子抜けしてしまった。

リリアも一緒になってしょげているが、女性に財布を出させるつもりは毛頭ないので安心してほしい。何のためにバイトをしてきたと思っているのだ。

リリアには手を、クリストファーには肩を貸してやって、馬車に乗り込む。

リリアの隣に座ると、私の隣にクリストファーが腰を下ろした。

「……クリストファー？　向かい側が空いているよ」

「え？　えーっと、あ、ほら、もう馬車が出ちゃうので」

クリストファーが曖昧に笑うと、ごとりと馬車が揺れた。ゆっくりと馬車が進み出す。

せっかく広い馬車を借りたと言うのに、何故ぎゅうぎゅうになって座っているのだろうか。

まぁ、動き出してしまったものは仕方ない。バスだって運転中のお席の移動はご遠慮くださいと言われるくらいだ。況《いわん》や馬車をや、である。

少しの間話をしていたが、二人とも疲れているのだろう、だんだんと口数が減っていった。

馬車が小さく揺れた拍子に、リリアの頭がこてんと私の肩にもたれかかってくる。

おお、これはあざとい。違和感のない見事な身体的接触だ。

心の中で拍手をしながら彼女の様子を窺うと、普通に寝ていただけだった。

静かになったと思ったらこれである。

伏せられた長い睫毛を見下ろす。さらさらの髪が私の首元にかかって、少々くすぐったい。

主人公っぽい行動をしようと一生懸命頑張っているようだが、こうして計算抜きの仕草の方がぐっと来るような気がする。問題は、彼女から主人公らしさとあざとさを取ると残るのが挙動不審のオタクであるというところか。

リリアの普段の様子を思い浮かべて苦笑いをしていると、反対側の肩にも重みを感じた。

振り向けば、クリストファーも私の肩に頭を預けてすやすやと寝息を立てていた。

リリアと見比べても遜色のない長さと密度の睫毛に、すべすべの肌、控えめな寝息。

今私が見ている光景を切り取って「これが主人公ですよ」と言って見せたら十人中十人が信じてしまいそうだ。

姉の欲目を差し置いても、やはり攻略対象の顔面はチート級であると言わざるを得ない。

しばらくしげしげと弟の顔を観察していたが、やがて手持ち無沙汰になった。

両側からもたれかかられているので動けないし、話し相手もいない。

よし。私も寝る。

そうと決めたら一瞬だった。さすがに高い馬車だけあって公爵家の馬車並み……とまでは言わないが、クッションも柔らかく、わずかな振動は却って眠りを誘う。もともと寝つきは良い方なのである。いつでもどんな状況でもしっかり眠れなければ、騎士は務まらない。

おやすみ三秒だ。

ちなみにその悪役令嬢、私なんですよ

ある夏の日の昼休み、私はリリアに誘われて中庭を散歩していた。

一番日の高い時間帯であるし、日向を歩いているとじりじりと暑い。そんな中でわざわざ散歩に誘うということは、何かイベントを起こそうとしている可能性が高い。

中庭で発生するイベントを思い出しているうち、一つ思い当たるものがあった。

確かロベルトのイベントだ。

中庭を二人で歩いていると、仲睦まじそうにしている様子に腹を立てた悪役令嬢の一味がリリアに故意にぶつかって、彼女を噴水に突き落としてしまうのだ。

しかしリリアを助けようと咄嗟に手を伸ばしたロベルトも一緒に噴水に落ちてしまい、最後は二人してびしょ濡れで笑い合う……という、ある意味悪役令嬢のアシストが光るイベントである。

リリアがやけに噴水を気にしているのがその証拠だ。

確かに今日くらい暑ければ、多少濡れても風邪の心配は少ない。噴水日和と言えるだろう。

ちなみにその悪役令嬢、私なんですよ、という、誰に届くでもない自慢をしておく。

しかし、どうだろう。

ロベルトの場合は悪役令嬢のアシストが望めたが、私の場合それは難しい。

となると、例えば足を躓かせるとかの理由でリリアが自主的に噴水に突っ込むしかない。

そして私はそれを助けようと手を掴みながらも、一緒に噴水に落ちなくてはならない。

怪我などしてはドキドキどころではないので彼女をうまく抱き留めながらも、噴水には落ちる必要がある。びしょ濡れにならなければ意味がないのだ。

簡単そうに見えて、意識してやろうと思うとなかなか難易度が高い。

だいたいリリア程度の女の子なら、ちょっと躓いたところで簡単に支えられてしまう。その程度で一緒によろけるような柔な体幹はしていない。

というかロベルト、リリア一人すら支えられないのはちょっとお粗末ではないだろうか。

鍛え直しが必要かもしれない。ああいや、それはゲームのロベルトの話で、私の知る脳筋ロベルトではないのだろうが。

リリアもタイミングを計りかねているようで、かなり思い詰めた表情をしている。

なんだ、この緊張感は。

いつだ、いつ動く。

リリアの一挙手一投足に神経を注いでいた私は……そしてリリア本人も。

近づいてきた人影に対する反応が遅れた。

「きゃ」

「リリア！」

いつのまにか眼前に迫っていた人影が、リリアの肩に軽くぶつかる。

慌ててリリアの腕に手を伸ばし、引き寄せた。

ざぶん。

水音がした。

……が、私もリリアも、濡れていない。それどころか噴水に足を突っ込んですらいなかった。

その代わり、噴水の中にびしょ濡れで座り込んでいたのは。

「お、王太子殿下⁉」

そう、王太子殿下その人だった。

リリアはおろおろしているし、私もその姿を呆然と眺めることしかできない。

何故？

何故、この学園で一番身分の高い人が、噴水なんぞに突っ込んでいるのだろうか。

「……殿下？」

思わず呼びかけると、殿下はすっかり濡れて額に張り付いている髪をかき上げて……噴水に落ちているというのに、いつも通り余裕たっぷりに微笑んだ。

療養から帰ってきてからこっち、殿下からは儚げな雰囲気が失われたと思っていたが、透明感のある白い肌に水滴を纏わせていると妙な色気がある。

「やぁ、偶然だね」

「やぁではなく」

「うっかり足を滑らせてしまったよ」

「うっかり?」

「何か?」

「イエ」

あまりに似合わない副詞だったので思わず聞き返してしまったところ、殿下が貼り付けた笑顔で私に圧力を掛けてきた。上下関係をチラつかされて、瞬時に口ごたえする気が失せていく。

「それで? 私の騎士は主をいつまで噴水に浸しておくつもり?」

自分で立ち上がるつもりのなさそうな殿下に、やれやれとため息をついて歩み寄る。

噴水のへりに足をかけて、殿下に手を差し伸べた。

さすが貴族子女だけが通う学園だけあって、噴水の水も大変綺麗である。それだけが救いだ。

びしょ濡れの殿下の手を掴んだ、その瞬間。

「あ」

「え」

頭上から大量の水が降り注いだ。

ここの噴水は何故かやたらとエンターテインメント性のあるもので、普段は大した量の水が出ているわけではないのだが、特定の時間になるとショーのように大量の水が噴き出すのだ。

結果として、私までずぶ濡れである。

「濡れちゃったね」

すっかり濡れ鼠《ねずみ》になった私に、殿下が小首を傾げて微笑んだ。

表向きは良い笑顔だが、その目の奥が笑っていなかった。

何が「濡れちゃったね」だ。これは絶対に、確信犯である。

はて。怒られるようなことをした覚えはないのだが。

結局殿下と私という誰も得をしない組み合わせでびしょ濡れになったのだが、リリアに「髪下ろしたバートン様、SSレア……」と拝まれたのでもう気にしないことにした。

いつかは髪を下ろした姿もどこかで見せたいと思っていたし、良しとしよう。

とはいえ、濡れたままで授業を受けるわけにもいかない。クリストファーに剣術の授業用の運動着でも借りに行こうとリリアと別れたのだが、何故か殿下がついてきた。

「リジー。きみ、着替えを持っていないでしょう？　私の運動着を貸してあげる」

「いえ、殿下も濡れていますよね？　私は義弟にでも借りますので」

「予備があるから問題ないよ」

殿下がぱちんと指を鳴らすと、近衛騎士が走ってきて私にタオルと運動着を一式手渡した。

いつも私を呼びに来る彼とは違う男だ。

予備があるとは、準備がいい。王族ともなるとそういうものなのだろうか？

というか、私は上着とシャツ――贅沢を言うなら靴下も――を変えれば十分だろうが、殿下は確実にパンツまで濡れているはずだ。もしかして、下着も予備があるのだろうか。

この世界の下着事情、女性物は乙女ゲームの世界だけあって現代日本と割合近かったのだが、男性物はどうなのだろう。

さすがに褌《ふんどし》ということはないはずだが……高貴なボクサーパンツとかあまり想像がつかない。一瞬穿《は》いていない可能性が脳裏を過ぎったが、無理矢理過ぎらなかったことにした。

まぁ、貸してくれるというのなら断る理由もないだろう。

「はぁ。では、遠慮なく」

「ああ。週末に執務室に返しに来るように」

「…………」

何だろう。これは、うまく嵌《は》められたというか。呼び出される口実を作ってしまった気がする。してやられたのが悔しかったので、渡されたタオルを殿下に被せてわしゃわしゃと拭いてやった。

「殿下の方がびしょ濡れですよ」

「私は後で自分で……」

「お風邪を召されます」

「こら、乱暴にするな。髪が絡まる」

銀糸の髪をぼさぼさにしたところで満足した。恨みがましそうに見上げられたので、ふふんと勝ち誇ったように鼻で笑っておく。

「では、ありがたくお借りします」

結果として何も変わっていないのだが、こうして捨て台詞を吐いて余裕たっぷりの様子を装うと、それだけで変わるものである。私の気分が。

たとえその後教室に戻ったとき、「何故王太子殿下の運動着を？」と口々に聞かれまくって辟易《へきえき》したとしても、である。

普段学園指定の運動着を着る機会がない私は、名前が刺繍されていることを知らなかったのだ。

◇◇◇

「君に聞きたいことがあったんだ。どこかの誰かさんに預けた大切な物を、あろうことか私の愚弟が持っていたんだけど」

「………………」

私は黙秘権を行使した。

沈黙は金、雄弁は銀である。

殿下に運動着を返しに行ってみれば、飛んできたのがこの質問――いや、詰問であった。殿下の前にある机には、ハンカチに包まれた彼の御髪《おぐし》が置かれている。

私は得心する。

なるほど。噴水の一件は、この仕返しだったのか。

「私の預かり物を包んでいたこのハンカチ……どこかで見た家紋が刺繍されているんだ。さぁ、誰の家だったかな？」

「………………私の家の紋ですね」

しっかり物証が残っていた。まぁ預けられたのが私である以上、犯人は私に違いないのだが。

観念して答えると、殿下はまたにっこりと笑みを深くして問いかけてくる。

「で？　どうしてこれを、我が愚弟が持っていたのかな？」

「……王太子殿下が西の国に行かれて、弟君がたいそう落ち込んでそれはそれは酷い有様でしたので。殿下の覚悟を知って少しでも、託されたものの重さと責任に向き合っていただきたく……」

「咄嗟に考えたにしては出来の良い言い訳だ」

「お褒めに与り光栄です」

「褒めていないよ」

「分かっております」

もう開き直り始めた私を前に、殿下はこれ見よがしに大きなため息をつく。

「分かってない」

「は？」

「きみは本当に、分かってない。それともわざとやっているの？」

「……時と場合によりますが」

正直に答えておいた。分かったフリをしていて分かっていない時などザラだし、都合が悪い時にはわざと気づかないフリをしている時もある。

後者は主にリリア関連だが。

「もういい」

また殿下が大きなため息をつく。

わざわざ「私に」と預けたものを他の人間に渡していたのだから当然かもしれない。又貸しはよくないというのは幼稚園でも習うことだ。

手元から離れたことで解放された気になってその後思い出しもしなかったのだが、失策であった。殿下が帰ってきたときすぐ回収して突き返しておくべきだった。

まぁ、過ぎたことを悔やんでも仕方あるまい。また噴水に引っ張り込まれてもかなわないので、ご機嫌取りを開始する。

「ああ、そういえば殿下。先日の剣術大会では素晴らしい腕前でしたね。お強くなられた」

「話題の変え方が下手なところ、兄妹で似ているね」

何故だろう。何となくお兄様と仲が良いマウントを取られた気がする。

どう考えても私の方がお兄様と仲が良いので、意味のないマウントはやめていただきたい。

あとそんなところが似ていても嬉しくない。

「とても良い試合でした。以前試合を拝見した時もテクニックが素晴らしかったですが、今回はタイミングが良かったですね。スタミナ面も改善されていたように思います」

「……きみに褒められると妙な気分だ」

「あとはもう少し筋肉をつければ」

「汗臭いのは苦手なんだ」

そういえば、前もそんなことを言っていたかもしれない。あれは負け惜しみではなかったのか。

「ですが、学園の授業以上に鍛錬していないとこれほどの成長はないでしょう。まだ訓練場に通い続けていらっしゃるんですか？」

「いや、訓練場は学園に入るときに辞めてしまった」

殿下の言葉に、私は首を捻った。

確かに騎士を目指すのでなければ、学園入学を区切りとして訓練場を去る候補生も多いと聞く。

だが、殿下の上達っぷりは、何らかの鍛錬を続けていなければ説明がつかないほどのものだった。

殿下はちらりと私の表情を窺うと、何となく妙に勿体《もったい》ぶった様子で話し始める。

「……実は、西の国にいる間、向こうの第二王女に付き纏われていたんだ」

「なんと」

「私のところに嫁いで来たいと言うものだから、丁重にお断りしたのだけど……」

「連れて戻っていらっしゃればよかったではありませんか」

「…………きみ、ほんとうに無神経だ」

恨みがましげな視線を向けられたので、よく言われますと答えておいた。

西の国との関係は良好である。貿易相手としても一番大口の取引先のはずだ。同盟国の第二王女、殿下の結婚相手としてはうってつけである。

私はこの国に永住するつもりなので、ぜひとも殿下には国の利益になるような結婚をしてもらいたい。平和で豊かな国、最高である。

しかし、王太子として国益を考えるのであれば諸手《もろて》を挙げて喜ぶべきその展開を、殿下がこれほど嫌そうに話すということは……よほどお相手が「難アリ」ということだろうか。

「『あたしが勝ったらお嫁さんにして！』とか言い出して」

「勝ったら？」

「武術に心得があったようでね」

何となく勝気なスポーツ少女を思い浮かべてしまった。確かにそういったタイプは殿下の好みではなさそうな気がする。

だが、彼は王太子である。貴族の結婚だって政略の道具なのだから、王族となればなおさら、結婚するのに好みだ何だと私情を挟めるものではないだろう。

「いいお話だと思うのですが」

「おかげでリハビリが一ヶ月延びてしまったよ。早く戻ってきたかったのに……あんなに一生懸命剣術の鍛錬をしたのは初めてだ」

思ったことを口に出してみたのだが、殿下は私を無視してぶつくさと文句を言っている。

帰ってきた彼を見た時の違和感に納得した。それで心なしか日に焼けて、体つきもしっかりしていたのか。

彼の言う「早く戻ってきたかった」理由というものに、私は一つしか思い当たらない。

乙女ゲームの開始に……リリアが編入して来る時期に間に合わせるためだ。

彼自身は乙女ゲームのことなど知らないだろうが、聖女が編入することを知っていた可能性は十分にある。何しろ五十年ぶりの聖女だ。興味を持っても不思議はない。

「私には、どうしても結婚したい相手がいるんだ」

考え始めたところで、殿下がそう言った。まるで私の頭の中が見透かされているかのようなタイミングである。

何やら意味深な表情をしている殿下の紫紺の瞳を見ていると、本当にこちらの考えていることが分かっているのかもしれない、という気にさせられた。

「それは……」

「分からない？」

殿下が首を傾げる。実際のところ、この「分からない？」が意味するのは、「分かるだろう？」だ。つまり、私の予想が正しいことを示している。

殿下が立ち上がり、こちらに向かって身を乗り出した。

その瞬間。

ガッシャーン！

大きな音がドアの外から響き渡る。

咄嗟に殿下を後ろに庇いながらドアを開けると、ロベルトが何やら一抱えほどもある箱をひっくり返していた。模造剣があたりに散らばっている。

どうやら模造剣を箱に入れて運んでいる途中で手を滑らせたようだ。

「ロベルト……」

「すっ、すみません！　兄上に手合わせを頼もうと思って！　立ち聞きをするつもりは！」

ロベルトは私を見て、しゃんと背筋を伸ばしてから勢いよく腰を折った。だらだら冷や汗をかいている。怒られることが分かっているのだろう。

つかつかと近づき、仁王立ちで彼を睨んだ。

「貴様、私が教えたことを忘れたか？」

「い、いえ」

ロベルトは最敬礼のままで答える。

「模造剣であれ、真剣を扱うような緊張感を持てとあれほど言っただろう！　一歩間違えば貴様の足が無くなっていてもおかしくなかったんだぞ！」

「もっ、申し訳ありません！」

「早く片付けろ！　その後城の外周十周！」

「サー！　イエス！　サー！」

訓練場にいるときのように返事をして、ロベルトが慌てて剣を拾い集める。

その背中を横目に見ながら、殿下に向き直る。

「ああ、殿下。すみません。ちょっと弟君を鍛え直してきますので、今日はこの辺で」

「え？」

「行くぞ、ロベルト！」

「サー！　イエス！　サー！」

ぽかんとする殿下を残し、ちょうど剣を拾い終わったロベルトを伴って執務室を後にする。

よし、うまく抜け出せた。これで殿下のお怒りも有耶無耶になったことだろう。

ロベルト、ナイスアシストである。

芋けんぴでも食べるかもしれない

「たいちょ────！」

キラキラが突き刺さるような声がした。振り返れば案の定、ロベルトがこちらに駆けてくる。

この広い王都で、休日にもかかわらず出くわしてしまうとは。これも乙女ゲームの強制力によるものだろうか。

返事をせずに睨みつけると、私の隣に立つリリアに気がついたのか、ロベルトは露骨に「やべっ」という顔をする。

彼は私のすぐ傍まで来て逡巡した後、最初の呼びかけなどなかったかのように声をかけた。

「バートン卿、どうしてこんなところに？」

「……リリアと一緒に買い物でもと思ってね」

隣に立つリリアに視線を向ける。今日は街デートのイベントを狙ってリリアを誘ってみたのだ。

一応メインの目的はウインドウショッピングと流行りのカフェということになっているが、おそらく彼女も何かしらのイベントを期待していることは間違いないだろう。

ちなみに今日のリリアは淡い水色のストライプ柄のワンピースだ。

夏らしいし、清純派という感じがしてとても良い。ハーフアップの髪型もすっきりとしていて爽やかだ。あと顔が良い。何度見ても顔が可愛い。

「そういう君は？」

「はっ！　自分は騎士団の警邏《けいら》に同行させていただいていたところです！」

「そうなんだ。精が出るね」

「はいっ！　やはり騎士団の方々の動きは参考になります！　先ほどもスリの一味を捕まえる際、後衛を任せていただいたのですが……連携がとれた動きが素晴らしかったです！」

騎士団の素晴らしさをご機嫌で報告してくるロベルトだが、私は別のところに気を取られて話が入ってこなかった。

「スリ？　いま、スリの一味といったかな？」

「は、はい。ですがすでに全員捕らえられましたので、心配はご無用です」

胸を張って答えるロベルトに、リリアが小さく「えっ」と呟いたのが聞こえた。

そう。スリはイベントに必要なファクターだった。それがすでに捕らえられてしまっているということは、イベントの起きようがない。

ゲームではクリストファーとの街デートイベントの際、主人公がスリに遭いそうになる。

それをクリストファーが未然に防ぐのだ。普段のふわふわした年下キャラとは違う、意外と腕っ節が強い彼の姿に男の子らしさを感じて主人公もといプレイヤーはきゅんとなる、という寸法である。

乙女ゲームの攻略キャラクターたちはたいして強そうに見えないキャラでもやたらと腕が立つという設定がついて回る。今回のようなスリ撃退やナンパ撃退に始まり、暗殺者や傭兵《ようへい》の手合いを相手取るようなアクション系のイベントが随所に散りばめられていた。

そもそも剣術はこういったイベントを颯爽《さっそう》と格好よくこなすために始めたのだ。

……まぁ、途中から身体を鍛えるのが趣味になっていたので、そればかりが理由ではないのだが。

しかし、すでにスリが捕らえられているとなると計画が狂う。内心で舌打ちをした。

本来ならこのまま別の……聖女誘拐を狙う豪商の傭兵あたりにターゲットをシフトしたいところだが、今私たちと会話をしているロベルトが身にまとっているのは紺色の騎士団の制服だ。

少し離れたところでは顔見知りの警邏の騎士がこちらに敬礼しているし、控えているロベルトの護衛騎士も私の視線に気づくと会釈を返してきた。

誰が見ても騎士団の人間と知り合いだ。

そんな相手を捕り物があったばかりで騎士団が近くを見回っている今日、わざわざ襲うような輩がいるだろうか。

答えは否である。

これを回避するには、待ち合わせの時点でリリアがナンパされるのを待つという選択が正しかった。

だがその時点の私にとっての本命はスリ事件ないしは誘拐未遂事件だったので、ナンパを待つよりリリアを待たせないことを選択してしまった。

こうなることは予測不可能であり、私の選択は決して責められるものではないだろう。

長々言い訳をしたが、要は失策だった。

まぁ、過ぎたことをくよくよと気にしていても仕方がない。せいぜい楽しくデートをすることにしよう。

スリ関係のいざこざがなくなるのであれば、時間に余裕も出来るはず。

予定通りウインドウショッピングをして、カフェでおいしいケーキをアテにコーヒーでも飲もう。

「た……バートン卿？　どうかされましたか？」

「いや、大捕り物だったんだろう？　ロベルトに気遣わしげに声を掛けられてしまった。

うっかり一時停止してしまい、ロベルトに気遣わしげに声を掛けられてしまった。

何でもないようなフリをして、それらしいことを言っておく。

「は！　それは問題ありません。街の方々にも、騎士団にも怪我人は出ておりません」

「そうか、よかった。やはり騎士団は頼りになるね。憧れてしまうよ」

「ば、バートン様なら」

「隊長は立派な騎士です！　俺の知る、誰よりも、最高の！」

リリアの言葉に被せるように、ロベルトが大きな声を出した。

女性の言葉を遮るとは、紳士の風上にも置けない振る舞いである。

あまりに勢いがよかったので、私だけでなくリリアも彼を見た。視線が集まったことでさすがにまずいと思ったのか、ロベルトは声のトーンを一段下げ、慌てた様子で取り繕う。

「あ。ええと、だから……俺は、隊長こそ騎士になるべきお人だと」

「え――と……ありがとう、ロベルト。じゃあ、私とリリアはこれで」

「あ、お、俺も！　お供します！」

さらっと別れようとしたところで、空気の読めないやつが空気の読めないことを言い出した。何故気遣いが出来て空気が読めない。

リリアから死角になる角度で彼を睨み、視線で「邪魔すんな」を訴えにかかる。

「……君、警邏の途中なんじゃなかったのか？」

「連行に付き添って戻ってきただけなので、この後は五月雨解散でよいと」

「……行くのは女の子が好きそうなお店だからなぁ。君が来ても楽しくないかもしれないよ」

「か弱い女性をエスコートするのも騎士の務めです！　教えてくれたのはたい、……バートン卿ではないですか！」

胸を張るロベルト。確かにか弱い女性と一緒だが、お前より力強い私が一緒の時点で護衛もエスコートも必要ない。どう考えてもお邪魔虫である。

「国の第二王子に護衛をさせるというのは、どうかな」

「将来俺が騎士になれば普通のことです」

「君の練習に付き合えと」

「最近、訓練場に顔を出してくださらないので」

捨てられた子犬のような目で見つめられた。何とも情けない顔である。

確かに言われてみれば、リリアと会ったり殿下に付き合わされたりで何かと忙しく、訓練場に顔を出す頻度は下がったかもしれない。だがそんな顔をしなくてもいいだろう。

私よりガタイが良いくせに、うるうるした目で見つめてくるのはやめていただきたい。

リリアがいなかったら肩を掴んでその顔をやめろと揺さぶっているところだ。

「……わかったよ」

結局私が折れた。

あまり邪険にするのも、リリアの手前印象が悪そうだ。元より邪魔が入るのは想定内。この程度で挫けてなるものか。

「店の前までだぞ」

「はい！」

私の言葉に、ロベルトは嬉しそうに返事をした。


「……ロベルト」

「……三人でしょうか」

「惜しいな、四人だ」

目当ての店に近づき、路地を折れたところで私とロベルトは立ち止まった。

隣を歩いていたリリアの手を取り、引き留める。

「狙いは聖女か？」

「……俺かもしれません」

「誰が護衛だと？」

「申し訳ありません」

「え？　え??」

「リリア、私の後ろに」

そっとリリアを背に庇う。彼女は不安げに私を見上げていた。

「敵だ」

小さく呟く。リリアは息を呑み、ロベルトは頷いた。

警邏の騎士は帰ったが、ロベルトの護衛はまだ残っている。にもかかわらず今仕掛けてくるということは、それほどの考え無しか……この程度なら突破できる自信があるか、だ。

私は護身用のナイフくらいしか手持ちがないが、ロベルトや護衛は佩剣《はいけん》している。こちらの方が数でも勝っているし、まぁ、問題ないだろう。

一見すると無人の路地には、いくつも木箱が積まれていた。ポケットに手を入れる。

先ほど立ち寄った店でもらったお釣りの硬貨のうち、一番大きなものを手に取った。

このあたり、ノーブルでファビュラスとは言い難いので今後リリアの前では要改善である。あと、うっかり忘れてポケットに物を入れたまま洗濯に出してしまうと侍女長にお小言をくらう。

硬貨を指でピンと弾き、近くにあった木箱の向こうに飛ばす。

ざっと砂を踏む音がして、木箱の陰から人影が転《まろ》び出てきた。やはり、隠れていたか。

黒装束、体つきからして男。傭兵というより忍者然とした見た目だ。

果たしてロベルト狙いか、リリア狙いか。

どちらにせよ、姿を見せたということは……。

「ロベルト、後ろは任せたぞ」

「！　はいっ！」

交戦開始だ。

キンッと金属同士が触れ合う音がした。背後で、ロベルトの護衛と後ろから仕掛けてきた敵が刃を交差させている。

左右の屋根の上からも、人の気配が落ちてくる。

木箱の陰から姿を現した男が、一足で距離を詰めて私の眼前に身を躍らせる。

こちらに軌道を見せないよう大きく振りかぶられた腕の先に、わずかに白刃《はくじん》が煌めくのが見えた。

その動きを躱すように半身をスライドさせ、身体に引きつけた脚を前方に踏みつけるように繰り出す。相手も空中で身を捩るが、その程度の動きは私の自慢の長い脚の前では誤差である。

鉄板を仕込んだシークレットソールのブーツで、短剣を握ったその手を壁に縫いつけた。

男が次の動きを取る前に、壁に突いた脚を支点に、相手の顎を思い切り蹴り上げる。

そのまま壁を駆け上がるように宙返りして着地、後ろを振り向きざま、脇を締めて掌底を繰り出す。交戦中のロベルトに切りかかろうとしていた男の頤《おとがい》にヒットした。

対峙していた男を伸したロベルトが、私の掌底をくらった男にすかさず追撃をかける。

路地は狭く、横合いから現れた二人は建物の屋根から飛び降りてきた。予期せぬ襲撃に狼狽えてもおかしくはない。しかし、ロベルトは自分が相手をした男をきちんと沈めてみせた。

息も乱れていないし、表情にも余裕がある。私が倒さなくても、もう一人にも十分対処できたのではないだろうか。しかも目に見える敵を排除した後も周囲への警戒を怠っていない。彼の横顔から油断や隙が感じられないのだ。

思わぬ形で弟子の成長を目にして、目頭が熱くなる。

立派になったな、ロベルト。もう誰にもチョロベルトなどと呼ばせないだろう。

呼んでいるのはおそらく私だけだが。

背後から護衛騎士が駆け寄ってきて、倒れた男たちを捕縛する。彼らも自分たちの役目はきちんと果たしたようだ。

「怪我はない？」

「は」

「はいっ！」

私が振り向いて問いかけると、ロベルトが元気にお返事した。

違う。お前じゃない。

「リリア、大丈夫だった？」

「は、はい！　バートン様が守ってくださったので……」

改めてリリアに問いかけると、少し怯えた様子だったが頷いた。まったく、嬉しいことを言ってくれる。鍛えていた成果が出せて私としても大満足だ。今夜はお赤飯だな。

「ロベルトも、ありがとう」

「たい……バートン卿なら、一人でも十分だったでしょう」

「ひ、一人でも、ですか？」

リリアがロベルトの言葉に反応する。

ロベルトは先ほどまでの眼光鋭さはどこへやら、また目をキラキラさせて語り始めた。何故お前が自慢げなんだ。

「ああ！　いつも訓練場では候補生五、六人一度に相手にされるのが普通だし、腕利きの教官たち三人がかりでも全く歯が立たない。おそらく先ほどの相手程度なら二十人いたってバートン卿には敵わないだろう！」

「は、はぁ……」

「いや。リリアを危険に晒さずに済んだのは君たちのおかげだよ。ありがとう」

ものすごい勢いでリリアに詰め寄るロベルトをやんわり引き離す。

リリアが完全に引いた顔をしていた。

「しかし……」

「どんなに強くても、一人は結局一人だ。数の利点が生きる場面はどうしたって多い。だからこそ私たちは騎士ではなくて、騎士『団』なんだ」

「！」

ロベルトが目を見開いた。

何となく「私たち」とか言ってしまったが、正確に言えば私は別に騎士ではない。

まぁ、こういうのは雰囲気である。ワンフォアオール、オールフォアワン。大体そんな感じだろう。知らんけど。

「礼を言っているんだから、素直に受け取れ」

「は、はい！」

ロベルトはまたキラキラが突き刺さるような笑顔で頷いた。

無論一番活躍したのは私だろうが、きちんと他人の力も認める器の大きさを見せておく。器の小さい男より、器の大きい男の方がモテることは自明である。あと、ありがとうとごめんねを言える男の方が、女子ウケが良い。

「リリアもびっくりしただろう？　カフェまでもうすぐだけど、歩けそう？」

「あ、は、はひ、歩けます！　大丈夫です！」

「では行きましょう！」

さりげなくリリアの肩を抱いて歩き出したところ、ロベルトが意気揚々と私たちを先導する。

いや、お前は本当に空気を読んでくれ。どう考えてもここで解散の流れだろう。

「すぐそこだから、もう護衛は大丈夫だよ。君の護衛がさっきの奴らを騎士団の詰め所まで連れて行くみたいだから、一緒に行った方がいい」

「数の利点が生きる場面があるかもしれませんので！」

「…………」

ロベルトの癖に私の台詞を引っ張ってくるとは、小賢しい真似をする。

指でロベルトを呼び寄せ、耳打ちした。

「……お前、甘いもの苦手だろう」

「俺の苦手なものまで覚えていてくださるとは！　感服しました！」

喜ばれてしまった。まったく意に染まない。

実際のところ、ゲームの設定ではそうだったなと思い出しただけで、彼と好き嫌いについて直接話した記憶はないのだが。

「ケーキが有名なカフェだから、お前には合わないと」

「その店、コーヒーも有名だとフランクから聞きました。俺はコーヒーでも飲んでいますので！」

まったく悪意のない顔で笑うロベルト。本当にただ空気が読めないだけのやつだった。

「エリザベス様」

どうしたものかと思っていると、ロベルトの護衛の一人に小声で袖を引かれた。

「今から事情聴取に同行する者、城に報告に行く者、殿下の護衛を続ける者に分かれます。殿下の警護が手薄になりますので、私どもが戻るまで殿下をお願いできませんか」

「見返りは？」

「今度酒でも奢ります」

「貴方たち、私が未成年だって忘れてますね？」

ついでに公爵令嬢だというのも忘れられている気がする。

リリアとロベルト、護衛たちを見渡し、私はため息をついた。仕方がない。引き受けよう。

さっきの連中がロベルト狙いだった可能性もある。何かあったらさすがに寝覚めが悪いし、リリアが気に病んでしまうかもしれない。

人というのは死んだら美化されると言うしな。


「おいしい〜」

ケーキを一口食べた瞬間瞳を輝かせ、その後幸せそうに顔を綻ばせるリリア。

可愛い女の子とおしゃれで可愛らしいケーキ、非常に絵になる。映えである。

やはりこうして無意識で、飾らない表情をしている方が可愛らしさが強調されて見える気がする。

常に寝ているか物を食べているかすれば、無理に主人公らしさを取り繕わなくても誰だって落ちそうなものだが……これがあれか。「黙っていれば可愛いのに」というやつか。

ご機嫌でケーキを口に運ぶリリアの顔を見ていて、私は驚愕した。なんと頬にクリームがついているのである。

もはや感動すら覚えた。まだ二口しか食べていないのに、そして食べ方も特に汚いとか下品ではなかったはずなのに、何をどうやったら頬にクリームをつけられるのだ。

手品かと疑いたくなるレベルである。これが主人公力《ヒロインぢから》というものだろうか。

こういう場合の乙女ゲーム的な正解は何なのだろう。

恋仲ならこう、頬にちゅっとして取ってやるのが正解なのだろうが、友達以上恋人未満の関係性においてはそれはやりすぎの気がする。しかも、第三者がいる場面だ。

しかし、指で掬い取るまでは良いとして……ご飯粒ならまだしも、生クリームはどうなのだろう。

拭ってやった後、指を舐めるべきか？　ハンカチで拭っていいものか？

そもそも指を舐めるというのは行儀がいいとは言い難い。

ご飯粒だったら食べるだろう。芋けんぴでも食べるかもしれない。生クリームの正解を探して脳内の引き出しを開けまくったが、乙女ゲーム界隈でも半々というところだろうか。

指で掬ってリリアに舐めさせる？　いや、それはさすがにどうだろうか。

ハンカチで拭ってやる？　一番スマートではあるが、果たしてドキドキするだろうか。

そこまでコンマ二秒で考え、私は結局一番王道らしい行動を選択した。

「ふふ、ついてるよ」

身を乗り出して指で彼女の頬のクリームを拭い、掬ったクリームを自分の口に運んだ。

リリアは「も、もう、バートン様！　教えてくださいよぅ～」とか拗ねたように頬を膨らませながらもどこか嬉しそうだったので、まぁ、正解と言わずとも不正解ではなかったのだろう。

いきなり制限時間付きの選択肢を突きつけられると、つい考えすぎてしまう。今後の課題だな。

リリアがあまりに美味しそうに食べるものだから、味が気になってきた。私もいただくとしよう。

まずはコーヒーを一口、とカップに口を付ける。

澄ました顔でカップをソーサーに戻した。

すっかり忘れていたが、そういえば私、苦いものが得意ではなかった。

噴き出さなかった自分を褒めてあげたい。

家族が紅茶派なので家でコーヒーが出てくることはなかったし、そもそもこの国では紅茶の方が主流である。思えば、転生してからコーヒーを飲むのは初めてだった。

ピーマンが苦手なやつが挑むべき相手ではない。

エリザベス・バートンの身体がそうなのか、前世からそうだったのかはもはや覚えていないが、どうやら私には向いていないことが分かった。

しかし好き嫌いをするのも、食べ物飲み物を残すのも、行儀が悪い。格好も悪い。

私ももう大人である。苦手だ何だといって食べ物を残すようなことはしない。

心頭滅却だ。火が涼しくなるぐらいだ、口の中が苦いくらい何するものぞ。

最初からミルクと砂糖を入れておけばよかったのだが、一口飲んでから足すのは何と言うか、負けた気がする。

「たい……バートン卿」

「うん？」

私の顔を見つめていたロベルトは、おもむろにミルクポットを手に取ると、私のコーヒーに勝手にミルクを足した。

「ミルクを足してもおいしいので！　ぜひ！」

「せめて聞いてからにしてくれ」

「砂糖もぜひ！」

「だから勝手に入れるなと」

カップに角砂糖が放り込まれる。

言っている間に、コーヒーに角砂糖が溶けていった。

仕方がないのでスプーンでかき混ぜて一口飲むと、ただのカフェオレになっていた。

一瞬私はそんなに苦そうな顔をしていたのかと思ったが、ロベルトに他人様の表情を読み取るような繊細なスキルがあるとは思えない。

おそらくフランクに聞いたか何かで、純粋な厚意から勧めているのだろう。

期待に満ちた眼差しでキラキラを飛ばしてくるロベルトに、私は苦笑いする。

「そうだな、これもおいしいよ」

「！　よかったです！」

ロベルトが嬉しげに破顔した。ひどく幸せそうで満足そうで、邪気のないその表情に見ているこちらまで毒気を抜かれてしまう。

その破壊力たるや、店中の女の子の視線が彼に集まるほどだった。

ロベルトもアイザック同様、自分の顔のよさに自覚がないタイプである。

それにしても、ちょっと褒めた程度でこの喜びようとは。

こいつ、放っておくとそのうち私の草履とか温めかねない。忠誠っぷりは猿と言うより犬だが。

リリアがロベルトを見て、不思議そうに首を傾げていた。

彼女の知っている範囲では、私と彼は訓練場の教官と候補生ではあるものの、それ以外はクラスメイトという関係性でしかない。どうしてロベルトが私にこうも忠義を尽くすのか、分からなくて当然だろう。

私だって、どうしてこうも過剰に崇拝されているのか分からないのだから。
ロベルトより強い人間などそれこそごまんといる。私でなくてもよいはずだ。
……ダンボールに入れて置いておいたら、誰か貰っていってくれないだろうか。
リリアに気づかれないようにまたため息をつき、私は再びカフェオレを啜った。

私は最低だ。最低だが、それが私だ。

夏休み目前。

期末レポートに取り組むため、アイザックとリリアと三人で図書館の一角に陣取り、ああでもないこうでもないと頭を捻っていた。

やっと終わりが見えてきたところで、まとめの論拠を探そうと持ってきた本をめくっていたが、ちょうどよいものが見つからない。一人で資料を探しに行くとアイザックとリリアをふたりきりにしてしまうので、アイザックを誘って二人で探しに行くことにした。

このあたりは抜かりない。

彼は特に疑問も不平も言わずについてきてくれたのだが、もし私が一人では本を探せないと思われているのだとすると少々心外である。

本棚を眺めて、目当ての本を探す。アイザックもついでがあったようで、私の後ろで何冊か本を手に取っていた。

——ふと、視界の隅を何かが横切った。

蜂だ。

反射的に手を伸ばして、叩き潰そうとする。

ばん、と音がして、手の平が本棚に当たった。

しかし手応えがない。逃したか。

「お、まえ」

視線を前に持ってくると、本棚と私の間に挟まれ、気まずそうな状態のアイザックがいた。

リリアが相手ならば壁ドンとでも言いたいところだが、残念ながら相手が彼では色気がない。

私が急に本棚を叩くものだから驚いたのだろう。彼は目を大きく見開いて、私を見上げていた。

彼を解放して説明してやろうと思ったのだが、逃した蜂が彼の肩に止まっているのを見つけた。

「静かに」

咄嗟にそう告げると、アイザックの身体がわずかに強張った。彼も蜂に気づいたのかもしれない。

今彼が動いたら、蜂は逃げてしまう。それはまずい。もしリリアが刺されでもしたら一大事だ。

「おい、何を」

「じっとして」

壁に突いていない方の手を、そっとアイザックに向かって伸ばす。

アイザックは何故か目をぎゅっとつぶった。

私の指は、わずかに彼の頬を掠め……無事、蜂の羽を掴むことに成功した。

「アイザック？　いつまでそうしてるつもりだ」

声を掛けると、アイザックがかっと目を見開く。

どうも息まで止めていたようで、顔が真っ赤になっていた。

確かにじっとしろとは言ったが、何も息まで止めることはないだろう。

彼は私を睨み、次に手に掴んでいる蜂を見て、やたら大きなため息をついた。

「…………お前……」

「あ。君、虫苦手だったか？」

それは悪いことをした。早く逃がしてやろう。窓に向かう私の背中に、またため息が投げられた。

「……もういい」

「――あれ？」

蜂を外に逃がすために窓を開けると、見覚えのある後ろ姿が渡り廊下を歩いていくのが見えた。

周りには、複数のご令嬢の姿がある。

図書館の中を確認すると、先ほどまでリリアが座っていた席が空席になっている。やはり今見えた後ろ姿は、リリアだったらしい。

ふむ。

何となく胸騒ぎを覚えた私は、アイザックに席を外すことを伝えると、図書館を出てリリアの歩いていった方向へ駆け出した。


「ダグラスさん！　貴女、バートン様がお優しいからと言って甘えすぎではなくて!?」

「そうよ！　聖女の素質があるからといって、他人の恋路を邪魔していてはバチが当たりますわ！」

「えっ、あ、えぅ」

リリアとご令嬢たちの後を追いかけていると、そんな声が聞こえてきた。

おお、これは。とうとう来たか。

乙女ゲーム名物「攻略対象と仲良くなりすぎた主人公が取り巻きの女子にいじめられるイベント」である。

身を翻《ひるがえ》して建物の陰に隠れ、ご令嬢たちの様子を窺う。

クラスメイトではないが、何度か見たことがある顔ばかりだ。友の会所属のご令嬢だろう。

ご令嬢たちの隙間から、取り囲まれたリリアがおろおろと狼狽えているのが見えた。人見知りの彼女にはさぞつらかろう。

すぐに助けに入ることは簡単だが……この場合は、例えば誰かがリリアに危害を加えようとするとか、そういうタイミングで颯爽と助けに入るのが正解のはずだ。

リリアには申し訳ないが、もうしばらく締め上げられてもらうことにする。

リリアを囲んでいるご令嬢たちは、ずいぶんと勢い込んで彼女に詰め寄る。

「バートン様には王太子殿下とお幸せになっていただかなくては！　いつも優美な微笑みを崩さない殿下が、バートン様とお話しされる時はまるで少女のように頬を染めていらっしゃって……あれは恋ですわ！　間違いありません！」

はい？

「あら、それを言うならロベルト殿下でしょう！　ロベルト殿下がバートン様をお慕いしていることは一目瞭然。なんといっても二人は元々結ばれる運命だったのです！　どんな試練があろうとも、二人を分かつことなど出来ませんわ！」

なんて？

「いいえ、アイザック様ですわ！　バートン様とお友達になってからのアイザック様の変わりよう、皆様ご覧になったでしょう？　それに、アイザック様はバートン様と毎日のように親しくお話しされていますのよ！」

いや何の話？

「毎日のように？　でしたらクリストファー様が一番ですわ！　毎日同じ屋根の下、一緒にいる時間が一番長いのはクリストファー様です！　去年のダンスパーティーでもクリストファー様がファーストダンスの相手に選ばれたことをお忘れですの？」

？？？？？？？

自分を取り囲んでいた令嬢たちが何やら言い争いを始めてしまい、目を白黒させているリリア。

それはそうだ。私も予想外の発言に、頭の中が「？」で埋め尽くされている。

危うくズッコケて物陰から出てしまうところだった。体幹を鍛えておいて本当によかった。

話についていけないリリア——と私——を置いて、ご令嬢たちの舌戦はヒートアップしていく。

「あれは、あの場を最も角を立たせずに収める相手を選ばれただけですわ。だって、王子二人を差し置いてアイザック様を選ぶなんて、波風が立ってしまうじゃありませんの」

「バートン様は本当はアイザック様を選びたかったと？」

「それはそうでしょう。ダンスの授業でもダグラスさんが編入されるまではいつもお二人で踊っていらしたのよ。難しいフィガーも簡単に熟されて息もぴったりですし、お二人ともとても楽しそうな、良い表情をされますの。時々小さな声で囁き合われて……あれはもう、二人の世界ですわ」

全然「それはそう」ではないのでまずそこから話をさせてほしい。

誰も選びたくなかった故のクリストファーの尊い犠牲があったことを忘れてはいけない。

あと囁き合っているように見えたのはたいていが宿題を写させてもらうのを頼んでいただけだ。

「ですがそれは昨年までのお話でしょう？　今年に入ってからはダグラスさんと踊ってばかり。一緒のお勉強会だってされていなかったではありませんか」

「そ、それは、バートン様がダグラスさんばかりに構うから、ヤキモチを妬いてらしたのですわ！」

「その点、クリストファー様はよくお三方で過ごしていらっしゃるところを見かけますわ！　この前なんて、クリストファー様の口元についたお菓子の食べこぼしをバートン様が手ずから取ってあげていらして……その時のクリストファー様の真っ赤な顔と照れ笑いときたら！」

「あら、お優しいバートン様のことですもの。かわいい弟にそのように接するのは当然ですわ」

「そうですわね、きっとバートン伯がお相手でも同じようになさるでしょうし」

「そ、そうかもしれませんけれど！」

今度は「それはそう」だった。特に身に覚えはないのだが、もししていたとしたらお兄様にも同じようにするだろう。

ちなみにリリアと違ってドキドキしてもらう必要はないので、仮に芋けんぴがついていても取ってやるだけで食べないとは思う。まぁ、この世界に芋けんぴはないのだが。

「あらあら、そんなことで言い争うなんて。王太子殿下と比べれば所詮どんぐりの背比べだと言うのに……お可愛らしいこと」

「何ですって？」

「王太子殿下がバートン様と親しくされているところは、あまり見たことがありませんけれど」

「ふふふ……王太子殿下はバートン様のことを『リジー』と愛称で呼ばれていますのよ！　他の方はそんなことなさらないではありませんか！」

「まぁ……！」

そうだっけ？

私は思わず首を捻ってしまった。

そもそも自分の呼ばれ方にたいして気を配っていなかったことに気づく。

隊長とかいう謎のあだ名は勘弁してほしいと思っているが、それ以外はエリザベスでもエリーでもリジーでもベスでもバートンでも、何でもいい。

呼ぶ側だってそんなこと、いちいち考えていないと思うのだが。

しかし、女の子というのはその辺りに必要以上に敏感である。貴族令嬢ともなればなおさらだ。

彼女たちが誤解してしまうような状態をそのままにしておくのは得策ではない。今度殿下にやめてもらうよう言っておこう。

「ですが、バートン様は殿下のことをいつも『王太子殿下』と呼ばれていますわ」

「あら、そうですわね。アイザック様やクリストファー様、ロベルト殿下のことはお名前で呼ばれているのに」

「やはり、王太子殿下の片想いなのではなくて？」

「なっ！　き、きっとふたりきりの時にはお名前を呼んでいらっしゃるはずですわ！　皆の前では体面を気にされていらっしゃるのです！」

「でしたら、ロベルト殿下だって！　ロベルト殿下がバートン様に『たい……』と呼びかけて、苗字に呼び直されるところが何度も目撃されていますわ」

「それは……確かにそんなところを見たことがあるような」

「わたくしも」

目撃されまくっていた。

ロベルト、次の訓練はメニュー追加だ。

「あれは、ふたりきりの時の特別な愛称で呼びかけてしまいそうになるのを必死で誤魔化していらっしゃるのよ！」

「ですが、『たい』から始まる愛称というのは、一体……？」

「ずばり！　『大切な君』ですわ!!」

きゃーっとご令嬢たちから黄色い悲鳴が上がる。

私はといえばまたズッコケそうなところを自慢の体幹と足腰でなんとか踏みとどまった。

何だ、それ。もう何でもありじゃないか。AランチBランチといい勝負だ。

「さ、ささ、さっきから、何言ってるんですか!?」

ご令嬢の剣幕にすっかり小さくなっていたリリアが、やっと声を発した。

リリア、言ってやってくれ。私と彼らの名誉のためにも。

「つ、つまり、あなたたち全員、カプは違えどバートン様左固定の過激派腐女子ってことですか⁉　ここでも腐女子が強いんですか⁉　そりゃロイラバだって人気カプとかあったけど、乙女ゲームなんだから夢女子の人権ちょっとは認めてくれたっていいんじゃないですか⁉　いつもいつも、夢女子を迫害して！」

お前も何を言っているんだ。

私を勝手に左固定するな。

いや、違う。勝手にカップリングするな。

オタク特有の早口で一気にまくし立てたリリアに、今度は取り囲んでいたご令嬢たちが首を傾げる番だった。

「ふじょ、？　何ですの？」

「ＢＬ……男の子同士の恋愛が好きな女子のことです！」

「男の子同士？」

「だいたい、ナマモノジャンルは気を付けないといけないんですからね⁉　一人の暴走がジャンル全体にどれだけの迷惑を……」

誰がナマモノだ。

しかし、ご令嬢たちにそういう目で見られていたというのは初めて知った。私としてはなんともメンタルの置き場に困る事態である。

意識して顔を近くして沸いてもらっているときとは違う気まずさがある。

大体、もとから私にも彼らにもその気もそのケもないのである。これ以上どうしろと言うのだ。

「ダグラスさん、何を言っておられますの？」

ご令嬢の一人が、不思議そうにリリアに問いかける。

そうだ、言ってやってくれ。お前は何を言っているんだと。

「バートン様は、女性ですわよ？」

「え？」

「え？　まさか、本当にご存知なかったの？」

「じょ、せい？」

リリアは驚愕の表情でしばし固まっていたが、やがて顔色が真っ青になっていく。

しまった。話の流れが謎すぎてタイミングを見誤った。もっと早く出て行くべきだった。

薄々分かっていた。リリアが私の本当の性別に気づいていないことを。

まぁ、当然といえば当然である。誰もそうそう他人様に「失礼ですが性別は？」なんて聞いたりしないのだから。ほんの少し、二パーセントくらいは薄々勘付いている可能性もあるかと思っていたが、やはりそうではなかったらしい。

「わたくしたち、忠告に参りましたの。わたくしたちは何も貴女が憎くて言っているわけではありません。ただ、自分の応援する方とバートン様が結ばれることを願っているだけです」

「一番怖いのは……ここにはいない、『バートン様と私♡』の恋に夢を見ている方々ですわ」

「私たちは穏健派ですのでこうして事前に忠告しているのです。これ以上過激派の『バートン様と私♡』派閥の方に目をつけられたら、貴女、どんな嫌がらせを受けるか……」

リリアに切々と語るご令嬢を横目に、私は思索を開始する。

さて。どうするべきか。

いずれはバレるだろうとは思っていた。

もちろんルート分岐まで気づかずにいてくれたら最高だったが、それはほぼ不可能だろうと私自身も理解している。バレた時にどうリカバリするか。それが重要だ。

ルート分岐まであと二ヶ月もない。ここが私の天王山になるだろう。

大丈夫だ。シミュレーションは何度もした。自信を持って、余裕ぶった笑みを顔に貼り付けて。

小さく息を吸って、吐く。

「やぁ、何の話かな?」

私は、わざと音を立てて芝生を踏みながら、ご令嬢とリリアの前に姿を現した。

「ば、バートン様」

ご令嬢たちが私を見る。何人かが、小さな声で私の名前を呼んだ。

リリアは私の顔を見て、目を見開く。唇が震えていた。

そして一瞬ひどく傷ついたような表情をしてから、彼女は私に背を向けて走り出した。

「リリア!」

諸兄《しょけい》に問おう。秘密がバレた時、どうするのが正解なのか。

一番いいのはバレずに墓まで持っていくことだろうが、万一バレてしまったとしたら、相手が「薄々勘付いている」程度のうちに、自分から伝えてしまうのが最も誠意ある対応だろう。

第三者からバラされるというのは最悪の形と言っていい。

さて、ではそんなときどうすべきか。

とりあえず、相手が逃げたら追うべきだ。これは嘘がバレた時以外にも通ずる。追いかけなければ後から「どうして追いかけてくれなかったの」と恨み言を言われる可能性が非常に高いからだ。

駆け出したリリアを追いかける。

コンパスの差もあって、あっさり追いついた。きっと咄嗟に走り出しただけで、本気で逃げきるつもりもないのだろう。

「リリア！」

名前を呼んで、腕を掴む。しかしリリアは、私の腕を振り解いた。

注意深く彼女の表情を観察する。ショックを受けたような、傷ついたような、信じられないものを見るような。それでいて――縋りつく何かを、拠り所を探しているような。そんな目をしていた。

その目に私は安堵する。ショックや悲しみよりも怒りが勝っていたら、この場での説得は難しい。

怒りというのは落ち着くまでに時間がかかるものだ。

そしてもし、彼女が私に対して絶望していたら、関係修復にかかる時間と手間は予測不能だ。

だがリリアの揺れる瞳と、言葉を発することすら出来ず震える唇からは、私に嘘をつかれていたショックと――それでいてどこか、私を信じたいと縋りつくような気持ちが読み取れた。

これならばまだ、手の打ちようはある。

「ば、バートン様、じょ、女性だって……う、うそ、ですよね……？」

「……それは……」

私は言い淀む。否定も肯定もしないことが、この場合は肯定だった。

「わたしを……騙していたんですか……？」

「違う！」

私は用意していた言葉を口にする。

リリアの目を見ながら、次のフェーズに移行した。

「……ごめん。何を言っても言い訳にしかならないけれど……君を騙すつもりはなかった」

もちろん大嘘だ。

今も彼女のことを騙して利用する気でいる。

だが、性別の件に関しては不可抗力と言うか、わざとそうしていたわけではなかったので、その面だけ見れば嘘ではない。……もっと大きな枠組みの中で、私は彼女を騙しているだけだ。

「本当は、もっと早く伝えるつもりだった。だけど……君と過ごすうち、どんどん言い出せなくなった。君が、君だけが。私のなりたい『本当の私』を見てくれている気がしたから」

リリアの肩が、わずかに震えた。

女の子は皆「君だけ」というのが好きなものだ。

そしてリリアの事情から鑑みて、「なりたい自分」「本当の自分」という言葉は重要な意味を持つものだろう。いつか私の家で話したことを、伏線として回収したと思ってもらえればいい。

「君を失いたくなくて、伝えるのが怖くなった」

私は、わざと自分に言い聞かせるように装って呟く。

本来、攻略対象としてはここで心の内を吐露するのが正解かもしれない。主人公が「そんな理由なら仕方ない」と思えるようなのっぴきならない事情を説明するのが筋かもしれない。

しかし攻略対象としてあるまじきことではあるが、私には特に暗い過去とかつらい記憶とかそういうやつ、ないのである。

飢えもせず凍えもせず毎日ぬくぬく好きなこと——主に筋トレ——をして過ごし、類稀《たぐいまれ》なほど心の広い家族に囲まれ、多くはないが友達にも恵まれ、今絶賛主人公に攻略されている。

攻略対象になるための努力はもちろんしたが、それ以外はここまで大した苦労もせず、面白おかしく暮らしてきたのだ。それを暗い過去として語るわけにもいかない。手札がないのである。

結果として、私は問題の先送りを選択した。

私のルートに入ったら知ることができますよ、感の演出に留めることにしたのだ。

「私は君に甘えていたんだと思う。私は君の善意を、君が私に向けてくれるやさしさを、利用していた。……最低だな」

自分で言っていてもそう思う。私は最低だ。

自己保身と打算に塗れて、適当で行き当たりばったりで、自分の利益のために人を騙すことを厭《いと》わない。

私は最低だ。最低だが、それが私だ。

ずっとそうして生きてきたし、これからもそうして生きていく。

リリアは俯いたまま、最後まで何も言わなかった。肩が震えている。

きっと泣いているが、私にこれ以上かけられる言葉はないし、彼女もそれを望まないだろう。むしろ逆効果だ。

この場での解決は難しい。私はそう判断した。時間を置くのが正解だろう。

一瞬彼女に伸ばしかけた手を、わざと躊躇うように、ぎゅっと握って引っ込める。

「……引き留めて、ごめん」

そう小さく絞り出すように告げて、私はその場を立ち去った。

ざまぁみろ、乙女ゲーム。

結局、私とリリアの関係はぎくしゃくしたまま夏休みに突入してしまった。

まぁ、時間が解決することもあるだろう。私はやれるだけのことをした。

リリアの方も完全に私を拒絶したという様子でもない。彼女の中で折り合いがつけば、仲直りできる可能性は高いと踏んでいる。

だいたい、乙女ゲームというのは得てしてこういうものである。少々つらく当たられたり気まずい時期があったりするのがスパイスとなってその後の甘い展開をより引き立てるのだ。

種も蒔いたし、芽も出た。今更あがいたとてどうにもなるまい。

だが、あまり事が長引くのも良くないだろう。

過程がどうなるにしろ私には最終的に陳謝《ちんしゃ》の手札しかないのだが、ルート分岐のダンスパーティーまでの日数を考えるならあまりのんびりもしていられないのも事実だ。

「姉上。星の観測会の参加届、出しました？　まだならぼく、一緒に出しておきますけど」

夕食の席でクリストファーから話しかけられ、私は頭の中でぽんと手を打った。

星の観測会。

夏休み中に行われる、林間学校とお盆を掛け合わせたようなイベント行事だ。

星を観測して先人たちに思いを馳せるという名目の、実質は一泊二日の登山・天体観測・ロッジ宿泊体験ツアーといった行事である。参加は必須ではなく、学年を問わず希望者が参加できる。ちなみに私は去年警邏の深夜シフトと被ったのでパスした。アイザックもパスしたと聞いた。王子連中はどうしていたのか知らないが……今年はクリストファーも行くようだし、去年より人数が多そうだ。まぁゲーム進行中の現在、攻略対象たちには「参加しない」という選択肢は端から存在しないのだろうが。

ゲーム内では、登山の途中にはぐれて遭難しかけた主人公をそのとき一番好感度が高いキャラが助けに来る。

狙っていないのにロベルトが来てしまって「お前じゃねぇよ！」となる例のイベントである。

ゲーム通りに物事が進むかは分からないが……行ってみる価値はあるだろう。

二人きりになれるチャンスがあれば、少なくとも話ぐらいはできるはずだ。このまま夏休みが終わるのを待つよりもずっといい。

私はクリストファーの申し出に甘えることにした。

お母様からは「どちらが姉か分かりませんね」とお小言を貰ってしまった。

迎えた「星の観測会」当日。

目の前にあるのは、制服で集合なだけあって特別な装備がなくとも登れそうな、ちょっとしたハイキング程度のなだらかな登山道だ。木々はそこそこの密度で生えているが、見通しが極端に悪いわけでも、霧が出ているわけでもない。道幅もそれなりに広く、足元もきちんと整備されている。

この山で遭難というのは、少し無理がある設定ではないだろうか。

私とリリアは挨拶と視線は交わしたものの、それ以上の会話はしなかった。

ちらりと横目にリリアの様子を確認する。背中を丸めて俯いていて、元気がなさそうだ。

一番最初に会った頃、教室で縮こまっていた姿を思い出す。最近は背筋——は怪しいが、少なくとも前を向いていた。ずいぶん成長していたんだな、と思った。

今年は全学年合わせて六十名程度が参加しており、四つの班に分かれて登山をすることになる。

乙女ゲーム的な事情で、私たちの班には攻略対象たちが勢ぞろいしていた。

当たり前のように班長になった王太子殿下を先導に、纏わりついてくるロベルトを引き剥がし、早々に息が上がっているアイザックを揶揄い、クリストファーと以前森で見たうさぎの話をしながらハイキングコースを登っていく。

誰かと話しながらも、ちらちらとリリアの姿は視界に入れていた。アイザックよりも体力があるくらいで、ゆっくりではあるがきちんとついてきている。

だから安心していた。

こんなのどかなハイキングコースではぐれてしまうなんて、まさかと思っていた。

私は侮っていたのだ。

乙女ゲームの世界機構、強制力というやつと——リリアの主人公力《ヒロインぢから》を。

リリアがいなくなったことに気づいたのは、王太子殿下だった。

そろそろ休憩をしようとの声に立ち止まると、不思議そうな顔の殿下が近づいてくる。

「リジー。リリア嬢は？」

「え？」

言われて振り返ってみると、リリアの姿がない。

そんな馬鹿な。さっきすぐ後ろをついてきているのを確認したばかりだ。

一応周囲の気配にも注意していた。リリアが音もなく消えたのでなければ、連れ去られたのだとしても気がつくはずだ。

こんなもの手品か、さもなくば——神隠しだ。

「きちんと見ていなかったの？」

殿下の意外そうな声に、わずかに責めるような色が含まれているような気がした。そう言われてしまうと私としてはぐうの音も出ない。きちんと見ていたつもりだったが、結果がすべてだ。申し開きのしようもない。

とりあえず、すぐに追いついてくるかもしれないと少し待ってみることになった。

だが十分待てども二十分待てども、リリアは現れなかった。

最初は雑談していた班のメンバーたちも、次第に口数が少なくなっていく。

三十分経つ頃には、全員が無言になっていた。

リリアは聖女である。単にはぐれただけの可能性も十分ある——し、実際のところはそれが真相なのだが——が、何らかの事件に巻き込まれた可能性もある。

それほどまでに忽然《こつぜん》と消えてしまったのだ。

皆口にはしないが、どんどんと悪い方向に考えが進んでいるのが分かった。

しん、とあたりが静まり返る。

私は、イベントが発生したことを理解した。

「私が探してくるよ」

一歩前に出る。

現状、彼女への好感度が一番高いのは私だろう。

他のキャラクターの好感度上げをしている時間はなかったはずだ。それはリリアとずっと一緒にいた私がよく知っている。

いくらロベルトがチョロいとはいえ――そして私と彼女が今少々気まずい状態にあるとはいえ――私より好感度が高いとは考えにくい。

その証拠に、今名乗りを上げなかった。

他の攻略対象が手を挙げないなら、今彼女を探しに行くべきなのは、間違いなく私だ。

「一人では危険です、俺も行きます」

ロベルトの申し出に、私は首を横に振る。

「この中で私の次に腕が立つのはお前だ、ロベルト。お前はここに残って、先に皆とロッジまで行っていてくれ。もしもの時は皆を守ってほしい」

「で、ですが……」

「その方が、私も安心してリリアを探しに行ける。お前だから頼んでいるんだ、ロベルト」

彼の肩を掴んで、瞳をまっすぐ見つめた。一瞬揺らいだ若草色の瞳が、真剣な輝きを宿して私を見つめ返す。

「は、はいっ！　命に換えても皆を守り抜きます！」

「ああ、頼んだ。別に命には換えなくていいけど」

「あ、姉上！」

横合いから、クリストファーに袖を引かれる。

「それなら姉上も一緒に行きましょう！　先生たちと合流してからリリアさんを探せば……！」

「いいや。私は今、行かなくてはならないんだ。どうしても」

クリストファーの言うことはもっともだ。それが一番合理的な選択だろう。

だが乙女ゲームの攻略対象というのは、時として理屈や合理性では説明できないことをしなくてはならないものなのだ。

「言っただろう？　私は君の、家族のための騎士だ。君が待っていてくれさえすれば、私は絶対に君のもとに帰ってくるよ」

「……ほんとうに？」

不安そうに、潤んだ瞳のクリストファーが小さく問いかける。

私は胸を張って、余裕たっぷりに答えた。

「ああ、約束する。騎士というのは、大切な人のところへ帰るものだからね」

「約束、破りませんか？」

「私が君との約束を破ったことがあったかい？」

ウィンクを交えた私の言葉に、弟は一瞬沈黙した。そして少し赤くなった目元で、私の真似をして悪戯っぽく笑う。

「……破ったら、また兄上に言いつけます」

「これは破るわけにはいかないな」

「バートン、これを」

アイザックが私の手を取り、何かを握らせた。小さな金属製の、筒のような物だ。

「これは？」

「緊急用の救助笛だ。もしもの時はこれを鳴らしてくれ。教師や山岳の管理者と合流したら、すぐに助けに行く」

「頼もしいな」

私が笑うと、彼はふんと鼻を鳴らして目を逸らす。

「と言っても、僕が助けに行くわけではないが」

「そうかもしれないけれど。今私にこれを渡してくれているのは君だよ、アイザック」

アイザックがこちらに視線を戻す。笛を握らせた私の手を、その上からもう一度握った。

「本当は行かせたくないが、止めても無駄だろう。かといって、僕がついていっても足手まといになるだけだ」

「心配してくれてるのか？」

「言わないと分からないのか？」

いつも通りのやりとりをして、目を合わせて笑う。

「無理はするな。お前がいなくなったら困る」

「はは。分かったよ。私も友達は多くないからね」

「じゃあ、行こうか」

「何を当然のように一緒に来ようとしているんですか。ダメです、待っていてください」

殿下が本来の行き先と逆の方に歩きながら、私に声を掛けてきた。慌てて前に回り込んでそれを止める。

「私だってそれなりに腕に覚えはあるよ」

「そういう問題ではありません。王太子を危険に晒したとなれば、私とリリアの首が飛びます」

「……ロベルトには、頼りにしているからだとかもっともらしいことを言ったのに。私にはそれしかないの？」

どこか拗ねたように呟く王太子殿下。この人は時々面倒くさいことを言ってくる。

「もし盗賊相手だったら、私を人質に差し出して逃げられるよ。この中で人質としての価値が一番高いのは私だ」

「困らせないでください」

「きみが私を困らせるからだ」

私はやれやれと肩を竦めてため息をつく。説得しようと殿下の顔色を窺ってみるも、そう簡単に読ませてくれる相手ではない。当て推量でいくしかないか。

「人の上に立つ御方だ。この場を率いるべきは、貴方です。王太子殿下」

「三十点」

「私がいない間、ロベルトの手綱を握れるのは、殿下。貴方だけです」

「五十点」

「殿下。お願いします」

「……六十点」

彼の顔を覗き込む。苦々しげに告げられたその言葉に、私はにやりと笑った。今度は殿下がため息をつく番だった。

「及第点ですね」

彼は渋々と言った様子で、私に道を譲った。

やれやれである。

彼らが何をそんなに心配しているのか、私には分からなかった。

実際のところ、リリアはただ段差から滑り落ちて足を挫いているだけだ。助けに行ったからとて、私の身に危険が及ぶようなことはない。そうでなければ、一人で助けに行くなどと言うものか。

私はこの世で一番、我が身が可愛いのだ。

だいたい、皆忘れていないだろうか。私は鉄だって斬れるのだ。そんな奴のことを心配して一体何になる。私の心配をする暇があったら、自分の心配をしてもらいたいものだ。

適当に行ってきますとか何とか言い残して、私は後ろ手に手を振った。


皆と別れ、踵を返して来た道を戻る。

ゲームでは、はぐれてしまったリリアが段差から滑り落ちて足を挫く、という設定だった。

適当なところで登山道を逸れ、森に分け入る。

集中して、人の気配を探りながら歩き出した。

ゲームの中の攻略対象たちは皆、山の中を駆けずり回ってリリアを見つける。

だが、頭脳労働専門のアイザックでも見つけられるくらいだ。灯台下暗しというか、それほど遠くには行っていないはずだ。

だいぶ日が落ちてきて、木々の影が黒々と地面に落ちていた。気温もぐっと下がってきたように感じる。早く見つけて、戻らなくては。

訓練場の遠征訓練で一応は野宿の心得もあるが——ちなみに、お父様から外泊許可が出なかったため私だけ夕飯後に一旦帰って早朝また出直す羽目になったので、実際は泊まっていない——やらなくて済むに越したことはない。

登山道から近いところを中心に、森の中を探しながらゆっくり歩く。

こういうとき、走っても何も得はない。出来るだけ自分の気配を殺して、森の中に溶け込むようにして進む。そうすることで、周囲の音や気配をより鋭敏に感知できるようになるからだ。

鳥の声、木々のざわめき、川のせせらぎ。それら以外の異質な音を探す。警邏のときに異変を察知するのと同じ原理だ。

微かに、異質な音を捉えた。

そちらに向かって歩を進める。近づくと、だんだんと音が声になってくる。ほんの小さな啜り泣きだが、女の子のものだと分かった。

私は声のする方に向かって駆け出し——程なくして、膝を抱えるリリアを発見した。

制服も顔も土で汚れているが、五体満足だ。

見覚えのある背景のとおり、近くには崖というほどの高さではないが、彼女がよじ登るのは難しそうな程度の段差があった。

「リリア！」

私が声を掛けると、リリアははじかれたように顔を上げた。

涙でぐしゃぐしゃになっていたその顔が、また歪む。小さな啜り泣きが、大きな嗚咽になった。

彼女は駆け寄った私に向かって、手を広げる。私も両手を広げて彼女を抱き締めた。

「バートンさまあぁ」

「よしよし、もう大丈夫だよ」

背中をさすってやる。リリアは私の胸に顔を埋めて、しゃくりあげながらぼろぼろ泣いていた。

誰かの涙と鼻水がしみ込んだ制服、侍女長に見つかったらまたお小言を言われる気がする。

「わ、たし、だ、誰も、助けに、こないんじゃ、ないかと、お、おもってぇえ！」

「そんなわけないだろう」

「だ、だって、攻略対象、誰も、好感度上げてないし……」

だんだんとリリアの語尾が消えていく。

彼女が言うくらいだから、ゲームでは「誰も迎えに来ない」という展開があるのだろうか。ロベルトすら来ないという展開になったことがないので、普通のプレイで見るのは不可能な気がする。

彼女の大きな独り言に、私はいつもどおり聞こえなかったフリをした。

「……でも、来てくれた」

ぽつりとこぼれた、消え入りそうな呟きも、まとめて。

「皆も心配していたよ。早く戻ろう」

「あ、はい、あの」

「ん？」

「じ、実は、足を挫いたみたいで」

「足？　見せて」

リリアの靴を脱がせる。確かに足首が腫れあがっていた。そうそう、これが主人公力《ヒロインちから》である。

とすると、ここまでは乙女ゲームの筋書き通りだ。

ロベルトは彼女を背負って夜通し歩いてロッジまでたどり着くし、他の攻略対象の場合は二人で夜を明かすことになる。

私の場合、登山道の方向も覚えているし、彼女を抱えてロッジまで行くのは難しいことではない。

リリアが足を挫く展開を知っていたので、ハンカチを裂いて包帯代わりにする方法も予習済みだ。

手際よく手当てをする私を、リリアは俯き加減でじっと見つめていた。

「とりあえず固定はしたけれど、動かさない方がいい。私が運ぼう」

「で、でも」

「大丈夫。リリアは羽のように軽いから」

立ち上がって微笑んでみせるも、リリアはまだ俯いたままだ。

「ば、バートン様」

彼女の小さな手が、私の服の袖をぎゅっと握っていた。

リリアは顔を上げ、意を決した表情で言う。

「あ、あの！　……この前は、すみませんでした！」

彼女の言葉に、私は目を見開く。そして努めてやさしく微笑みながら、首を横に振った。

「リリアが謝る必要はないよ。私が悪かったんだ」

「い、いえ！　わたしが、か、勝手に……勘違い、してたのに。勝手に、……傷ついた、みたいな気になって。ば、バートン様の気持ちも、事情も、何も、ほんとなにも、知らずに」

リリアが目を伏せ、苦しそうに胸を押さえる。

もし本当に私の事情を知っていたら、きっと彼女はそんな顔をしなかっただろう。

知らない方が良いことも、世の中にはある。知らない方が幸せなことも、だ。

「わ、わたし、いろいろ考えたんですけど！　男とか、女とか関係なくて！　だって、バートン様がかっこいいことは、変わらないから！」

彼女は顔を上げて、まっすぐに私を見つめていた。

琥珀色の瞳が、まだわずかに涙で潤んでいる。

それでも彼女は私から目を逸らさず……叫ぶように、絞り出すように、言葉を紡ぐ。

「しょ、庶民のわたしを助けてくれたのも、学園で上手に振舞えるように教えてくれたのも、……出来るよって、頑張ろうって言ってくれたのも。なりたいわたしになれるって、言ってくれたのも。ぜんぶ、ぜんぶ……他の、誰でもなくて、バートン様だから」

リリアの口から出る言葉は、ゲームの中で攻略対象に向けられる台詞とも、主人公のモノローグとも違っていた。

だからだろうか。

彼女が私を「攻略対象」ではなく、一人の人間として見ているような気がして。

私も彼女を「主人公《ヒロイン》」ではなく、一人の女の子として見なければならないような気がして——初めて、一抹の罪悪感が胸を掠めた。

こんなに一生懸命で、素直で可愛い女の子を騙してまで、ひたすら利己的に幸せを追い求めることは、果たして本当にハッピーエンドに繋がっているのだろうか。

そもそも、騙す必要などあるのか？　普通にふたりで、しあわせに暮らせばよいのではないか？

涙の浮かんだ大きな瞳を覗き込んでいると、だんだんと脳が揺さぶられるような感覚に陥る。

そうだ。私だって騙すつもりで近づいて、いつのまにか彼女に本気になっていたりしたのでは？

何か心のどこか、片隅の方で。いや知らんけど。

だってこんなにも――顔が可愛い。

「CER●Bだし」

リリアがぽつりと呟いた。

何を口走っているんだ、この主人公《ヒロイン》。何故突然レーティングの話を持ち出す。

頭の中にかかっていた靄が晴れていく。

私の意志とは関係なく、何故だか「彼女を幸せにしなくてはいけない」という気持ちにさせられていた気がする。これが主人公力《ヒロインちから》というものだろうか。恐ろしい。

身震いしたところで、ふと気配を感じた。

どうしてこんなに近づかれるまで、気づかなかったのだろうか。

これも主人公力によるものか――それとも、世界機構の強制力か。

「だから、わたし、性別なんてどうでもよくて！　バートン様のことが、す」

「シッ」

リリアの唇に人差し指を押し当てた。リリアが一瞬目を見開き、頬を染める。

彼女はもしかしたら「私から言うよ」的な展開を期待したのかもしれないが、残念ながらそれは違う。

私は心臓がバクバクと早鐘を打つのを感じていた。肺が窮屈になり、呼吸が浅くなる。背中を冷たいものが伝う。

「静かに」

「え？」

「ゆっくり、こちらに。私の後ろに」

「あ、あの」

そっとリリアの手を引き、じりじりと移動して、後ろに庇う。

私の背に庇われてからこちらを振り向いたリリアは、きっと私と同じ物を見たのだろう。間抜けな声を出した。

「え？」

そこにいたのは、羆だった。

体長2.5メートルは優にある。何より横幅が人間の比ではないので、対峙するとその大きさは実測値よりはるかに大きく感じられた。

横目にリリアの顔を確認する。その表情は驚愕一色という様子で、彼女にも予測不能の事態であることが容易に読み取れた。

それはそうだ。私だって羆が出てくるイベントなど覚えがない。

いくらイケメン補正があるからといって、人間が剣の一本や二本で羆に勝てるものか。

猟銃があったって、近距離戦では勝てないというのに。

「リリア」

恐怖と言うよりほとんどパニックでへたり込んでいるリリアの手に、アイザックに渡された救助笛を持たせる。

「私にもしものことがあったら、これを。みんなが来てくれる」

「え？　あ、あの」

「心配いらないよ。君は私が守るから」

リリアを背後に庇って、羆と対峙する。どうせ汚れるので上着を脱いだ。

羆は低く唸りながらぎらぎらと夕闇の中で眼を光らせ、私を睨んでいる。

正直、興味はあった。「あなたを襲えるのは羆くらい」だと言われたあの日から。

一度戦ってみたかったのだ。気になっていたのだ。

私とどちらが、強いのか。

脱ぎ捨てた上着が地面に落ちると同時に、私と羆の勝負……ステゴロの殴り合いが始まった。


結論から言おう。

引き分けだった。

もう何度殴り倒したか分からないし、何度投げ飛ばされたか分からない。

私も羆もへとへとになって、地面に倒れ込んでいた。立つどころか、腕も上がらない。指の一本を動かすことさえ困難だ。

羆はその鋭い爪で私を引き裂くことも、強靭な牙で噛み付くこともしなかった。私も懐のナイフを出すことはしなかった。私たちはただただ殴り合い、蹴り合い、組み合い、投げ合った。

投げられるうち、私は気づいた。この罠は、この乙女ゲームの世界機構だと。

ロベルトでいうところの、兄のように。

クリストファーでいうところの、孤独のように。

エドワードでいうところの、病のように。

アイザックでいうところの、家族のように。

乗り越えねばならない試練。克服しなければならない苦痛。向き合わねばならない障害。

私にとってのそれが、この罠だ。

それを理解して、やっと確信できた。私は、私のルートを作ることに成功したのだと。

ここまでやってきたことは間違いではなかったのだと。

ずっと不安だった。自分を磨き、攻略対象にふさわしい自己を作り上げた。他の攻略対象のイベントを横取りして、主人公《ヒロイン》の寵愛を一身に受けた。それでもまだ、不安だった。

当たり前だ。もとの乙女ゲームに私という攻略対象が存在しないことは、私が一番よく知っているのだから。

だからこそ、罠のからくりを理解したとき、私の心は喜びで震えた。

この罠は、この世界が私を攻略対象として認識したことの証左なのだから。

だから私は、持てる全力で正々堂々、罠に挑む。

勝てないと分かっていても、愚直に挑む必要があった。

いいや、それすらも徐々にどうでもよくなっていたのかもしれない。

世界機構が用意した「私が決して勝てない相手」との戦いを、如何《いか》にして堪能するか。私はそれに心を砕いた。

鍛えた己の肉体を限界まで利用する。遠慮の要らない相手など久しぶりだった。

そう。この罷は、「私が決して勝てない相手」だ。

学園の教師が、お兄様が言ったように。この世界ではそう定義付けられた存在だ。

そしてそれは乙女ゲームの世界機構らしく――主人公《ヒロイン》の助けなしには打ち勝てないと、決まっているのだ。

……あれ？

思わず首を捻る。実際のところ、疲れ果てていて首はまともに動かないのだが。

途中から楽しくなって引き分けてしまったが、これはもしかして、善戦しすぎたのではないだろうか。もうちょっと序盤で打ち負かされそうになって、主人公《ヒロイン》のなんかすごい愛の力的なものを受けてから、立ち上がらなくてはならなかったのでは。

いや、まぁいい。やってしまったものは仕方がない。

幸いまだ引き分けだ。勝っていない。ここでリリアが、倒れる私に聖女の力を使ってくれるのだろう。

かすり傷程度しか治せなかったはずのリリアが突如大聖女の力に目覚めるとか何かして、私は主人公《ヒロイン》の愛の力で再び立ち上がり、乗り越えられなかったはずの試練を打ち倒すのだ。

これが、この世界が作り出した「エリザベス・バートンルート」の筋書きだ。

ああ、でも正直私がリリアだったら、とっくに帰っているな。

いくら恋は盲目と言っても、目の前で突然罷と殴り合いを始めたら。

そしてそれが何時間も続いたら。

序盤は守ってくれたと感じてときめいたり、私の身を案じたり、応援したりもするだろう。

しかし現時点で、私自身もどれだけ戦っていたのか分からないくらいの時間が経過している。辺りもすでに真っ暗だ。することのないリリアは飽きて当然である。しかもイマイチ命懸けの戦いというほどの緊張感はない。百年の恋も冷めそうなものだ。

しばらく待ってみたが、リリアが動く気配を感じない。

罷の方も今のところはまだ身じろぎをしている程度だが……もし今襲ってこられたら勝てる気がしなかった。

やさしい世界だ、まさか食われることはないだろうが――さて、どうしたものか。

倒れたまま思案していると、遠くに人の気配を感じた。

次第にがさがさと足音が聞こえて、地面を通じて振動も感じられる。

人数は、……四人といったところか。

「隊長！」

聞き覚えのある声がした。

「姉上！　と、……く、くま！！！？？」

「はは、ははは」

なるほど、そうだな。

私は渇いて貼りついた喉で、笑う。

口の中は血の味だし、砂でざらざらしていた。

私が目指してきたのは、確かに主人公《ヒロイン》に私を攻略してもらうことだ。

だが私が進みたいのはあくまで友情エンド。そうであるのならば。

最善は、主人公の助けなしに、試練を乗り越えることだろう。

今まで友情を培ってきた仲間たちの助けを得て、乗り越える。

それが「友情エンド」への布石でなくて、一体何だというのだろう。

もう瞼を上げることすら一仕事だ。しかし、やるしかない。

瞼を開ける。私を助け起こすクリストファーの顔がぼんやりとだが視認できた。

かわいそうに、蜂蜜色の瞳は涙で濡れている。私の瞳が彼を捉えたことに気がつくと、彼はまた私を呼んで、涙の雨を降らせた。

わずかに視線を巡らせると、倒れている羆に一番近いところで、ロベルトが緊張した面持ちで剣を構えているのが見えた。私やその背後のリリアたちを守るように立ちはだかっている。

ゆっくり上体を起こす。体が軋んで悲鳴を上げている。

耳元でまたクリストファーの不安げな声がするが、片手を上げてそれを制した。

反対側に首を巡らせると、王太子殿下が剣を構え、リリアを後ろに庇っていた。

そうしているとまるで乙女ゲームのスチルのようだ。だが私の知るゲームの彼よりも、今の殿下は精悍《せいかん》でたくましく、剣を構える姿にも僂さより力強さを感じる。

守られている側のリリアが完全に困惑しきった顔をしていなければ、だが。

「バートン」

足音とともに近づいてきた声に、視線を上げる。

アイザックが水筒を差し出し、私の口に押し付けた。やや手つきはぎこちないが、窒息しない程度の水が唇を湿らせる。勝つまで負けないこの友人は、私が諦めるなどとは思っていない。

言葉を発する体力さえ惜しい。アイザックの瞳を見て、頷いた。

立ち上がる。

筋繊維の切れる音がする。血管も切れているかもしれないし、どこか骨折していたっておかしくない。痛いし、重いし、視界もぼんやりしている。

それでも私は、立ち上がった。

誰も、何も言わなかった。

私は足を……身体を引きずるように、歩を進める。

ロベルトの横を通って、羆のすぐ傍まできた。

ロベルトの表情までは窺い知れなかったが、彼も私を止めなかった。

腰を落とす。

そして、こちらを睨み舌を出してぜぇはあと荒い呼吸を繰り返している羆の胴に、腕を回す。

わずかに羆の手が動き、じたばたと抵抗を始める。

だが羆も相当に消耗しているようで、私を止めるには至らなかった。

足を踏ん張り、体全体を使って、羆を持ち上げた。

よろけそうになるほどのその重みを利用して、遠心力に任せて巨体を振り回す。

ぐるん、ぐるんと回転して、勢いをつけて――私は羆を、ぶん投げた。

羆の身体は高く舞い上がり、そして放物線を描きながら森の上を飛んでいく。

木々に隠れて姿はすぐに見えなくなったが、バキボキと木々の折れる音と、巨大な何かが地面に落下したような轟音が響き渡る。木の上で眠っていたらしい鳥たちが、騒がしく鳴く声がした。

羆を放り投げた勢いのまま倒れ込んだ私は、瞼さえ開けられずに地面とチークダンス状態だ。

今度こそ指の一本さえ動かせない。もう痛いとか、そういう次元ではない。

ただとにかく体が重くて、そして眠かった。

それでも、清々しい気持ちだった。

やりきった。これが最良の展開だという自信があった。

ざまぁみろ、世界。

ざまぁみろ、乙女ゲーム。

地面の振動と誰かの声を遠くに聞きながら、私は意識を手放した。

二年目のダンスパーティー

ぶっ倒れた私は教師のもとに担ぎこまれ、バートン公爵家に強制送還されたらしい。

結局まともに星の観測会に参加できなかったし、目が覚めてみれば体中痛いし重いしでベッドから動けなかった。寝込んだ。

踏んだり蹴ったりである。まぁ実際踏まれたり蹴られたりした結果がこれなのだが。

医者に診てもらったところ普通に骨が折れていた。

肋骨の何本かと鎖骨と左腕がぽっきり逝ってしまっていたらしい。

他の臓器に損傷を与える可能性があるとかなんとか、絶対安静を厳守するようにと散々医者から脅された。

そんなことをしなくても私はちゃんと安静にしているつもりだったのだが、あまりにダメだと言われると逆にやりたくなってくるから不思議である。痛いのは嫌なのでやらないが。

領地に行っていた両親の代わりにお兄様が飛んで帰ってきて、目が覚めて早々ものすごく怒られた。お兄様は怒るときも泣くので困ってしまう。過剰に罪悪感をかきたてられる。勘弁してほしい。

長いお説教を大人しく聞いていると、両親も帰ってきてまたしこたま泣かれたし怒られた。散々怒られた挙句、お母様には「さすがに羆には勝てないのね」とどこか安心したように呟かれた。

次は勝ちます、と言うとお父様とお兄様にまた怒られた。そういうことではなかったらしい。

どうも家族から信用のない私は、お兄様の監視下で絶対安静・面会謝絶状態となった。

お兄様がいないときは両親かクリストファー、侍女長の誰かが見張りに立つという徹底っぷりだ。

ここまでくると監視というより軟禁じみている。もはや罪人扱いと言った方がしっくり来るくらいだ。私は何か悪いことをしたのだろうか。

むしろ聖女を助けたので、褒められたっていいくらいだと思うのだが。

全治二ヶ月とか言われたが、二ヶ月もこんな生活を続けていたら身体が鈍ってしまう。

腕が動くようになったら、リハビリだ何だと言ってベッドから出してもらおう。

本当は聖女の力で治してもらえたら話が早いのだが……友情エンドに進もうとしている身で、それはさすがに虫がよすぎる話だ。死ぬわけでなし、己の力で治すとしよう。

ベッドに縛り付けられている間、暇つぶしにクリストファーにチェスを教わったが、チェス盤を割る方が向いているということが分かっただけだった。だいたい、一番強い駒がクイーンというところからして納得がいかない。キングの駒は今すぐ「プリンセス」に改名すべきだ。

たいていの時間を、溜まりに溜まったご令嬢からの手紙を読んだり、見舞いの贈り物へのお礼状を執事見習《フットマン》いに口述筆記させたりして過ごした。

ふむ、手紙か。

とあるアイデアを思いついた私は、執事見習いに便箋とペンを持ってくるよう頼んだ。

これは単なるお礼状ではなく、お願いの手紙になる。執事見習いには頼みにくい内容でもあるし……リハビリを兼ねて、私が書いた方がいいだろう。

幸い右手は動く。私がエリザベス・バートンになったときから――つまり七歳時点から――私の字は癖のない、読みやすい字だ。時候の挨拶文は散々手紙を読んだので、嫌でも覚えている。

書き終わった手紙の最後に署名をする。封蝋を押す段になって、気づいた。

そういえば、自分の手で書いた手紙を出すのは初めてかもしれない。

私は二通の手紙を執事見習いに託すと、また溜まった手紙の開封作業に戻った。

どちらの手紙も、すぐに返事が来た。


馬車を降りる前に、備え付けの鏡で再度自分の姿を確認する。

今日はなんと、近衛師団の友人から借りた騎士団の正装である。

王太子殿下付きの彼はシークレットソール込みの私と背格好が似ているので、サイズもちょうど良い。

形はいつもの騎士団の制服に似ているが、白を基調にしていたり、華美な飾りがついていたりととても普段使いでは着られないような豪勢な作りになっている。

ジャケットの胸元の紐飾りなど、どうするのが正解なのか分からないくらいに複雑だった。

その甲斐あって、今日はまた一段と盛れている。やはり制服というのはマジックがある。

服と一緒に届いた手紙の返事には絶対に汚してくれるなとしつこいくらい書いてあったので、気を付けなくてはならない。

一瞬カレーうどんを食べたらどうなるのだろうかと考えてしまった。

運の良いことに、この世界にカレーうどんはない。

髪型もメイクもばっちり決まっている。服に合わせてシークレットソールのブーツも新調した。

顔よし、身長よし、筋肉よし。

骨は、まぁ、肋骨と腕はくっついた。全治二ヶ月のところを、気合いとカルシウムで一ヶ月ちょっとでくっつけた。日常生活に支障はない。鎖骨はまだちょっと怪しいらしい。が、概ね、よし。

お兄様に誓って――ここで神様でもお天道様でもなくお兄様に誓わせるあたり、家族の本気度が見て取れる――無理はしないと約束して勝ち取った、学園生活復帰の一日目。

今日はダンスパーティーだ。

今年のエスコートの相手は、決まっている。絶対安静の間に手紙で申し込んで、了解をもらってあった。男爵家の玄関先で待っていると、彼女が姿を現す。

「綺麗だ」

思わず、言葉が口をついて出た。もちろん褒めるつもりだったのだが……ドレスアップしたリリアを見て、わざわざ言葉を装う必要はなくなってしまった。

それくらい、リリアは美しかった。私の賛辞にぽっと頬を染める姿も愛らしい。

私は彼女の手を取り、馬車へとエスコートした。

正面に座る彼女を見つめる。本当に可愛らしい。まるで天使が舞い降りたかのようだ。

淡い青色のプリンセスラインのドレスに、ダイヤモンドを使った華奢な首飾り。

編みこみにして後ろでまとめた髪をブルーグレーのリボンで結んでいる。

ふわりと膨らんだパフスリーブは彼女の可憐さを強調し、普段は髪で隠れている耳から首元のラインが見えることで、いつもよりも色っぽく女性らしい印象を見る者に与えていた。

濃くはないが化粧もしているようで、少しだけ大人びて見えた。踵の高い靴を履いているからかもしれない。

髪に結ばれているリボンに、つい目が行く。

ブルーグレーは私の瞳の色だ。想い人の髪や瞳の色のアクセサリーを身に着けるというのは、貴族社会では「ドレスを贈る意味」と同じくらい有名な話である。

互いに何も言わなくても、伝わるくらいに。

ちなみに彼女にそれを教えてやったのも、私である。

程なくして、馬車が学園のダンスホールに到着する。

リリアに手を貸して馬車を降りた。腕を組んで、ダンスホールの入口へと向かう。

いよいよだ。

この後、私はリリアとファーストダンスを踊り、そして――彼女を振る。

いや、実際のところは「ずっと仲の良い友達でいようね」的なことを言うだけなのだが、本質的には振るのと同じだろう。友情エンドに進むというのは、そういうことだ。

そう意識した途端、急に目の前のものを失うのが惜しくなってきた。

こんなに美しくて、可憐で、私を慕ってくれている女の子を手放す気なのか？

苦労をしてやっと振り向かせたのに？　ここまで、散々その気にさせておいて？

私は別に彼女を憎く思っているわけではない。可愛らしいし、一生懸命だし、デュフヒッも最近言わなくなってきた。

何より彼女だって、どう見ても私のことを好きなはず。友達として過ごすより、いっそ本当に恋人になってしまった方が、互いにとって幸せなのでは。

頭がくらくらする。まただ。前にも感じたような妙な心地がする。

リリアから目を離せないまま、私は彼女の手を取り、跪いた。

身体が勝手に動いていたのだ。

熱っぽい瞳で見つめ返されると、何かを言わなくては、という気持ちにさせられる。

だが、「何か」って、何だろうか？

あれ。私は、何を言おうとしていたんだっけ？

というか、攻略対象が跪くスチルは、恋愛エンドにしかなかったはず、では？

自分でも分からないうちに口を開き、リリアの名前を呼びかけた、その時。

大きな音がして、ダンスホールの扉が勢いよく開け放たれた。

反射的に、ホールに顔を向ける。

入り口には、それはそれは美しく……そして少々体格の良い女性が四人、仁王立ちで立っていた。

最も背の高い女性は、鳶色の前髪をばっちり立ち上げて、形の良い額を惜しげもなく晒している。

髪は腰くらいまでの長さがあり、きっちりと巻かれてドレスの上を跳ねていた。ボリュームのある髪を前に流しているので、肩幅も幾分主張が和らいでいる。

深い黒のドレスは胸元も背中も大胆に開いており、胸の……大胸筋の谷間が激しく主張している。

胸元に踊るのは、タンザナイトだろうか。大ぶりのブルーグレーの宝石をあしらった豪華な首飾りだが、派手な装飾品と比べても見劣りしないくらい、顔立ちのくっきりとした華やかな美女だ。

スリットから覗く脚はカモシカのように引き締まっているし、腹筋できりりと引き結ばれ、鍛え上げられた大腿筋がぱんっと張り出しているので、コルセットなどなくとも見事なくびれが生まれていた。直視するのが憚られるくらいの素晴らしいボンキュッボンである。

身長が高いにもかかわらず踵の高いピンヒールを着用しており、スタイルの良さに拍車がかかっている。踵を合わせた体感身長は驚異の一九〇センチ超えだ。

その隣に立つのは、迫力美人とは対照的なまるで天女のごとき儚げな美女であった。

すらりと細身だが彼女もそれなりに背が高い。

ドレスの切り替えのおかげでより腰の位置が高く見え、脚の長さが際立っている。

緩やかにウェーブした銀糸の髪はアップスタイルでまとめられ、細い顎から首筋にかけてのラインがよく見える。

オフショルダーのドレスなので、肩口から鎖骨までの美しいデコルテラインが惜しげもなく晒されていた。あまりに華奢なその首筋に、思わずごくりと喉が鳴る。

しずくが落ちるような形のイヤリングが、光を受けてきらきらと輝いていた。

一見シンプルに見えるAラインのブルーグレーのドレスには、ほんの少しだけ色の違う糸で繊細な刺繍がこれでもかと施されていて、見る角度を少し変えるだけで表情が全く違うものとなる。

ドレスの胸元や裾に縫い付けられたレースは精緻《せいち》な出来栄えで、とても手作りには思えない。

頭のてっぺんを飾るティアラも繊細で美しい。

本来この人が冠すべきはティアラでなく王冠なのだが。

三人目の女性は、きりりとした切れ長の目元が涼しい眼鏡の美女だった。

首元まで隠すような形のドレスで露出は少ないが、身体の線が良く出るエンパイアラインがスレンダーな体型を際立たせている。

髪型はどこか見覚えのあるぱっつんと揃った前髪に、肩口までのストレート。藍色の髪はまっすぐでさらさらと艶があり、また薄い唇もグロスで艶めいていた。

眼鏡の奥の目じりには紅が挿し色として加えられている。ドレスと化粧が相まって、硬質な雰囲気が却って色気を感じさせる、モードな印象だ。

夜空のような深い紺色のドレスはよく見るとレースとベルベットの異素材が組み合わされた珍しいもので、どこかオリエンタルな雰囲気があった。

腕には最近ご令嬢の間で流行しているレースのロンググローブを着用している。生花と宝石を組み合わせた大ぶりの髪飾りも、話題の宝飾店でしか扱っていない人気の一品だ。

花はアネモネだろうか。これもブルーグレーを基調として丁寧にまとめ上げられている。

どうやらまた優しい目利きのクラスメイトがコーディネートに一枚噛んでいるらしかった。

四人目。一番小柄な女性は、小動物的な可愛らしさを持った美少女であった。

こぼれんばかりに大きな瞳ははちみつ色で、薔薇色の頬と唇がなんとも愛らしい。ストロベリーブロンドのふわふわの髪をハーフアップにし、ブルーグレーのチュール素材があしらわれたバレッタで留めていた。

裾がふわりと広がるプリンセスラインのドレスは淡い黄色で、スタンダードな形もあいまって清純そうな雰囲気を醸し出している。

この世界のドレスにしては珍しく短めの膝下丈で、後ろが長いフィッシュテールのスタイルだ。バックリボンも大きくふわふわとしていて、前から見るのと後ろから見るのではだいぶ印象が違う。ただどちらも小柄で可愛らしい印象の女性にとても似合っていて、男心をくすぐる守ってあげたくなるような愛らしさと若々しさ、活発さが感じられた。

何も知らずに見たら、この子が主人公かな？　と思ってしまうような仕上がりだ。

残念ながら、この美少女は主人公ではないのだけれど。

——つまるところ、ロベルトと王太子殿下とアイザックと、クリストファーだった。

攻略対象が揃いも揃って、女装して立っていた。

いや、何で？

去年の悪夢が甦る。ひどいデジャヴだ。しかも去年よりクオリティを上げてくるな。

そしてクリストファー、去年はあんなに嫌がっていたのにどうして今年はそちら側にいるのだ。

最近義弟の考えていることがよく分からない。反抗期だろうか？

四人揃ったところを前にすると、何故だろう。四天王とか、四面楚歌という言葉が脳裏を過ぎる。

どうにも縁起が悪い。

そして気づいたのだが、皆どこかにブルーグレーの色を取り入れている。

てっきりリリアは私の瞳の色だからそのリボンを選んだのだと思っていたが、もしかして、ブルーグレーが今のトレンドというだけなのだろうか。

だとすれば、うっかりリリアのリボンに言及していたら自意識過剰の恥ずかしいやつになるところだった。よかった、何か言う前に気づけて。

彼らに感謝すべき点があるとすれば、それだけだ。

「え？　な、何？　これ？　逆ハーレムルート？　いや、逆、じゃないの、かな？　え？　女装イベなんてあったっけ？」

リリアが混乱した様子で、早口で独り言を呟いている。

それはそうだ。「何？　これ？」以外の感想を抱けと言う方が無理な話である。

ダンスホールの中から、仁王立ちしていた四人が私に視線を向ける。私たちに用事があるわけではないのかもしれない、という最後の希望が打ち砕かれた瞬間であった。

「隊長！　今年こそは俺と踊ってください！　この日のために身体作りに励みました！」

「リジー。誰と踊るべきか分かっているよね？　今この場で、一番尊重すべきは誰？」

「お前のおかげで男性側も女性側もマスターした。僕はどちら側だって構わないぞ」

「姉上！　昨年無理やりぼくを踊らせたんですから、今年も責任を取ってください！」

私は眉間を押さえた。どうしよう。急激に帰りたくなってきた。

「……バートン様」

隣に立つリリアが、ちらりと私を見上げる。

何故だろう、その瞳に仄かに責めるような色を感じた。

誤解である。

本当に誤解である。

いや、何をどう誤解しているのかは知らないが。

この件に関しては——この件に関してだけは、私は何も悪くない。去年も、今年も。

ずんずん近づいてくる四人を前に、私は決断した。

よし。逃げよう。

さっと屈んで、リリアを抱き上げた。

おお、さすが主人公。ドレス込みでも羽のように軽い。これならちょっと怪しい鎖骨も問題なかろう。なので、これは「無理」には含まれない。

「しっかり掴まっていてね」

ウィンクを決めて囁くと、リリアの顔が一瞬で真っ赤になった。瞳の中にハートマークが揺れている。くるりと踵を返して、階段の手すりに跳び上がる。

「悪いね。用事があるから、少し抜けるよ」

そのまま後ろ向きに、庭園に向かって飛び降りた。

ダンスホールから、非難交じりに私を呼ぶ声が降り注ぐ。

さあ、逃避行の始まりだ。

学園内を走り回って追手を撒くうちに、私たちは中庭に辿り着いた。

入学式の日、私とリリアが初めて会った場所だ。

気配を探ってみるが、追手はまだそれほど近くまでは来ていないようだ。一旦、リリアを地面に降ろしてやる。

やれやれ。あの四人はいったい何を考えているのだろう。出落ちもいいところのネタを天丼してくるとは。

王太子も第二王子も次期宰相もあれでは、この国、いよいよやばいのではないか。義弟が私のせいで女装に目覚めてしまったとしたら、また両親に泣かれるのでは。

考えれば考えるほど、頭痛がしてくる。

だいたいあいつら雁首揃えて、誰も止めてくれる友達がいないのだろうか。悲しいことだ。

私に相談してくれたら止めたのだが。それはもう、全力で。

「あ、あの！　バートン様！」

地面に降り立ったリリアが私を見上げ、一歩距離を詰めてきた。

「わ、わた、わたし！　あ、あなたが、好きです！」

突如叫ぶように告げられた言葉に、面食らう。

ちょっと待ってくれ。今、情報量が多い。処理落ちする。

「と、友達の、好きじゃ、な、なくて！　わ、わたし、あなたの恋人に、なりたい、です！」

リリアは腰を九十度に曲げてお辞儀をしながら、手を差し出してきた。

「だっ……第一印象から、決めてました！」

いや、ここでそれは違うだろう。最後まで締まらない主人公《ヒロイン》だ。

少しの間リリアのつむじを眺めて、目を閉じる。

一つ、深く息を吸って、吐いた。

先ほどの、頭に靄がかかるような感覚はない。

大丈夫。今の私は冷静だ。ちゃんと、首尾よくやれる。

「リリア」

彼女の名前を呼ぶ。リリアはまだ、顔を上げない。

こちらに差し出された手がぷるぷると震えていた。

「ありがとう。……私も、君が大切だよ」

「！」

リリアがはじかれたように顔を上げる。

しかし、彼女の手を取らず優しく微笑むだけの私を見て、すべてを察したようだった。

「だけど……きっとそれは、君の気持ちとは違うものだ」

私の言葉に、リリアの瞳に涙が満ちる。長い下睫毛に引っかかって、滴が光っていた。

出来るだけ静かに、優しく、私は彼女に語りかける。

攻略対象としてではなく――私の言葉で、私の気持ちを。

「君と話しているとびっくりするようなことばかりだし、一緒にいるとすごく楽しい。いつも一生懸命な君の姿に、何度も元気をもらった。君が私を認めてくれたことで……自分がこの世界に認められたんだと、そう思えた。努力は報われるんだと再認識できた。私は君と出会って救われた心地がしたんだ。君と一緒にいることが、いつしか私の生きる意味になっていた」

嘘は言っていない。本当のことを一つ、言っていないだけで。

攻略対象らしくはないけれど、これが私らしさだ。

「私にとって、君は……とても大切な、友達なんだ」

ついに、リリアの頬を涙が伝う。まるで宝石のようだった。

一つこぼれると、堰《せき》を切ったように次々と溢れ、こぼれ落ちていく。

ああ、本当に――泣かれると困るので、勘弁してほしい。

だが、ここで目を逸らすのは――向き合わないのは、あまりにも不誠実だ。

泣かせているのは、私だ。

私が背負うべき罪だ。私が背負うべき業だ。

いくら無責任な私でも、これぐらいは――これだけは。受け止めなくてはならない。

「君の気持ちに応えられなくて、本当にごめん」

罪悪感はある。どの口で何を言っているんだとも思う。

それでも私は、友情エンドに向けて、この台詞を言わなくてはならない。

「だけど、もし君さえ良ければ……これからも、友達として過ごしてくれたら嬉しい」

私の言葉に、リリアは瞳に涙を浮かべながら、それでも頷いてくれた。

彼女が「リリア・ダグラス」でよかったと、そう思った。

あまりに美しい涙を指で拭ってやりながら、私は彼女に微笑みかける。

ごーんと、背後で鐘が鳴った。

ふっと、肩の荷が下りた心地がする。

ああ、私はやり遂げたのだ。


ぱきんと、木の枝が折れる音がした。

振り向くと、そこには呆然とした表情の攻略対象四人が立っていた。

リリアに集中していて気づかなかったが、追いついてきていたらしい。

「……リジー？」

最初に口を開いたのは、王太子殿下だった。

「聞き間違いじゃなければ、その……友達と言った？」

「？　ええ」

殿下はちらちらとリリアのことを気にしながら、聞きづらそうに言う。

ああ、そうか。彼らからしてみれば、予期せず女の子が振られる場面に立ち会ってしまったわけで――それはさぞ、気まずかろう。

しかも私はきっと誰の目から見ても、リリアに好意を持っているように感じられたはずだ。

そんな私がリリアを振るとは、誰も思っていなかっただろう。

「えっ⁉　隊長は、リリア嬢に惚れていたのではなかったのですか⁉」

約一名、話についてこられていない脳筋がいた。

振られたばかりのリリアへの配慮が皆無である。塩を塗り込むな。

「だって、だから、俺は……今日ファーストダンスに選んでもらえなかったら、きっぱり諦めて二人を応援しようと……」

「そうだねロベルト。いつまでも過去に囚われるのは良くないよ。有言実行できっぱり諦める方がきみのためだ。私は諦めないけれど」

「あ、兄上⁉」

「ずいぶんと殊勝ですね。僕はたとえ彼女に恋人が出来ても諦めるつもりはありませんでしたが」

「わぁ、怖い。一歩間違えばストーカーですよ。まぁ、一度もファーストダンスに選ばれたことのない方の言うことなんて、気になりませんけど」

またキャットファイトが始まってしまった。昨年を思い出して、また頭痛がしてくる。

勘弁してほしい。

何故皆、私とのファーストダンスをそこまで熱望しているんだ。

イケメン同士の顔が近いときの女の子の反応は正直とても気持ちが良いし、ファーストダンスが一番インパクトも大きいだろう。

しかしそこまでして、女の子にキャーキャー言われたいのだろうか。私と違って素材が良すぎるほどに良いのだから、そんな小手先の技を利用する必要などなさそうなものだが。

もはや意地になっているとしか思えない。

「……あ、あの」

繰り広げられるキャットファイトに唖然としていたリリアが意識を取り戻し、私の袖を引く。

「わ、わたし、まだ諦めてません！」

「リリア？」

「絶対、ぜったい、バートン様に好きになってもらいます！　友達じゃなく、こ、恋人として！」

面食らってしまった。

ルート分岐はもう終わってしまった。そんなことを言われたって、私とリリアが恋愛エンドに進むことはこの先ありえない。

そんなことは、ここが乙女ゲームの世界だと知っているリリアが一番、よく理解しているはずだ。

これは、早めにネタばらしをした方がよさそうだ。あたら若い彼女の時間を私に費やす必要はない。それによっては、彼女は恋人どころか友達でいることすら撤回したくなるだろうが。

ずいぶん仲良くなれたと思っているし、出来ることなら同郷の者同士、本当に友達として仲良く過ごせたらいいとも思っている。前世の話が出来るかもしれない人材を失うことは少々惜しいが、利用した側の私に文句を言う権利はないだろう。

むぎゅっと腕に何かが押し当てられた。視線を向けると、リリアが私の腕にしがみついている。

そして胸が当たっている。ちょっと拗ねたような表情と涙で赤い目元で、彼女が私を見上げた。

何ということだ。やわらかくていい匂いがして、顔が可愛い。

気を抜いていたところに突然全開の主人公力《ヒロインぢから》をぶつけられ、一瞬くらっときてしまった。

「な！　はしたないぞ、リリア嬢！」

「い、いいんです！　わたしとバートン様は、と、友達ですから！　女の子同士なら、このくらい普通です！　ね、バートン様！　ね⁉」

「え？　あー、うーん……」

暴力的なまでの可愛らしさを擁した上目遣いに、私は目を逸らして適当に相槌を打つことしか出来ない。

いけない。これは直視したら目が焼けてしまう。

「僕だって友達だ」

「ぼくだって弟です！」

「お、俺も！」

瞬間で地獄絵図が展開された。まとわりつくな、頼むから。

あと普通にいい匂いがするところが嫌だ。

「とりあえず全員離れなさい」

この場で一番偉い人の命令により、姦《かしま》しかった一同が渋々といった様子で私から離れた。

女装四人衆に一度に喋られると、美女の口からイケボが出ているという視覚情報と聴覚情報の齟《そ》齬《ご》で脳がバグる。

確かに友情エンドらしくはある。攻略対象が一堂に会して、わいわいがやがやして終わるとか、いかにもそれらしい。

だが何かが違う。絵面的にはまるでギャルゲーのハーレムエンドだが、いや、もう、何だこれ。よく分からないが非常に精神的ダメージを食らった気がする。

友の会のご令嬢たちが恋しくなった。遠慮なしにもみくちゃにされてみて初めて、普段の取り巻きの皆がどれほどいい子だったかを理解した。

借り物の服に口紅でも付けたら死ぬほど怒られそうなので、勘弁してもらいたい。

殿下はげっそりしている私に向き直ると、咳ばらいをしてから口火を切った。

「リリア嬢が違うというのなら、誰となら……どういう相手となら、恋人になりたいと思うの?」

唐突に問いかけられ、私は首を捻る。何故今そんな話をするのだろう。

突然そんなことを聞かれても、答えに窮してしまう。ずっと主人公《ヒロイン》に攻略されるために動いてきたので、特にそれ以外の恋愛についてしたいとも思わなかったし、考えてこなかった。

もとは恋愛を楽しみたくてプレイするゲームだというのに、不思議な話である。

主人公に攻略してもらうという目標が達成された今、攻略対象になるための男装も、紳士的な振る舞いも必要なくなる。まぁ、普通の令嬢をやっているよりよっぽど楽だしすっかり慣れてしまったので、しばらくはこのままでいいかとも思うが。

できるものなら、いつかは恋愛をしてみても、いいと思う。

珍しく考え込んでしまった私に、王太子殿下や他の皆はもちろん、リリアまでもが興味ありげに様子を窺っている。

どういう相手。タイプということだろうか。好みの、タイプ……。

好きな人、一緒にいたい人……。

「あ」

ふっとある人の姿が脳裏に浮かんだ。

「お兄様みたいなひと、でしょうか」

私の言葉に、しんと辺りが静まり返る。

思い付きで口に出してみたものの、急に恥ずかしくなってきた。かっと頬に熱が集まる。

これはあれだ。十七歳としては、少々子どもっぽ過ぎる回答だ。

だが七歳で前世の記憶を取り戻してからこっち、主人公に攻略される以外の恋愛関連の事柄を一切合切放り出してやってきたのだ。年齢と共に形成されていくはずのそういった感情というか情緒というか、そのあたりのものが七歳時点から更新されていないのである。

口元に手をやって視線を逸らす私に、その場の全員が何とも言えない顔になっていた。

「あれは……勝てない……」

「リジー。それは高望みだよ」

「姉上、無茶を言ってはいけません」

「分かっているよ、そんなことは！　ちゃんと『みたいな』って言っただろ」

「バートン伯以外にいるわけがないだろう」

それもそうだった。

似たり寄ったりの反応を返す一同を見て、お兄様の人望を改めて感じる。

イケメンが優遇されまくるこの世界で、随一のイケメンである攻略対象たちをして「勝てない」と言わしめるお兄様。その存在だけで、この世界も悪くないと思えた。

私がここまで迷わず走ってこられたのは、走り続けられたのは、お兄様の存在があったからだ。

どんな見た目になろうとも、どんな無茶をしようとも、「可愛い妹」と言って憚らず、私の味方でいてくれたお兄様がいたからだ。

お兄様が私にくれたのは、それだけではない。

いくら乙女ゲームの世界といえど、見た目がすべてではない。次期人望の公爵たるお兄様の存在が、それを証明してくれていた。

お兄様の人望に見た目は関係ない。イケメンでなくたって、もちぷにょマシュマロボディだって、お兄様はお兄様だ。それだけで、人を惹きつけられる人だ。

私にとってはそれが、救いだった。

だって、見た目だけではどう足掻いたって、私に勝ち目などないのだから。

お兄様の妹でなければ、今の私はいなかった。

お兄様みたいなひとは、そうそういないだろうが……。

「いつか、外見なんて関係ないと言ってくれる人が現れたら……その時考えるよ」

ほとんど独り言のように呟いて肩を竦めると、皆が一斉にこちらを振り向き、宇宙人を見るような目をしてきた。

皆して何だ、その顔。怖い。

少々この世界の理から外れたことを言っただけでこれである。

どうやら私が自分自身の恋愛について考えられるのは、まだずいぶん先の話になりそうだった。

エピローグ

さて。ダンスパーティーも終わり、これでルート分岐も終わったことになる。友情エンドの場合、この後に待つのは当たり障りのない展開だ。もうほとんど終わったと言ってもいい。

後に残るのは。

「リリア。聞いてくれるかな、私の……これまでの話を」

ネタばらしだ。

リリアを男爵家まで送る馬車の中で、私は彼女に話した。

前世の記憶があること。ここが乙女ゲームの世界だと知っていること。

本当は私が、モブ同然の悪役令嬢だということ。

幸せになるために、主人公《ヒロイン》に攻略されると決めたこと。

最初からそのつもりで、リリアに近づいたこと。

すべて分かったうえで、リリアの気持ちを利用したこと。

かなりかいつまんで話したが、なかなかに長くなった。

重湯レベルの前世とは比べ物にならないほどの密度がある、十年だったから。

リリアは時々驚いたように目を見開いたり、相槌を打ったりしていたが、最後まで聞いてくれた。

そして少し考えるような仕草をした後、私に問いかけてきた。

「じゃあ、男装も、剣も、立ち居振る舞いも……全部、わたしのため？」

「君のためというか、君に攻略してもらうため、だけど。まぁ、ざっくり言えばそうだね」

彼女の問いかけに、私は頷く。

「君が怒るのは当然だと思う。私はずっと君を騙して、利用していたんだ。このゲームをやりこんでいたプレイヤーだったら、君にも好きなキャラクターがいたはずだろう？　私以外のルートを選んでいたら、きっと君は大恋愛エンドに進めたはず。好きな相手と恋人になって、大聖女の力も手に入れて。末永く幸せに暮らす未来が、そこにはあったはずなんだ。けれど私はその幸せを君から奪った。それも、君に恋していたからじゃない。自分が幸せになりたいというただのエゴで、だ」

「ずっとずっと、十年間？　わたしと出会うために、わたしに好きになってもらうために、努力してきたってことですよね？」

「まぁ、そういう見方も出来るかな」

肯定すると、リリアがこちらに向かって身を乗り出してきた。

琥珀色の瞳がきらきらと輝いている。

うん？

何だか、予想していた反応とずいぶん違う。

「ひどい！」とか「騙してたのね！」とか言われて、ビンタの一つくらいは食らうんじゃないかと思っていたのだが。そしてビンタくらいだったら、甘んじて受けるつもりでいたのだが。

「エリ様に自覚がないだけで、それってもう、恋なんじゃないかと思うんです！」

「え？　何、エリ様？　いや、リリア。それは違」

「いいえ、恋です。実質、片思いです」

「すぐ実質とか言い出すの、オタクの悪いところだと思うよ」

ふんふんと鼻息荒く力説するリリアに、私は眉間を押さえる。

「いや、だからね？　私は転生者であることを隠して、君が主人公であることを分かった上で、利用していたんだよ。騙していたんだよ。そんな相手と恋人だとか友達だなんて、とんでもないだろ？　だから君が撤回しやすいように、……ついでに私自身の罪悪感を軽減させるために、こうしてネタばらしをしたわけで」

「女の子だったって知って、わたし、騙されたって思いましたけど。それでも結局あなたを攻略したいって……あなたと恋愛がしたいって思ったんです。もうそこで、あなたのルートに進む選択肢、選んじゃったんです」

リリアが困ったような、それでいて強い意志を感じさせるような顔で、微笑む。

彼女のその表情はとても、主人公らしく見えた。

「今わたしにあるのは、貴方を諦めるか、諦めないかの選択肢で。だったらわたし、諦めないです」

「ええと。でもね」

「エリ様」

さっきから、何だその「エリ様」は。突っ込みにくいタイミングで謎のあだ名を出してくるのをやめてほしい。

リリアは私をまっすぐ見つめて、言う。

「主人公《ヒロイン》は、許すものです」

彼女は自信ありげに、どこか不敵に笑った。

「それで、主人公《ヒロイン》は、諦めないものです」

何だろう、その台詞は――私が今までプレイしてきたゲームの主人公《ヒロイン》たちが脳裏にプレイバックしたせいで、やたらと説得力があった。

彼女にしか言えない台詞だな、と思った。

「CER●Bですし！」

「それ、そんなに重要かな」

「重要です。CER●Bだとチューまでなので」

「ああ、そう」

なんだかどっと疲れて、笑ってしまった。

私は考えるのを放棄する。

もう、いいか。本人がいいって言うなら、それで。

「エリ様はわたしを落とすために、十年間がんばってくれたわけじゃないですか。でもわたしはまだ、半年しかがんばってないわけです。せめてわたしにも、同じだけがんばるチャンスがないとフエアじゃありません」

「十年は長すぎないかな」

「絶対攻略してみせますので、首を洗って待っていてください」

聞いてもらえなかった。

正直、私にそこまでする価値があるとは思えない。顔はメイクの力だし、身長はシークレットソールのおかげだし、紳士的とは程遠い、自己中心的な打算にまみれた性格をしている。

もし女友達が私のようなやつと付き合っていたら、きっと止めるであろうこと請け合いだ。

もっといい相手がいくらでもいる。聖女で主人公の彼女なら、それこそよりどりみどりだろう。

まぁ、逆に考えよう。十年の間攻略されなければいいのだ。

十年もあったら、そのうちに彼女の気持ちが変わる可能性の方がずっと高い。

他にもっといい相手を見つけてくれるはずだ。それこそ、攻略対象の誰かだっていい。

それまで、こちらがＹＥＳと言わなければいいだけだ。のんびりゆったり構えていたっていいだろう。

「なので、まずはお友達から、ということで、ひとつ」

「……攻略されないよう、がんばるよ」

差し出された彼女の右手を握る。

瞬間、ぐいと腕を引かれた。完全に油断をしていたので、身体がわずかに前に倒れる。

ちゅ。

頬に——というかほとんど唇の端と言った方が適切な位置に、やわらかい感触がぶつかる。

咄嗟に体勢を立て直し、勢いよく身を引いてリリアから距離を取った。

彼女はにこりと笑って、舌を出した。お茶目で明るい女の子といった表情でたいそう可愛らしいが、その唇から覗く舌は赤く――艶《なまめ》かしい。

「予約です」

唇に人差し指を添えて微笑むリリア。

私の肝は、下手をすると羆を目の前にしたときより冷えていた。

頬に触れる自分の指が冷たい。どっと汗が噴き出す。鼓動がうるさくて、頭の中で鳴り止まない。

私は久しぶりに「身の危険」というものを感じた。

危ない。油断していたら食われそうだ。

体幹だ。体幹の鍛え方が足りない。華奢な女の子に手を引かれたぐらいで、身体が動くなんて。

今週から訓練場に行く日を増やそう。鍛え直しが必要だ。筋肉は裏切らない。

ばくばくと鳴り止まない心臓を服の上から押さえつけて、ぐるぐると掻き乱された思考を落ちつかせようと深呼吸する。

無事に友情エンドを迎えるには、まだもう少し、がんばらないといけないらしい。

番外編

エリザベス・バートン被害者の会Ⅱ

この気持ちだけは、誰にも負けない。　―ロベルト―

世の中には、二種類の人間がいる。

「蛆虫《うじむし》」と呼ばれたことのない人間と、呼ばれたことがある人間だ。

初めて隊長と会った日に、俺は人生で初めて「蛆虫」呼ばわりされることになる。

俺はそれまで圧倒的に前者であったのに、一瞬で後者になった。

その衝撃は今でも覚えている。

第一王妃の子でありながら、第二王妃の子である兄上に何一つ敵わないために、王位継承権を争う対抗馬にすらなれない第二王子。比較されることが悔しくて、つらくて、向き合うことから逃げてばかりいた。

俺自身、そんな自分を不甲斐なく思っていたし……誰もが表立って言わないだけで、陰口を叩かれても当然だと諦めてもいた。兄上と比べられると逃げている自分を指摘されたようでカッとして暴れてしまうが、半面、どこか慣れてもいたのだと思う。

しかし、さすがに面と向かって蛆虫呼ばわりされたことはなかった。

しかも兄と比べてどうの、ではない。俺個人に向けて、俺自身が蛆虫だと言われたのである。

衝撃だった。目の前が真っ赤になった。

自分のことを大したことのない人間だと卑下するのはいい。だが、他人に言われると話は別だ。

気がついた時には、立ち上がって隊長を怒鳴りつけていた。

そして次に気づいた時には、地面に転がされていた。

さらなる衝撃だった。

駆けつけてきた護衛たちの質問にも、まともに言葉を返せなかった。

負けたのに、悔しいという気持ちすら芽生えなかった。それくらいに実力差があった。

隊長の動きを目で捉えることすら出来なかったのだ。

隊長はただ凛とした立ち姿で、変わらずそこに立っているように見えた。


そう。

俺はあの日、神を見たのだ。

◇◇◇

隊長と出会って、俺の人生は大きく変わった。

隊長の指示に従って、懸命に訓練をこなす。今までだったら文句を言ったはずだ。途中で投げ出したはずだ。

だが、俺はそうしなかった。訓練に取り組むことで、自分が強くなれる気がしたからだ。

俺は強くなりたかった。

その時ははっきりとした理由があったわけではなかったが、そう思ったのだ。

ただ単に、隊長に憧れたのもあったと思う。

本当に強くなれば、何かが変わるのではないか。

このつまらない毎日が、自分で自分を嫌いになるだけの毎日が、少しでも変わるのではないか。

漠然とそう思ったからだ。

バートン隊の他の候補生たちにも、同じように思っている者は多かったと思う。

◇　◇　◇

ある日、隊長はさる名門貴族の令嬢であるらしいという噂話を聞いた。

グリード教官からの情報で、信憑性は確かだという。

俺はまたも衝撃を受けた。

隊長から女性らしさを感じたことは一度もなかったからだ。

母や使用人、貴族の子女。隊長はそのどれとも一致しなかった。

何より――、女性は、騎士になれない。

隊長自身、それを知らないはずがない。

それでも隊長は、訓練に一切手を抜いていなかった。候補生の誰よりも強く、そして常に誰よりも、真剣だった。俺にはそれが、とても気高いことに思えた。

いつか、いつか。

隊長の隣に立てるくらいに強くなりたい。

隊長の背中を任せてもらえるくらいに強くなりたい。

隊長が、隊長でなく師団長になったとき、副師団長になれるくらいに。

隊長が総帥《そうすい》になったとき、近衛師団長になれるくらいに。

隊長が騎士として生きられる未来を、一緒に作れるくらいに。

強くなりたい。

俺が隊長の髪型を真似て髪を切ったのも、この頃だった。

◇　◇　◇

「隊長！」

「どうした蛆虫！」

グリード教官から隊長を呼んでくるように言われ、声をかけた時。

振り向いた隊長は、今までに見たことのない表情をしていた。

目を丸く見開き、ぱちぱちと瞬きをする。

以前、隊長が実は俺とそう変わらない歳だと聞いたのを思い出した。

隊長はしばらくぽかんとしたあと、思わずこぼれ落ちたというように小さく呟く。

「……ロベルト……」

今度は俺が目を丸くする番だった。

隊長が、俺の名前を覚えていて、呼んでくださった？

今まで蛆虫としか呼ばれていなかったし、俺の名前を覚えてくださっているなんて、思いもしなかった。他の候補生のことだって、名前で呼んでいるところなど見たことがない。

それなのに、隊長は今確かに、俺の名前を呼んでくれた。

何故だろう。たったそれだけのことなのに、目の前がきらきらと輝いていくような気がした。

俺は改めて姿勢を正し、隊長に答える。

「はっ！　自分の名前を覚えていただいていたとは！　光栄です!!」

「髪を切ったのか」

何ということだ。

俺の名前だけでなく、どんな髪型だったのかすらも覚えてくださっているなんて。

もしかすると、他の候補生のことも全て覚えているのだろうか。

六十人以上の、候補生全員を？

俺とそう変わらない歳の子どもが？　普段はあんなにも、鬼教官なのに？

蛆虫と言いながらも、その裏ではみんなのことを考えて、みんなのためを思って行動してくれているのだろうか。

だとしたら――やはりこの方は桁違いだ。人の上に立つべきお方だ。

「はっ！　視界を遮りますので、訓練に適した髪型にしました！　自分も隊長のように、強くなりたいので！」

「髪型を変えたくらいで強くなると思うなよ蛆虫が！」

隊長は、いつもの隊長に戻って俺をそう叱責した。

慌てて腰を九十度に折って、礼をする。

「し、失礼しました！」

グリード教官の元に向かう隊長の背中を見つめる。

やはり、隊長は素晴らしいお方だ。

ああ隊長。隊長万歳、嗚呼、隊長。

◇◇◇

「やぁ、ロベルト」

城の廊下を歩いていたところで、兄上に呼び止められた。

兄上にこうして声をかけられるなんて、いつぶりだろうか。立ち止まったものの、喉の奥が狭くなったような感覚がして、声が出ない。

「この前の試合、素晴らしかったよ」

「ありがとう、ございます」

やっとのことで、俺はそう答えた。兄上と対峙すると、どうしても身体が強張る。比べられていることを勝手に思い出してしまうからだ。

「君の護衛から聞いたよ。良い教官がいるらしいね」

「素晴らしい方でしょう！　隊長は俺たちの自慢です！」

兄上の問いかけに、咄嗟に声が出た。兄上が驚いたような顔で俺を見ている。

自分でも驚くくらい、元気の良い声が出たのだ。

そうだ、俺には隊長がいる。隊長がいてくれている。

俺は強くなった。

隊長の、隊のみんなのおかげで、兄上に勝てたのだ。あの——完璧な、兄上に。

そう自覚すると、さっと目の前が開けたような気がした。

目の前で目をぱちくりさせている兄上が、一つ歳上なだけの、ただの少年であるように思えた。

「隊長はすごいんです！　俺とそう変わらない歳なのに、他の教官たちが束になってかかっても敵わないくらい強くて、かっこよくて……！　でも、それだけではなくて、隊長の訓練はいつも的確なんです！　俺たち候補生のことをよく見てくれて、俺たちに足りないところを補ってくれて」

すらすらと言葉が出てくる。

今までまともに話したことなど数えるほどしかない兄上相手に、堂々と話すことができている。

ああ、隊長は……こんなところでまで、俺に力をくれるのか。

「兄上も、隊長のもとで鍛錬すれば、きっともっと、ずっと強くなれます！」

「いや、私は……」

「兄上もぜひ一緒に訓練に参加しませんか！」

俺の言葉に、兄上は困ったように笑った。

◇◇◇

うなされて、目を開けた。いつの間にかうとうとしていたようだ。

半分覚醒していたからか、いくつか夢を見た。最後の夢が嫌な夢だったからうなされたのだろう。

最後の夢は、隊長が俺の婚約者だと知った日の記憶だった。

やっと寝付けたと思ったのに、また目が冴えてきてしまう。

ベッドに寝転がって、天井を眺める。

あの日に戻れたなら、俺はもっとうまく立ち回れただろうか。そうしたら、ちゃんと彼女をエスコートさせてもらえたのだろうか。

いや、もっと前に戻れたなら。隊長としての彼女に出会ったばかりの頃に戻れたなら。

彼女と婚約したばかりの頃に戻れたなら――彼女の隣で笑っていたのは、俺だったのだろうか。


本当はずっと、知っていた。

バートン公爵家から婚約解消の申し入れがあったことも。

父上も、兄上もそれを受け入れるべきだと思っていたことも。

だが、踏ん切りがつかなかったのだ。

打ちのめされて、完敗して、やっと踏ん切りがついた。

いつかもっと強くなれたら。隊長に相応しい自分になれたら……俺の夢を一緒に叶えてほしいと、そう言うつもりだった。

俺の夢は、隊長と一緒に騎士として生きることだった。俺にはたいした力はないけれど、一応は王族の端くれだ。現役の騎士に勝ち越せるくらいの実力も身についた。

俺が騎士として生きるのは、そう難しいことではない。

だがそのとき、共に戦うのは……背中を預け合うのは、隊長がいい。俺のすぐ隣にいてほしい。たとえば、隊長が師団長で、俺が副師団長だったりとか。そういう関係になりたい。ずっとそうして生きていきたい。隊長ほどの方が、性別などという理由で騎士になれないのは馬鹿げている。

候補生も、教官たちも、みんながそう思っていた。

踏ん切りがついて、彼女に婚約の解消を告げて。やっと、清々しい気持ちで前に進めるような気がしたのに。

婚約を解消してからの方が、隊長と過ごす時間が増えた。

学園にいるときの隊長は、訓練場のときよりもやわらかい雰囲気で、気さくで。また隊長の印象が少し変わった気がした。

誰かと冗談を言い合って笑う姿を見たりして。

頼られるばかりでなく、誰かを頼る姿を見たりして。

やさしく誰かの手を引く姿を見たりして。

俺もそうなりたいと思ってしまった。

もっと隊長と一緒にいたいと、隣で笑い合いたいと……いつかではなく、今もそうでありたいと、思うようになった。

そして、隊長の隣に立つリリア・ダグラスを見て……羨ましいと感じるようになった。

聖女だから、男爵家の養子になったばかりだから。

それだけの理由とは思えないほど、隊長が彼女に向ける視線はやさしかった。

隊長はやさしい御方だけれど、その中でも特別に、彼女にやさしく接しているように感じられた。

そんなことに気づいてしまうくらい、隊長のことを見ている自分がいた。

きっと、隊長が特別に目をかけるだけの何かがあるのだろう。

たとえば、一流の武術の使い手であるとか。いや、きっとそうに違いないと、俺は自分を納得させていた。

それなのに。

「た、隊長は……リリア嬢が強くなる見込みがあるから目をかけているのではないのですか⁉」

「え？　違うけれど……」

衝撃だった。隊長が誰かを特別に扱う理由なんて、他に思いつかなかったからだ。

では何故、隊長は。

俺が問いかけると、隊長は少し考えるような素振りをする。

「何故、か。改めて言われると、私にもうまく説明出来ないけれど……」

隊長はリリア嬢にちらりと視線を向けて、微笑んだ。

それは今までに見たことがないくらいやさしい笑顔で……リリア嬢に向けるその瞳には、俺の知らない何かが宿っていることを本能で理解した。

「不思議と放っておけないんだよ。頑張り屋で一生懸命な彼女のことを、つい目で追ってしまって」

頑張り屋？　一生懸命？

それが、何だというのだろう。

俺だって頑張ってきたし、一生懸命やってきた。そんなやつ、俺に限らずごまんといるはずだ。

なのに……それが理由で、リリア嬢を特別に扱うのか？

「た、隊長は……強い者よりも、弱い者が大切なのですか？」

「……騎士とは、そういうものだろう」

隊長は「何を言い出すのだ」とでも言いたげな表情だった。

自分でも分かっている。弱いものを守るのが騎士だ。隊長に問うまでもないことだ。

それでも、俺は止められなかった。

「でも、……隊長の隣に並ぶために……俺は……」

「ロベルト」

隊長が俺の名前を呼ぶ。いつもだったら嬉しいはずのそれが、その時は苦しかった。

「君と私とは共に戦う仲間だ。国のため、王のため、そして国民を……弱き者を守るために戦う騎士だ。そういう意味では、君たちは十分、私の背中を預けるに足る存在だと思っている」

隊長の、冷たい青色の瞳がまっすぐに俺を見る。強い目だ。

いつも、いつも——この人は、まっすぐで、強い。

耐えられなくなって、俺は目を逸らす。

「私が君たちと共にあることと、リリアと共にあることは、両立するはずだ。違うか？」

「そう、ですね……その、はずなのですが……」

俺は、そう絞り出すのがやっとだった。

ずっと、隊長の背中を追いかけてきた。追いつきたかった。隣に立ちたかった。

一緒に背中を預けて戦えるような、そんな存在になりたかった。

何故だろう。俺はずっとそれを目指してきたはずなのに。認められて嬉しいはずなのに。

そうではないのは、何故だろうか。

認められて、共にある仲間で。

それが俺の望んだことで——それが今、もうすでに叶っているとしたなら。

俺は、あの場所には立てないということだろうか。

リリア嬢に向けるような視線を、俺に向けてはくれないということだろうか。

そう思うと、途端に足元が揺らぐような心地がした。

これは何だ。

俺は、何が不満なんだ。

疑問が頭の中をぐるぐると回る。

やがて出た答えは、「俺だけが特別でありたい」と思っているからだという、何とも子どもじみたものだった。

何故俺が、隊長の特別になりたいのか。それは分からなかった。誰だって特別扱いは嬉しいものだろう。でも、俺は隊長がいい。他の誰からでもなく、隊長にそう思ってほしい。

俺だけが、隊長の特別になりたい。

その根源にある感情が「尊敬」ではないことは、俺にも何となく、分かっていた。


兄上が公務で教会の星詠祭に行くという話を聞いて、俺は同行を申し出た。

あまり信心深い方ではなかったが、神様というものに聞いてみたくなったのだ。これは何なのですか、と。そしてどこか後ろめたいようなこの感情を、誰かに聞いてほしくなったのだ。

ちょうどいいことに、懺悔室を見つけた。遠慮する兄上を連れて中に入る。

今日の護衛の人数は、俺と兄上が別行動を取ることは想定していない。もし俺の我儘で二手に分かれ、何かあっては兄上にも彼らにも迷惑が掛かる。

俺が兄上に比べて出来が悪いのは兄上も承知のはずだ。どうせ俺の悩みなど、兄上にとっては些細なことだろう。


「それは恋ですね」

懺悔室で、神父――いや、女性のようだからシスターだろうか？――に言われた言葉に、俺は雷に打たれたような衝撃を受けた。

こい？

来い？　鯉？

……恋？

考えたこともなかった。つい先日まで婚約者がいた身だ。恋愛などする必要がなかった。

訓練場は男ばかりだし、学園でも特に親しい女子生徒はいない。

婚約を解消した後、何度か手紙が机に入っていたことはあったが……「お慕いしております」と書いてあっただけだ。特別何をどうするというものではない。

「恋？　……これが、恋……なのか……？」

口に出してみても、実感がない。

恋というものは、もっと面倒なものだと思っていた。訓練場の仲間たちからそういった話を聞くたびに、何故わざわざそんな面倒なことを考えているのだろうと思っていた。

やれ、彼女は自分に気があるかだの、婚約者がいるのに別の女性を好きになっただの、友達と同じ相手を好きになってしまっただの。

俺にはよく分からなかったし、分かろうともしていなかった。

俺が隊長に抱くこのあたたかな感情も、恋なのか？

確かに、ただ隊長の背中を追いかけていたときよりも、面倒なものになっている気はする。

だが、いつから？

俺はずっと隊長のことを尊敬しているし、共にありたいという気持ちにも変化はなかったと思う。

根っこのところは、何も変わっていないはずだ。

それなのにいつからか、尊敬が恋に変わったというのだろうか。

恋というのは「落ちる」と言うぐらいだから、もっと劇的に「これが恋だ！」と分かるようなものではないのか？

ぐるぐると頭の中で疑問が巡る。頭がついてきていない気がする。

もしかして俺は、何か重大な勘違いをしていたのだろうか。

それを見落としたまま、気づかないまま、ここまで来てしまったのではないか。

しかし――兄上の声が聞こえてきて、さらに混乱することになった。

「神よ、どうかお許しください。私は……弟の婚約者を愛してしまいました」

◇◇◇

その時の兄上の表情を思い出す。真剣な目をしていた。あんな兄上は初めて見たかもしれない。

冗談でも、まして俺への当てつけでもないことは、すぐに分かった。

天井を眺めながら、考えてみる。

たとえば――兄上は王になる人だ。頭もいいし、貴族としての振る舞いもしっかりしている。

次期国王としてみんなから期待されていながら、傲慢なところがなく、誰にでも分け隔てなく接することができる人格の持ち主だ。俺が兄上に勝てることなど、剣の腕と体力ぐらいだろう。

隊長が強さ以外の部分で相手を選んでいるとするなら、兄上は間違いなく俺より優れている。

では、俺は……自分より優れている兄上が相手だからと言って、身を引くことが出来るだろうか。

そう考えてみると、すぐに答えは出た。

そんなのは、無理だ。

恋かどうかは分からない。でも、俺は隊長が好きだ。

この気持ちだけは、誰にも負けない。

俺は衝動的に部屋を飛び出して、走り出す。勢いに任せて、兄上の私室まで行ってドアを叩いた。

護衛が止めようとして慌てていたが、一応俺も王族だからか、力ずくで止められるようなことはなかった。止められたとして、力で負けるとは思わないが。

少しして、中から兄上がドアを開けた。寝間着姿で、怪訝そうに俺を見上げている。

「兄上！」

「……ロベルト……今何時だと思っているんだ」

「兄上が隊長を愛していることは分かりました！　でも、俺も隊長のことが好きです！」

俺の言葉に、兄上が目を見開く。そして徐々に、不機嫌そうな表情になっていった。

「俺、兄上にも負けません！　だから、正々堂々勝負しましょう！」

「……そんなことを言うために、私を叩き起こしたのか？」

「それもありますが」

兄上はため息をついた。最近よく見る呆れ顔をしている。

「いいか、ロベルト。きみにとっては朝かもしれないけれど、世間ではまだ深夜……」

「ここに来たのは、兄上からの預かり物をお返しするためです」

「預かり物？」

「これ。兄上から託されたと、隊長から預かりました」

首を傾げる兄上に、隊長から預かった包みごと手渡す。

受け取ったその包みをほどいて、兄上はまた目を見開いた。そして驚きの表情のまま、呟く。

「……何故きみが」

「え？　隊長が、俺が持っているべきだと」

「は？」

「え？」

どうも噛み合わない。俺が隊長から聞いている話と違ったらしい。

しばらく沈黙の後、兄上が握り締めた拳で壁を殴った。

華奢な腕からは想像できないような、大きな音がした。

「あいつ……何を考えている……！」

王太子として人前に立っているときの微笑とも、俺にいつも向けている呆れたような表情とも違う。一目見ただけで、怒っていることが分かるような顔だった。

その日、俺は初めて兄上が怒っているところを見た。

とてもじゃないが、恋をしている相手のことを考えているときの顔ではなかった。

兄上も人間なのだな、と思った。

同時に何となく悟った。自分より優れている兄は、きっと自分よりも彼女との関係が進展しているものと思い込んでいたが……そうでもないらしい。

やはり隊長の言うとおりだ、と思った。

今からでは遅すぎるということなど、ないのだ。

◇◇◇

隊長。

俺の夢は、貴女と共にあることです。貴女の隣にいることです。

俺は絶対に貴女に相応しい男になります。

だからそれまでに、もっと貴女のことを教えてください。貴女の傍にいさせてください。

そしていつかきっと――俺は貴女に勝ってみせます。

俺は、貴女にも負けません。

だから……俺が貴女に勝てた、その時は。

俺と、結婚してくれますか？

ぼくの憧れの騎士様　―クリストファー―

おとぎ話のなかの、騎士様。

強くてかっこいい、騎士様。

ぼくの家には、おとぎ話の騎士様がいる。

◇◇◇

七歳のとき、お母様がいなくなった。

その時のぼくには詳しい事情は分からなかったけれど、「産まなければよかった」というお母様の言葉だけは、ずしりとぼくにのしかかった。

お母様は死んだのだと、そう聞かされた。

ぼくのせいだと思った。ぼくのせいで、お母様は死んだのだ。

ほどなくして、ぼくは新しい家に養子に行くことになった。

当たり前だ。家に、ぼくの居場所はなかったのだ。

新しい家族は、ぼくにとても良くしてくれた。暗い塔に閉じ込めることも、食事を抜くことも、ぼくを詰《なじ》ることもなかった。

特に、兄になった人は優しかった。

ぼくを遊びに連れ出してくれた。おいしいお菓子を分けてくれた。いろんな話を聞かせてくれた。

常にぼくに目線を合わせていてくれて、その微笑みを見ると、胸の重さが不思議と少し和らいだ。

だけれどそれは和らぐだけで……それだけだった。

胸に空いた穴は、埋まらなかった。

◇◇◇

新しい家に来て半年ほどが経ったある日、ぼくは偶然、死んだはずのお母様の消息を耳にする。

いてもたってもいられなくなり、ぼくはお屋敷を抜け出して、お母様に会いに行った。

ぼくを迎えに来てくれなくてもよかったのだ。

生きていてくれさえすれば、それでよかったのだ。

ぼくのせいで死んでしまったのではないと分かれば、それだけで——この胸の穴が、埋まるような。そんな気がしていた。


だいたいの場所しか分からなかったけれど、行く先々で親切な人がいて、ぼくはついにお母様のいる場所にたどり着いた。

生垣の隙間から覗いた、小さな家の窓。離れていても聞こえてくる、楽しそうな声。

窓の向こうのお母様は、とても嬉しそうに、幸せそうに笑っていた。

男の人と、腕に抱いた赤ん坊に話しかけながら。

ぼくは知った。

この胸の穴は、もう二度と、埋まることがないのだと。


呆然としていたところで、怪しい男に声を掛けられた。

親切で声をかけてくれたわけではないことが、すぐに分かった。叔父と、同じ目をしていたから。

必死で逃げ出したところで、ぼくを探しに来てくれた新しい義兄姉と合流する。

義姉は自然な様子で義兄を背負ったし、義兄もまた、自然に義姉の首に腕を回した。

端から見れば、逆だろうと思う。それでも彼らにとってはそれが当たり前だということが分かるようなやり取りを見て、何故だかすごく遠い世界の出来事のように思えた。

そのときのぼくにとってはそれが、家族の絆のように見えたからかもしれない。

だから。

「クリストファーも、早く」

そう言われても、咄嗟に動けなかった。

反応しないぼくを軽々と抱き上げて、義姉は暗い街を走っていった。

勝手に屋敷を抜け出したのだから、怒られて当然だと思っていた。

これからどうなるのだろうと不安が首をもたげる。追い出されたとしても、行くあてはない。

しかし、義兄はぼくを叱り付けることはしなかった。

むしろやさしい言葉をかけられて、ぼくは涙をこらえきれなくなる。

「ぼく、あの。お母様が、生きているって聞いて。それで」

「……そうか。それは、会いたいって思うよね」

「でも、お母様は……もう、ぼくのお母様じゃなくなってた」

言葉にしたら、またどんどんと涙があふれてくる。

生きてさえいてくれたらと、そう思ったはずなのに。

「お、お母様……赤ちゃんを、抱っこして……知らない男の人と、楽しそうに、笑って」

生きていると知ったら、幸せそうにしているのを見てしまったら。

証明されたような気がしたのだ。

ぼくさえ生まれなければ、お母様は幸せだったのだと。

「ぼくの家族、誰も、誰もいなくなっちゃった」

あふれ出る涙を手で拭おうとしても、一向に止まらない。

嗚咽交じりの聞き苦しいぼくの言葉を、義兄はしかし、やさしい声で受け止めてくれた。

「ねぇ、クリストファー。僕たちは一緒に暮らすようになってからまだ日が浅いし、クリスはまだ、そんな気持ちにはなれないと思う。なろうと思って、なれるものではないと思うから」

でもね、と、義兄は続ける。ぼくを見つめる瞳は、きれいな青色をしていた。

「僕たちは、いつか君と、家族になりたいと思っているんだ」

家族、という言葉に、ぼくはわずかに身体が強張るのを感じた。

ぼくには縁遠いものに思えたし……もしまたいなくなってしまうくらいなら、そんなものはいらないとさえ、思ったからだ。

「一緒にご飯を食べて、おいしいねって笑ったり。心配したり、心配されたり。困ったときは相談したり、助け合ったり。お父様やお母様には言えない秘密を、こっそり作ったりとかね」

義兄のやわらかな手が、ぼくの手を包みこむ。

ぼくはどうしてよいか分からずに、ただその手をじっと見つめることしかできなかった。

屋敷が近づくにつれ、ぼくを抱いて早足で歩く義姉のことが気になってきた。

義兄と違って、義姉がぼくのことをどう思っているのか分からない。

会えばやさしいし、こうして抱いて歩いてくれたのだから、嫌われているわけではないとは思う。

だけれど……ぼくは少し、義姉のことが怖かった。

思えば、ぼくは人間不信になりかけていたのだ。

義兄のように言動すべてから「大丈夫だよ」「信じて良いよ」と言ってもらえて、どうにかそのうちの少しを受け取れる程度だった。

だから、義兄よりも接する機会の少ない義姉のことが、時々何を考えているかまったく分からない義姉のことが、少しだけ苦手だったのだ。

屋敷が近づいて、義姉がぼくをそっと地面に降ろす。ぼくの視線に気づいたのか、義兄よりもくすんだブルーグレーの瞳が、わずかに揺れた。

義姉はぼくの前に、すっと膝をつく。ぼくよりずっと高いところにあった義姉の瞳がぼくを見上げている。たったそれだけのことで、苦手意識がふっと和らいだ気がした。

その姿はまるで、おとぎ話の王子様のようだと思った。

「私は君の騎士だよ、クリストファー」

義姉はぼくの手を取り、こちらをじっと見つめる。

「私は女だから、国を守る騎士にはなれない。だから私は、家族を……自分の大切な人を守る騎士だ」

義姉が、そっとぼくの指先に口付けた。

とたんに、顔に熱が集まってくるのを感じる。ばくばくと耳の奥に鼓動が鳴りはじめた。

彼女は今まで見たことがないくらい、蕩けるようなやさしい微笑みで、ぼくに言う。

「私に、君を守らせてくれるかな?」

ぼくは、頷くのがやっとだった。

かっこいい。

ぼくには義姉の姿が、おとぎ話の中から抜け出てきた存在のように見えた。

義姉と義兄に手を引かれて、歩き出す。今から帰る公爵家のお屋敷が、お城のように思えた。それだけで、足取りが軽くなる。

義兄と義姉は、仲がよさそうに顔を見合わせて笑っている。

ぼくは、繋いだ手を少しだけ、握り返した。

◇　◇　◇

そこから、ぼくは時間をかけて、少しずつバートン家の一員になっていった。

姉上が騎士団の訓練場に通いたいと言ったとき、ぼくは一も二もなく賛成した。

だってあんなにかっこよくて、強いのだ。絶対に騎士になった方がいいに決まっている。

兄上と一緒になって、父上に頼みに行った。

父上は説得に現れたぼくの姿を見て、涙ぐみながらぼくのことを抱きしめてくれた。

そのとき、ああ、ぼくもこの家の一員だったのだと、何となくすとんと腑に落ちた。

この頃になると姉上の身なりにもすっかり慣れてしまって、疑問を持たなくなっていた。どんな格好でも、姉上は姉上だ。

ぼくが姉上と同じ訓練場に通いたいと言ったときには、兄上と姉上が一緒に頼んでくれた。

姉上と一緒の年に学園に入学したいというわがままは聞いてもらえなかったけれど、ふとしたときに自然にわがままを口にできる自分に気づいて、驚いた。

胸に空いた穴を気にすることは、もうほとんどなくなっていた。

……ときどきやっぱり、痛むことはあるけれど。

兄上は学園を卒業して伯爵位を得てから、王城に領地にと忙しく飛び回っていた。

姉上は学園でたいそう人気のようで、毎日のように家に贈り物や手紙が届いた。

たいていが女性からだったので、侍女長や母上が非常に気を揉んでいた。このままだといつか刺されるのではと心配する侍女長に、ぼくも心の中でそっと同意した。

兄上にも姉上にも、幸せになってほしい。そういう意味では、姉上のことはいつも心配だった。

兄上から「リジーをお願いね」と言われていたのもあるけれど……単にぼく個人の心情としても、心配だったのである。

歳を重ねるごとに、ますますおとぎ話から抜け出た騎士のようになっていった姉上。

もしこれがおとぎ話なら、ハッピーエンドがいいなと思った。

◇◇◇

ある夜、夢見が悪くて目が覚めた。内容は起きた途端に忘れてしまったけれど、汗で寝巻きがぐっしょり濡れていた。

汗で身体が冷えてしまった。何か温かいものでも飲もうかと、食堂を目指して部屋を出る。

たまたま父上と母上の部屋を通りかかったときに、二人の話し声が聞こえた。

「エリザベスの婚約のことは……」

「やはり、白紙に戻してもらった方が良いだろう」

咄嗟に、ドアの脇に隠れた。

ドアはほとんど閉まっているので、隠れなくたって見つかるわけがないのだけれど……そんな当たり前のことさえ分からないくらい、ぼくは動揺していた。

姉上の、婚約を？　白紙に？

目の前がまっくらになった。

姉上の婚約者は、この国の第二王子だ。その相手から婚約を撤回されるというのがどういう意味を持つことなのか。八年公爵家で暮らしてきて、分からないわけがなかった。

次に浮かんできたのは、やさしくぼくの頭を撫でてくれる、姉上の笑顔だ。

そのやさしさの分だけ、ぼくの心はきつく締め付けられる。

そんな、じゃあ――姉上は、どうなるのだ。

姉上は、幸せになれないの？

ぼくには、それが受け入れられなかった。

ますます姉上のことが心配になった。ついつい、姉上の行動に口出しをしてしまうようになった。

どうしたら姉上は幸せになれるのか。ぼくはそればかりを考えていた。

そんなとき、学園のダンスパーティーが迫っていることを知る。

チャンスだと思った。ダンスパーティーに行く姉上を捕まえて、綺麗なドレスを着てもらおう。

男装している姉上は、それはそれはかっこいい。女の人の格好をしたって、きっと綺麗でかっこいい。皆、きっと姉上のことを見直すはず。姉上がどんなに素敵か気づいてくれるはずだ。

そうすればきっと――姉上は、幸せになれるはずだ。

そう思っていたのだけれど、なんとパーティー当日、姉上はぼくの目をかいくぐって家を出てしまった。いつもは徒歩で学園に行くのに、今日に限って馬車で出たらしい。

野生の勘とでもいうのだろうか、姉上はそれを発揮して面倒ごとを回避することがままあった。姿を見たという侍女に聞くと、服装は騎士の制服だったとのことだ。ぼくは頭を抱える。もう、姉上は本当に、仕方がないんだから！

すぐさま侍女長に相談すると、彼女は急いで支度をしてくれた。ぼくはドレスと化粧道具を受け取り、馬車に乗り込む。

待っていてください、姉上。ぼくが必ず、ハッピーエンドを届けます！


ぼくは怒っていた。

せっかくぼくが一生懸命頑張ったのに、それを台無しにしたのは姉上だ。

まさか持って行ったドレスを、僕が着せられることになるなんて。

ファーストダンスの間中、独り占めできたのは役得ではあったのだけど！

超至近距離で見上げる姉上は、それはそれはかっこよかったのだけど！

目が合うたびに微笑んでくれるものだから、どぎまぎして仕方なかったのだけど！

王太子と第二王子を差し置いて、本当に王子様みたいだったのだけど！

そういうことでは！　ないのである！

「クリストファー？　おーい、クリストファー？　いい加減に機嫌を直してくれよ」

ぼくの顔を覗きこんでくる姉上に、ぷいと顔を背ける。

そんな顔をしても！　だめなのである！

お兄様は、苦笑いでぼくたちのやり取りを眺めていた。

「本当に悪かったって。頼むよ、どうしたら許してくれる？」

だめったら、だめなのである！

そう思っていたのに、ちらりと姉上の顔を見てしまった。

困ったように笑いながら、ぼくと目が合ったのを確認して「ね？」と首を傾げてウィンクを放つ。

……………ぼくは、陥落した。

それでも、女の子扱いはとても不本意だった。なのでぼくは、「ぼくの髪を切ってください」「姉上から見て男らしい髪型にしてください」とわがままを言って姉上を困らせた。

結局兄上が手配してくれた美容師と姉上が相談して、ぼくの新しいヘアスタイルが決まった。

「すごい！　よく似合うよ、クリストファー！　とてもかっこいい！」

髪を切ったぼくに姉上がそう言ってくれて、心がふわりと浮き立った。

ぼくは姉上に男の子扱いしてほしかったのだと、そのとき気づいた。

◇　◇　◇

その日、兄上と一緒に王城で行われる会合に参加した。ぼくは兄上の補佐役だ。

円卓には座らずに、一歩後ろに下がったところにある椅子に座る。

妙な視線を感じた。

姉上と一緒に訓練場に行くようになってから、気配というか視線というか、そういったものに敏感になった気がする。顔を上げると、円卓の向こう側にいた視線の主と目が合った。

その瞬間、幼いころの記憶がフラッシュバックする。

もう半分、忘れかけていた顔だったのに。

胸の穴は、埋まりかけていたのに。

ぼくの叔父は目が合ったことを確認すると、にやりと口角を上げた。

兄上が席を立ったタイミングを見計らって、叔父がこちらに歩み寄ってくる。

「ずいぶん立派になったもんだな。さすがは公爵家」

「…………」

「いいお家に行けるようにしてやった叔父さんに、お礼がしたいだろう？　あとでちょーっと、お話しようぜ」

返事をしないぼくに、叔父はやはりにやにやと笑っていた。


叔父はぼくに、兄や御者をごまかして自分についてくるように言った。

そうしなければ、ぼくが伯爵家の血を引いていないことを家族にバラすと脅したのだ。

両親も、兄上も姉上も、そんなことは気にしないだろう。そう思ったけれど、広がった胸の穴から不安が滲み出て来る。

「可哀想にな。どこの種とも知れないガキを大事に育ててるんだ。同情するぜ」

叔父は馬鹿にするように笑った。

「いくらお人よしだって、公爵家の人間が庶民の子どもを自分の子どものように育てるものか。お前だって分かってるんだろ？　自分が分不相応なところにいるってよ。場違いなんだよ、お前」

足元がぐらついているような気がした。

確かに、場違いなのかもしれない。

実の母に「産まなければよかった」と言われて、叔父には蔑まれて。

そんなぼくが、人望の公爵家の一員だなんて。分不相応だと言われてしまえば、ぼくには反論することが出来なかった。

叔父はぼくを、伯爵家の塔に閉じ込めた。

外側に鍵のついた扉と嵌め殺しの窓があるだけの部屋に、一人残される。

ほのかに月明かりが届くだけの、暗い、暗い部屋だ。

お母様とこの部屋にいた頃のことを思い出し、急に手足が冷たくなった。

外から鍵をかけた叔父が、思い出したようにこちらに声を掛ける。

「親父がどう思ってたかは知らねぇが、お前には間違いなく、俺と同じこのウィルソン家の血が流れてるよ」

思いもよらない言葉に、咄嗟に扉に駆け寄る。

「その人を見下したような目、兄貴に似てやがる」

騙された。

そう思ったけれど、遅かった。押せども引けども、扉は開かない。

「何、公爵家から身の代金でも貰ったら帰してやるよ。向こうがお前を迎えてくれるかは、知らねぇけどな」

　叔父の下卑た笑い声が、どんどんと遠ざかっていく。ぼくはぺたりと、その場に座り込んだ。


　どれくらいそうしていただろう。

　窓の方から妙な音がした。立ち上がり、窓に駆け寄る。

　そこには――姉上が、まるで当たり前のように立っていた。

　嵌め殺しの窓を窓枠ごと引きはがしたらしい。

　背中の向こうに見える月の明かりを受けて、金色の髪がきらきらと輝いている。

　闇の中に、ブルーグレーの瞳が浮かび上がった。

　まるで絵本の挿絵のようだと、ぼくは思った。

「やぁ、クリストファー」

「あ、ねうえ」

「早く帰ろう。お兄様も心配しているよ。忘れ物はない？」

「でも、ぼくは」

　姉上は、当然のようにぼくを助けに来てくれた。

　それが答えだと分かっているのに――ぼくはやっぱり、言葉で聞きたいと思ってしまった。

「ぼくは、姉上の弟に、相応しくない」

「弟だよ」

姉上は、何を言うのだと少し呆れたように答えた。

「私が言うのだから、君は私の弟だ」

ぼくはきっと誰よりも、自分のことが信じられなかったのだ。

自分が幸せを享受してよい人間だと思えなかったのだ。信じられなかったのだ。

だけれど、それでも。

姉上の言うことなら。兄上の言うことなら。

ぼくの大切な家族の言うことなら、ぼくは信じられると、そう思えた。

「ああ。そうだ、クリストファー」

ぼくを抱き上げた姉上は、部屋を出る前に、ふと足を止める。

「カフスボタン、一つもらっていいかな？　今度、新しいものを買ってあげるから」

◇◇◇

姉上に助け出されて塔を出ると、正面玄関で兄上と叔父が対峙していた。

兄上が姉上以外に怒っているところを初めて見た気がする。

兄上が怒ってくれた。助けに来てくれた。それがすごくうれしかった。

けれど同時に、兄上につらそうな顔をさせていることが、ひどく申し訳なくなった。

思わず走り出し、兄上の腕の中に飛び込む。

兄上の目には涙が光っていて、この人を一瞬でも信じられなくなってしまった自分に腹が立った。

その後は急に狼狽えだした叔父に姉上がトドメを刺して、ぼくは無事公爵家に帰れることになった。

怒っている兄上のことを見ていて、不安になることはなかった。この人はきっと間違った選択はしないだろうと思えたからだ。

もし兄上の選択を間違っていると感じたならば……そのとき間違っているのは、自分なのだろうと思うぐらいに。

だけれど、姉上は違う。

怒っているというか、他人に敵意を向けている姉上を見たのは初めてだったが、ものすごく不安になった。

ぼくのカフスボタンを塔に置いてこさせた理由。そして、叔父を追い詰めているときの表情。

この人は、誰かが見ていないと、もしかしたら悪い人間になってしまうのではないか。

根拠はないけれどそんな気がして、不安が頭から離れない。ぼくの中で警鐘が鳴る。

姉上はきっと、一人にしてはいけない人だ。

兄上も似たようなことを感じたのかもしれない。ぼくを助けに来てくれたにもかかわらず、姉上は必要以上に怒られていた。

姉上を十分に締め上げた後、兄上はぼくの手をそっと包み込み、言う。

「お互いが大切だと思っていたら、それが『家族』だってことなんだ。相応しいとか、そういうことじゃない。僕はそう思っているよ」

「兄上……」

「それでも、もし何か返したいと思ってくれるなら……この先もずっと、お互いがお互いを大切だと思える関係でいられるように、一緒に考えて、頑張ってくれたら嬉しいな」

兄上がやさしく微笑んでくれる。言葉にしてくれたことが嬉しくて、ぼくも兄上の手をぎゅっと握り返した。

「あ、あとはそうだね。リジーのお目付役を手伝ってほしいかも」

「え」

姉上が驚いたような顔で、ぼくたちを見る。もう自分の話は終わったものと思って、すっかり油断していたようだった。先ほどまでと全く違う表情に、思わず笑ってしまう。

「リジーはおてんばさんでしょう？　僕一人じゃ手に負えないから。今まで通り……ううん、今まで以上に、クリスも協力してくれたら嬉しいな」

おてんばさん。

その表現が当てはまるのかは分からないけれど、兄上の気持ちは少しわかった。

姉上は確かに、目を離してはいけない気がする。

「姉上！　ぼく、頑張ります！」

「クリストファー？」

身を乗り出して、姉上の手を握った。

温かい手だ。それだけのことに、何だか少しほっとする。

「ぼく、本当はずっと姉上のこと、心配だったんです。このままではお嫁の貰い手がなくなってしまうんじゃないかって。姉上はこんなに強くて、かっこよくて、やさしくて、素敵なのに」

目の前の姉上の顔が、だんだん何とも言えない表情になっていく。

しかしぼくはといえば、ずっと心配していたことを言えてすっきりしていた。

「だから、姉上の魅力をもっとみんなに分かってもらえるように、がんばります！　もしものときは、その、ぼ、ぼくが責任を取ります！」

姉上は見たことがないような驚愕の表情で、ぼくを見ていた。

その言葉を告げた瞬間、すっと胸のつかえがとれた気がした。

そうだ。誰も姉上を幸せにしないのなら、ぼくが姉上と一緒に幸せになればいい。

おとぎ話の最後は、やっぱり「めでたし、めでたし」でなくちゃ、締まらない。

…………あれ？

ふと、気づく。

何だかぼくは今、とんでもないことを口走ったような？

まるで、プロポーズのような……。

慌てて顔を上げるけれど、姉上は兄上に抗議するのに夢中で、ぼくの話など聞いていないようだ。

姉上の顔を見ているうちに、どんどんと頬が熱くなってきてしまう。

早く撤回しないといけないのに。

違いますと言わないといけないのに。

どうしてだろう。その言葉が出てこない。

どうしてこんなに、すっきりした気持ちなのだろう。

もしかして、ぼくは姉上に幸せになってほしいんじゃなくて、——他の誰かと幸せになってほしいんじゃなくて——ぼくが姉上を、幸せにしたかった？

姉上と一緒に、ふたりで末永く幸せに、暮らしたかった？

姉上を見る。確かに姉上はかっこよくて、素敵で、綺麗で、おとぎ話から抜け出たようで。

ぼくの憧れの騎士様で。そうかと思えば心配で、目が離せない。

意識すればするほど、自分の中でパズルのピースがはまっていく。

そうか。ぼくは——姉上のことが、好きなんだ。

姉上の横顔を眺めていると、兄上と目が合った。

兄上は、顔を真っ赤にしているぼくを見て目を細めると、にっこりとやさしく微笑んだ。

「はじめから」　――リリア――

手に持ったゲーム機のスイッチを入れる。聞き慣れた起動音がして、メーカーロゴが表示される。

そして、一瞬の暗転。

攻略キャラクターの担当声優（ソロでアーティストデビュー済み）が歌う、疾走感のあるオープニング曲にあわせてタイトルロゴがドーン！

……ではなく、ふわりと風に吹かれるように浮かび上がる。

やたらとおしゃれな有償フォントをこれでもかと使った名前やら台詞のテキストやらがぽんぽん出てきて、カシャカシャ連写するような速度で、いろんな立ち絵の攻略キャラが入れ代わり立ち代わり、切り替わる。

Bメロに入って主人公（デフォルト名：リリア・ダグラス）の鼻から下の立ち絵が出たかと思ったらシルエットに切り替わり、走る主人公のシルエットの後ろには次々攻略キャラのルート分岐後のスチルが浮かんでは消える。

隠しキャラのヨウまでスチルが出たら、最後は走ってきた主人公の靴が水溜りをぱしゃんと踏んでしぶきを上げるカット、そこでカメラが下から青空へとパン！

転調して音数増えまくったラスサビにあわせてファン垂涎の激エモスチルが惜しみなく流れる。

クリアした後はこのスチル集と曲だけで悶えたり泣いたりできちゃうお手軽いいとこどりセットの後で、学園の建物と青空を背景にタイトルロゴが浮かび上がり、スタートメニューが表示された。親の顔より見た……は言いすぎだけれど、何度も何度も繰り返し見た、「Royal LOVERS」のスタートメニュー。

わたしはそのメニューの「はじめから」を選択した。

◇◇◇

物心ついたときから、変わった子どもだったと思う。

この世界にはないはずの、空想上にしかないようなものの話をよくする子どもだった。

周囲の人間から遠巻きにされてもおかしくなかったが、幸いそういったことは起きなかった。

両親には「あまり他の人に変な話をしてはいけないよ」と言われたけれど、たいていが順風満帆の子ども時代だった。

初めにおかしいなと思ったのは、教会のお勉強会に忘れ物をしていったのに、わたしだけ怒られなかったときだ。

同じように忘れ物をした他の子は、怒られていたのに。

周囲の大人も子どもも、わたしには優しかった。

毎日のようにお菓子をくれる近所のおばあちゃんに、ふと聞いてみた。

「どうしておばあちゃんは、そんなにやさしいの？」

「それはね、リリアちゃんがとってもかわいいからよ」

がつんと頭を金槌で殴られたような衝撃があった。

そう。わたしことリリアは、見た目がとってもとっても可愛かったのである。

そこからのわたしは、完全に調子に乗ってしまった。乗りに乗ってしまった。

今思い出しても恥ずかしくて顔から火が出るくらいの黒歴史だ。

だいたいのわがままは聞いてもらえたし、ちょっとした悪戯くらいでは誰も咎めなかった。

可愛いって、すごい。ただ可愛いだけで、こんなに優しくしてもらえるなんて。

本当に、前世とは大違い。

……前世？

そのとき、わたしはすべてを思い出した。

前世の暮らしのことも、乙女ゲームのことも、前世のわたしが……死んでしまったことも。

そして理解した。ここが乙女ゲーム「Royal LOVERS」の世界であることを。

わたしがその主人公《ヒロイン》、リリア・ダグラスに転生したことを。

◇◇◇

しばらくは、楽しく能天気に過ごした。

大好きだった乙女ゲームの世界に転生したのだ。しかも主人公。

めくるめくノーブルでファビュラスな学園生活が約束されている。

結構やりこんでいたので、どのキャラクターでも攻略できる自信があった。

一番の推しは王太子だったけれど、王太子妃はたいへんそうだし……と捕らぬ狸の皮算用に興じたりもした。

今世のわたしは、可愛いおかげでお姫様のようにちやほやされていた。

前世のわたしがやったら傍若無人、頭がおかしいと言われるような振る舞いでも、天真爛漫、無邪気で可愛い、に変換されて受け入れられた。お姫様扱いを満喫していると、周りもにこにこと喜んでくれる。わたしも楽しいし、Ｗｉｎ‐Ｗｉｎだと思っていた。

だけれど、あまりに皆がわたしの可愛い面しか見ないものだから、だんだんと不満が勝ってくる。

可愛いだけじゃなく、もっと具体的に……他のところも褒めてもらいたいと思ってしまう。

前世からしてみれば、贅沢すぎる悩みだ。でも……そのときのわたしには、それが必要だった。

けれど、周囲は一様に「とても素敵な良い子だよ」と返すだけだ。

良い子って、何？　わたしが心の底で何を考えているか分かっていないから、そんなことが言えるのではないだろうか。

結局それは、外見で「良い子そう」と判断しているだけではないのか。

じゃあ……じゃあ。

もし、もしも、わたしが可愛くなかったら？

そう考えた途端に、急激に心臓が冷えた。

前世のわたしは、外見もそりゃあ特に可愛くもなかったけれど――実のところ、自分ではそこまでブスだとも思っていなかった。だが、「リリア」になってみて気づく。あの外見でその自意識があること自体が周囲の癪に障ったのだろう――内面だって特に褒められたものではなかった。たいして頭が良いわけでもないのに、同じ学校の連中は自分より馬鹿だと見下していたし、SNSでは愚痴や悪口ばかり。好きなアニメやゲームのことだって、誰かと話すときには好きなことよりも、作画やストーリーについての偉そうなダメ出しを嬉々として披露していた気がする。「現実はクソ」、「つまらない」と「何か面白いことないかな」が口癖で、そのくせ自分で何かを始めることもできない。何かを変えることもレールを外れることも出来ないのに、自分で選んだはずなのに、不平不満だけは一人前。

外見で人を判断するような空っぽのやつに何が分かる、わたしはこんなところにいるべきではない、と思っていた。ネットで似たような考えの人とつながり、傷の舐め合いをして過ごした。まぁ、ネットの友達だって長続きするような人はいなかったのだけれど。皆わたしと似たり寄ったりの人間だったからだ。心のどこかで「コイツよりはマシ」と常に見下しあっている人間関係など、長続きするはずもない。

客観視してみると、本当に褒めるところのない人間だった。

周囲の扱いは理不尽ではあったけれど……少しは、わたしにも非があったのだと思う。

そして今のわたしは、その中身から特段成長も変化もしていなかった。

変えようなどと思ったことがないし、変え方も分からなかった。

いや、わたしみたいな人間がそんなことをして、今よりも蔑まれるのが嫌だったのかもしれない。

馬鹿にされて笑われるのが嫌だったのかもしれない。

努力なんて無駄だと、報われるのは二次元の中だけの話だと自ら嘲笑《あざわら》うことで、自分で自分を守っていたのかもしれない。

もし、本当に外見ではなく中身を見て判断する人が現れたなら……わたしのことなど視界にも入れたくないだろう。

今のわたしを囲んでいるのは、前世のわたしが大嫌いだった、外見で人を判断するような空っぽのやつばかりだ。

そして何より——わたし自身が、外見でしか人を判断できない人間だった。


そこからのわたしはすっかり人が変わったようになってしまった。というより、前世の自分に戻ってしまった。しばらくは誰とも話をしたくなかったし、放っておいてほしかった。

だが、わたしの外見がそれを許さない。

さながら陽キャの群れに放り込まれた陰キャである。

人の目を見て話すのが怖くなった。すかすかのピーマンみたいな中身を見透かされたくなかった。

話しかけられるのが怖くなった。いつその優しさが失われるか分からなかったからだ。

いつ嘲笑される側になるか分からなかった。それがどうしようもなく、怖かった。

俯いて、小さな声で話すのが精一杯だった。

だけれど、誰もそんなわたしをおかしいと言わなかった。嘲笑うこともなかった。彼らは皆やさしく、「無理しないで、そのままで良いよ」と言って笑った。

良いわけないだろ、とわたしは思った。

◇◇◇

十五歳になったある日、母親の怪我を治したことで、わたしに聖女の力があることが分かる。

わたしはダグラス男爵家の養子として召し上げられることになった。

わたしはどこかで期待していた。

前世では本当に褒められたところも、得意なこともなかったわたしだけれど、今世は違う。主人公だし、聖女だ。わたしにしか出来ないことがあるはずだし、もしかしたらチート的な能力に目覚めて無双、なんてこともあるかもしれない。

修行とか絶対嫌だけど、嫌だけど……ちょっと力を見せただけで「ただ怪我を治しただけだが？」的な展開になるかもしれない。それなら少しくらいは頑張ってもいい。

しかし、聖女の修行とかあるんですか、と聞いたわたしに、ダグラス男爵はやさしく微笑むとこう言った。

「いいや、そのままで良い。君は何もしなくて良い。いてくれるだけで良いんだよ」

良いわけがない。

五十年前の聖女は、難病や瀕死の重傷の人も治せたと聞いた。だけれど、わたしが治せるのはちょっと紙で指を切ったとか、転んで膝をちょっと擦りむいたとか。その程度なのだ。

このままで、良いわけがない。

それとも、これがわたしの限界なのだろうか。

ゲームの中の主人公のように、聖女らしい清らかな心がないわたしには——ちょっとした擦り傷程度が限界なのだろうか？

それを分かっているから、皆言うのだろうか。

「そのままでいい」と。

それはつまり、何にも期待されていないということで、諦められているということで。

外見以外のわたしなど、はりぼての聖女以外のわたしなど、誰も求めていないということで。

悔しくて、涙が出た。

だけれど、わたしには分からなかった。

どうしたら聖女の力がまともに使えるようになるかなんて、分からなかったからだ。

何もしなくていい、と言われるまでもなく……わたしには、何も出来ないのだ。

それがどうしようもなく、悔しかった。

自分には何も出来ないと嘆いて、嘆いて。そこで、ふと気がついた。

そうだ、この世界は乙女ゲームの世界。そしてわたしはその主人公。

聖女である主人公は攻略対象と愛を深め、結果的に大聖女としての力に目覚める。

瀕死の怪我をした攻略対象も、重い病気を患う攻略対象も、一瞬で治してしまえる大聖女に。

そうしたら、少しは見返すことができるだろうか。

何かを期待してもらえるだろうか。

大聖女になるには、ただの恋愛エンドではダメだ。好感度をカンストまで上げて、大恋愛エンドを迎えなければならない。大聖女の力は「真実の愛」によって目覚めるという設定だからだ。

初見で大恋愛エンドにたどり着くのは難しいが、ゲームの知識があるわたしなら十分達成できる、はず。

けれど、一抹の不安があった。

ゲームをプレイしている範囲ではそうは思えなかったけれど……もし攻略対象たちも、はりぼてのわたしにしか興味がないとしたら？

そんな人間と、真実の愛を築けるのだろうか。

そして、仮に大恋愛エンドを迎えたとして……前世の記憶に頼って得たそれに、果たして真実の愛があるといえるのだろうか。

わたし自身が、それを信じていないとしても？

◇　◇　◇

――――はい、というわけで。ここまで回想でした。

いかがでしたか？　わたし、リリア・ダグラスのことをより深くご理解いただけたのではないでしょうか？

なんて。内容のうっすいＰＶ稼ぎのまとめサイトみたいな台詞とともに、話は現在に戻ります。

学園に編入する日、わたしの目の前にはまず二つの選択肢がありました。

講堂へと向かう途中に見かけた子猫。この子猫を追いかけるか、しゃがみこんで呼んでみるか。

当然、わたしは追いかけます。「呼ぶ」を選ぶとロベルトとの出会いイベントがあるのですが、ロベルトの好感度はこのあと否が応でも上がってしまうので、誰のルートに進むとしてもエドワードとの出会いイベントを選んでおくのが定石です。

「呼ぶ」を選ぶのは、剣術大会のロベルトのスチルを回収するときだけで十分なのです。

子猫を追いかけて、たどり着いた中庭。

そこに立っていた人物に、私は目を奪われました。

ざあっと都合よく吹いた風になびくその髪は、金色。

本来そこにいるはずの王太子キャラ、エドワードとは反対の色を持つ男の子が、そこに立っていたのです。

えっ、脚細、長っ。背高っ⁉　顔小さっ⁉

てか、顔良っ！

げふんげふん。思わず語彙力が死んでしまいました。

きりりとした目元は涼しげで切れ長、ブルーグレーの冷たい色の瞳とよくマッチしています。

鼻筋がすっと通っていて、彫りが深いわけではないけれどはっきりとした目鼻立ちです。

可愛い系と言うよりかっこいい系、アイドルというより俳優さんのような印象でした。

形のよい薄い唇には、ほのかに微笑がたたえられています。

すらりとした身体つきでとても背が高いです。一八〇センチは優に超えているでしょう。脚が非常に長くて、股下三メートルあるかと思いました。

黒を基調にした制服がよくお似合いです。襟の色が赤なので、わたしが編入するのと同じ二年生……のはず。けれど雰囲気がなんだかすごく落ち着いていて、とても同い年には見えません。

わたしの心臓はばくばくと高鳴っていました。

どうしましょう。この人は、攻略対象ではありません。それどころか、ファンディスクで攻略できるようになったサブキャラですらありません。

つまりモブです。ただのモブです。

それがこんなに美しいなんて、この学園はどうかしています。

わたしは混乱しながらも、心の中で思わずほっと息をつきました。

モブキャラでこれなら、攻略対象はもっとパンチのあるイケメンぞろいのはず。

それなら真実の愛だなんだと御託《ごたく》を並べず、安心して恋に落ちることが出来そうです。

外見で判断されたくないとかなんとか言いつつも、結局どこまでも外見基準でしか物を考えられないわたしでした。仕方ないんです、育ってきた環境のせいですね。

人間は誰でも自己矛盾を抱えて生きるもの。わたしが外見で判断されたくないことと、わたしが他人を外見で判断してしまうことは恐ろしいことに共存しうるのです。

ま、恋に落ちてしまえば、頭がお花畑になるはずですから大丈夫。

わたしは外見じゃなく彼の人柄に惹かれたんです、とかいう戯言《ざれごと》を恥ずかしげもなく言えるようになりますよ、たぶん。

目の前のイケメンモブはわたしに向かってやさしく微笑むと、声をかけてきました。

「あれ？　こんなところでどうしたのかな？」

なんということでしょう。見た目がイケメンなだけではなく、声までかっこいいです。

ただのモブでこれってちょっと、贅沢すぎませんか？

クールな見た目の印象よりすこしやわらかくて、甘さがある声で。

ゲームだったらイケメン声の女性声優あたりが声やってそうだな、という感じでした。

わざわざ男性モブに女性を起用するでしょうか？

いえ……今まで出会ってきたガチのモブたちと比べても、やっぱりおかしいです。見れば見るほど、ただのモブとは思えなくなってきます。

「あ、いえ、私、ま、迷子で……」

途端に、彼の澄んだ瞳に自分が映ることが怖くなってきました。

わたしが聖女だとも、編入生だとも……主人公だとも知らないはずの彼の瞳には、わたしはどのように映っているのでしょうか。

そう思うと、俯いて小さな声で答えるのが精一杯でした。

「道に迷ったってことは、新入生かな？　じゃあ……」

いつの間にか目の前まで歩み寄っていた彼が、そっとわたしの手を取って、跪きました。

そして、わたしの指先に、こう、ちゅっと——唇を押しあてました。

パニックです。もう、パニックです。

この世界に転生して、そりゃこういうスチルとかあることも知っていましたけど！　もとが庶民暮らしですから、実際にされるのは初めてでした。こんなに恥ずかしくてどきどきするものだなんて、聞いていません。

一瞬で顔に熱が集まってきます。

「講堂まで、私にエスコートさせていただけますか？　素敵なレディ」

ぱちん、とウィンクされました。

超至近距離のファンサです。ウィンクされるのなんて、パン屋のおばさんが「おまけだよ」とお菓子を持たせてくれたとき以来です。

待って、待って待って。やめて。その顔とその声でそれやられたら、好きになっちゃう。

オタクちょろいんで。わたしちょろいんで。

か、価値観が違いすぎる。この世界のお貴族様、現代日本とも、庶民とも価値観が違いすぎます。

モブらしき人でこれなら、攻略対象を相手にした日にはわたしはどうなってしまうのでしょう。

「そうだ。せっかくこうして会えたのだから、学園を案内するよ。さ、ついておいで」

「えっ⁉」

「入学式なら心配しなくていいよ。先生に怒られないように、うまく合流させてあげるから」

わたしの手を引いたその人は、茶目っ気たっぷりに微笑んでみせると、いとも簡単にわたしを攫ってしまいました。王子様系の見た目に反して、中身はちょっと変わった方のようです。

あれ？　あれれ？

おかしいな、「子猫を追いかける」を選択したら、王太子との出会いイベントが発生するはずなのに。

このままこの場を離れてしまったら、エドワードとの出会いイベントはどうなるのでしょう？

ですが、気づいたときにはときすでに遅し。

人見知りのわたしに今から「やっぱやめときます」とか言えるはずもなく、そのまま彼に連れられて中庭を離れてしまいます。

斜め後ろから彼の横顔を眺めます。すばらしいEラインです。つい見とれてしまいます。

このイケメン、誰なんだろう。もしかして、隠しキャラ？　でも隠しキャラはヨウしかいないはず……あ、別ハードのリメイク版で追加される新キャラとか？

これはありうる話です。それならこのイケボにも納得です。

わたしの視線に気づいたのか、彼がこちらにちらりと視線をくれました。流し目です。眼福です。

ふっと唇に浮かんだ微笑が、あまりにもお似合いで……まぁいいか、とわたしは思考を放棄しました。

◇　◇　◇

簡潔に言いますと、わたし、乙女ゲーム無理です。

向いていません。

クラスメイトになるロベルト、アイザック、それから後輩キャラのクリストファー。

全員教室で会いましたけど、攻略できる気がしません。

実際に間近で見てみたら、全然普通に男の人でした。三次元でした。

当たり前ですけどぜんぜん二次元じゃなかったです。3Dです。むしろ4DXです。

みんな毛穴のない、顔のきれいな男の人です。あとやたらとええ声。

ビビってしまってまともに話せる気がしません。顔を見られる気がしません。

大聖女になるために、と決意したつもりで来たのですが、さっそくその決意が揺らいでいます。ぐらぐらです。もともと努力も決意もしたことなかったので当然です。

年下かわいい系キャラのクリストファーですら、美少年と言うよりもはや美青年に足を踏み入れているように見えます。みんなゲームの中より男らしい気がします。髪形が違うのもあるのでしょうか？

確かにアイザックのおかっぱとか、三次元で見たらキツそう、とは思ってましたけど。

無理。むしろよりいっそう無理になりました。

こんなイケメンたちにもし前世のような扱いを受けたらと思うと、それだけで冷や水を浴びせられたような心地がします。思わず身震いしてしまいました。

そもそも、「Royal LOVERS（通称ロイラバ）」の攻略対象たち、最初は別に主人公に優しくありません。ロベルトとアイザックはまず愛想が悪くて人を近づけたがりませんし、エドワードとクリストファーは人当たりこそいいですが、一線を引いて外面だけの対応をするタイプです。

そこを乗り越えて仲良くなるのがある意味乙女ゲームの醍醐味なのですが……いざ自分が現実と

して向き合うとなると、最初に冷たくされた時点で心が折れそうです。

最初からやさしく甘やかして好き好き！　ってしてくれないと頑張れる気がしません。

自分のこと嫌っている人と、わざわざ仲良く出来ます？　わたしは無理です。

その点では、隠しキャラのヨウがいてくれたらよかったのですが……彼は二周目プレイからしか攻略できません。期待するだけ無駄でしょう。

それにしても。

斜め前の席になった、例のモブイケメン――バートン様と言うらしいです、会話の中からこっそりお名前をチェックしました――に視線を向けます。

まさか、同じクラスだなんて。

ますますただのモブだとは思えなくなってきました。

アイザックやロベルト、クリストファーと仲がよさそうに話していたのも引っかかります。

攻略対象と仲がいいということは、やはり彼も攻略対象か、少なくともサブキャラである可能性が高いはず。さっきも席で縮こまっているわたしに率先して話しかけてくれて、お昼ご飯に誘ってくれました。

すごい。ぼっちじゃないお弁当、高校生活で初めてです。

わたしの手を引いてくれる彼の手は、大きくてあたたかくて、すこし硬い、男の子の手でした。

思い出すと、ぽっと頬が熱くなります。

あれ？　何でしょう。彼に手を引かれても……あんまり、嫌じゃなかったような？

見つめられても、あんまり怖くなかった、ような？

……どうしましょう。わたし、ちょろすぎるのかもしれません。

◇◇◇

バートン様は、わたしにとてもやさしくしてくれました。

何も出来ないわたしに勉強を教えてくれました。分かるまで付きっきりで、放課後の時間を使ってくれました。何も出来ないわたしとダンスのペアを組んでくれました。わたしが失敗して彼の足を踏んでも、笑顔で許してくれました。

やっぱり、わたしが可愛いからでしょうか。

それとも、聖女だからでしょうか。主人公だからでしょうか。

庶民上がりだから、同情してくれているのでしょうか。

――でも、初めてだったのです。

「さっきの問題が出来たんだから、この問題もゆっくり考えれば出来るはずだよ。やってみよう」

「先週出来ていなかったステップが出来ていたよ。頑張って練習した成果だね」

わたしにそんなふうに言ってくれた人は、初めてだったのです。

できるはず。

頑張った成果。

そんな言葉をかけてくれたのは、彼だけでした。

その言葉に、わたしはこんなはりぼての自分でも、少しだけ中身が満たされていくような。そんな気持ちになったのです。

バートン様のお家でマナーを教えてもらった日、男爵様のことを聞かれて、わたしは思わず泣き出してしまいました。

「わたし、何も、出来なくていいんですって」

笑ってごまかそうとしたのに、ぜんぜんだめで。次から次へと、ぼろぼろと涙がこぼれてしまいます。何も期待してもらえないことが、自分で思っていたよりだいぶ、こたえていたみたいです。

誰かに聞いてほしいような、独り言のような。そんな言葉が嗚咽と一緒にこぼれて止まりません。

急に身の上話を始めたわたしにも、バートン様はやさしくハンカチを差し出してくれました。

きっと困らせてしまったのに、彼はどこまでもやさしい。それでまた、わたしは泣けてきてしまいます。

「私は君の外見も、中身も。どちらも尊いものだと思うよ。でも、君が望むなら、もっと君は素敵な女の子になるだろうとも思う」

わたしの話を聞いて、バートン様はそう言ってくれました。

わたしにとって、その言葉がどれだけ価値のあるものだったか。きっと、彼は知らないでしょう。

「なりたい自分をイメージするんだ。こうだったらいいな、こうだったら素敵だなって。リリアにだってあるだろう、そういうもの」

わたしは、認められた気がしたのです。

わたしみたいなやつでも、がんばっていいと。

もっと素敵になりたいって、思ってもいいんだと。

わたしがわたし自身に、期待したっていいんだと。

この人はきっと、がんばるわたしを馬鹿にしたりしない。中途半端でも、それでも「がんばったね」って笑ってくれる。「次はもっとやってみよう」と勇気づけてくれる。

そんな気がしたのです。

「最初は中身が伴わなくたっていい。それが普通だ。足りなくってもいい。演じるというのが近いのかな」

彼はわたしに、あたたかくてやさしい、励ますような言葉をくれました。そして、わたしの手を取ると、手の甲にキスを落とします。

「そのためなら、いくらでもお手伝いしますよ、お姫様《プリンセス》」

悪戯っぽく笑う、いつもよりも少年らしいその表情に、また胸が高鳴りました。

わたしが演じるなら……それはきっと、乙女ゲームの主人公《ヒロイン》です。誰かを愛し、誰かに愛されて――真実の愛を手に入れる、主人公。自分だけの王子様を見つけた、たったひとりのお姫様。

バートン様が攻略対象だったらよかったのに。

それなら、わたしは喜んで主人公を演じたでしょう。

そこで、はっと気づきます。

そうです。主人公だからって、モブキャラと恋をしてはいけない、というルールはありません。

攻略対象そっちのけで、主人公がモブキャラと結ばれる。そういう乙女ゲームが題材の小説だって読んだことがあります。

わたしは主人公です。それならわたしに、選ぶ権利があるはずです。

逆説、わたしが選んだならそれが、攻略対象ということになるのでは？

わたしは考えます。

ほかのキャラと起こすようなイベントをバートン様とこなしていったら、きっと好感度が上がるはず。好感度が上がったら、バートン様ルートが開拓されるかもしれません。

攻略サイトどおりの選択肢ではなく、わたしが自らの意思で選択したその先にこそ、真実の愛があるのではないでしょうか。なんか、その方が「っぽく」ありませんか？

わたしは今度こそ決意します。

主人公らしく、原作の主人公を演じながらバートン様を攻略すると。

ここは乙女ゲームの世界。主人公らしい女の子の方が、好かれるに決まっています。

うまくできるかは、分からないけれど。

主人公、やってみます。

ま、バートン様が本当にモブキャラである可能性の方が、低そうですけど。

だってあんなにかっこいいモブキャラがいたら、攻略対象が食われちゃうじゃないですか。

◇　◇　◇

バートン様と積極的にお話しするようになって、彼のことが知りたくていろいろと質問してみるのですが……いつもなんとなくはぐらかされてしまいます。

これはあれでしょうか。乙女ゲームの登場人物にありがちな、おいそれと人には言えないような暗い過去というやつが、彼にもあるのでしょうか。

ルートに入ると、それが明かされたりするのでしょうか。なにそれ見たい。

バートン様を攻略すると決めてから、わたしは意識して彼の姿を探して話しかけました。

わたしがバートン様とお話していると、時々ご令嬢から鋭い視線が飛んできます。十中八九嫉妬です。

今世では女性からもあまりマイナスの感情を向けられたことがなかったので、何とも新鮮な心地です。

でも特に直接何かされるわけでもないですし、理由が理由だけに、それほど怖くは感じませんでした。

……嘘です。視線はやっぱり、怖いですけど。

それ以上に、周囲から見てもバートン様は素敵なんだということが分かって嬉しかったですし、そんなバートン様にわたしが特別扱いされているからこその嫉妬だと思うと、悪い気はしません。

よかった。特別扱いは、わたしの勘違いじゃないみたいです。

バートン様は皆にやさしい方です。いつもご令嬢に囲まれて、にこにこ話をしています。

端で聞いているわたしにはぜんぜん面白くない女の子の取りとめもない話に、真摯に付き合ってあげています。推せます。

女の子に囲まれているときでも、遠くからわたしを見つけて声をかけてくれたりもします。

……逆に、バートン様と二人でいるときに、他の人に乱入されたりもしますけど。

どこからともなく、アイザック様だったり、ロベルト殿下だったり、クリストファー様――だいぶ、様付けにも慣れました。ゲームをプレイしていたときは呼び捨てで呼んでいたので、最初は違和感がすごかったです――が加わってくることが多くあります。

アイザック様にいたっては、謎の友情劇場のようなものを繰り広げ、他のクラスメイトたちにも焚きつけられて邪魔しに来ているようです。バートン様いわく「寂しがり屋」とのことですが、ゲームではそんなキャラじゃなかったような……。

彼らが現れると、わたしはやっぱりどうしてもうまく話せなくなってしまうので、何とかして、ゆっくり二人っきりになれる場所がほしいですね。

そう考えたわたしは、ゲームのイベントにも登場していた学園の裏庭へバートン様をお誘いすることを思いつきました。

◇◇◇

ある日、裏庭でバートン様とお話していると、なんとエドワード殿下が登場しました。

外国に留学に行かれたと噂で聞いていたので、彼の「秘密の場所」であるここを活用させてもらっていたのですが……まさか乱入されるとは。

エドワード殿下、制服ではなく正装でした。立ち絵で見たことあるやつです。

彼も何故か髪が短くなっていましたが、印象はゲームと変わりません。

ちょっと、なんとなくクッキリしている気がしますけど。何だろう。主線の色かな？　いえ、主線とかないんですけどね。銀糸の髪と白の正装が目にまぶしいです。きらきらです。

お、推し～～～～！

実在した～～～～！

ごほんごほん、失礼、取り乱しました。

やっぱり三次元になると男の人だなぁという感じはあるし、ゲームを知っているだけにコレジャナイ感はあるのですが、実写化だと思えばものすごいクオリティです。

推しと同じ空気吸ってるってよく考えたらすごい状況ですね。実質最前ですし。

そのエドワード殿下と、バートン様が何やら会話しています。金と銀、その髪の色だけでもシンメ感があって非常に、非常に……。

よ、良～～～～！

良さみがすご～～～～！

推しと推しが並んだ絵面、良き～～～～!!

思わず心の中で合掌して二人を拝んでしまいました。

実際に五体投地しなかっただけでも褒めてもらいたいぐらいです。がんばりました、わたし。

いえ？　わたしは夢女子なので？　腐女子ではないので？　そういうアレではないのですが？

それはそれとして、同じ画面に推しと推しが収まっているのは完全にありがとう案件です。神に感謝。絵師の口座に直接お金入れたい。どこにお金振り込んだらいいですか？

ぼんやり神に感謝している間に何やかんやあって、バートン様と一緒に生徒会の仕事に駆りだされることになりました。

途中、バートン様に「恋人です」と言われたときは死ぬかと思いました。比喩じゃなく。人間、びっくりすると本当に心臓が止まるんですね。

ご本人は冗談のつもりらしく「なんてね」とか言ってますがこちらとしては冗談じゃなくても一向に構いません。悪戯っぽく笑う顔が可愛すぎて爆発しました。国宝か？　バートン様しか勝たん。

何故か会話の途中でバートン様とエドワード殿下が笑顔で火花をバチバチさせ始めたりしましたが……何故でしょう。なんだかあんまり、わたしの取り合いという感じはしませんでした。

それどころか……。

横目でエドワード殿下の様子を窺います。それに気づいたのか、彼もこちらに視線を向けました。

あれ？

あれれ？

なんだかやっぱり、わたしに向ける視線がちょっと、トゲトゲしていませんか？

わたしは人よりそういうの、敏感です。ビビりなので。

無遠慮に顔を眺めていたのがバレたのでしょうか？

その後も表面上は笑顔ですけれど、なんとなーく、敵意というか、よくない感情というか。そういうものを感じます。

わたしが彼の方を見るのが怖くなるくらいの「何か」を、ひしひしと。

閑話休題。

書庫の整理を手伝いながら、わたしは思考します。

エドワード殿下がわたしに、何となくよくない印象を持っているらしいことは分かりました。

綺麗な顔に笑顔を貼り付けていても、こちらはそういうキャラだと知っているので騙されません。

思い返すと、他にも心当たりがあります。

バートン様の隣の席になれそうだったのに、それを阻止するように席を変えてきたアイザック様。

バートン様と二人でお菓子を食べていたら、いつの間にか割って入ってきたクリストファー様。

そして今、わたしとバートン様を引き離して、一人で書庫の整理をするように言いつけてきたエドワード殿下。

ロベルト殿下は……それ以前にキャラが変わりすぎててちょっとよく分からないですけど。

皆まるで、わたしとバートン様を引き裂くように……わたしにバートン様を攻略させないように動いています。それは本人の意思なのかもしれませんけど……もしかすると、乙女ゲームの強制力というやつなのでは、と思えてきました。

本来攻略すべきでないキャラクターを攻略しようとしているわたしを、原作のストーリーに無理やり引きずり戻そうとしているような。そんな大きな力の流れがあるのかもしれません。

もし本当に、そんな力の流れがあるのだとしたら……きっとそのまま流されてしまった方が、楽だと思います。

でも……それでもわたしは、攻略するならバートン様がいいって思ったから。

もっと素敵な女の子になれるって言ってくれたから。

きっと中身がついてくるって言ってくれたから。

これから先も揺らぐし、弱音も吐くし、諦めそうになったりもするだろうけれど。

それでも、頑張ってみると決めたのです。

スチルを全部回収するぞという勢いで、主人公を演じると決めたのです。

高いところのファイルを取ろうと背伸びしていたところに、ふっと影が落ちました。

長い指がわたしの取りたかったファイルをやすやすと棚から抜き出す様は、まるでドラマのワンシーンのようです。

「これ？」

耳元で、やさしくて蕩けてしまいそうな甘い声がします。

ブルーグレーの瞳に見つめられて沸騰する頭の片隅で、これは絶対スチルがある、あとで見返そう。そう思いました。

◇◇◇

何度も何度も繰り返し見た、「Royal LOVERS」のスタートメニュー。

そのメニューの「はじめから」を押すと、キャラクターの声でタイトルコールが流れる。

けれど、その時流れたタイトルコールは、わたしの知っている誰の声でもなくて……わたしはあれっと首を傾げた。

女性声優が声をあてている攻略キャラなんて、いなかったはずだけれど……。

特別書き下ろし

VS.罷のその後

バートン様が倒れて、羆がどこか遠くに落ちる音がして。

そしてあたりに、沈黙が満ちました。

皆呆然と羆の飛んで行った方を見て……それから、地に伏したバートン様に視線を戻します。

こ、この人、今……ジャイアントスイングしました？　羆を？

強くてかっこいい、とは思ってましたけど……なんだかその範疇《はんちゅう》を、軽く超えてしまっているような気がするのですが。

一同ぽかんとしてしまっている中で、一番最初に我を取り戻したのは、ロベルト殿下でした。

「隊長！」

その声に、はっと皆も我に返ります。バートン様のもとへ駆け寄り、口々に名前を呼びました。

ロベルト殿下がバートン様に駆け寄って、肩を抱き起こします。

バートン様は満身創痍のはずなのに、非常におだやかな……やり切った顔をしていました。

きゅん、と胸が高鳴ります。

ええ……そんな顔初めて見ました……無防備な顔、可愛い……。

かっこいいだけじゃなくて、可愛いとか反則かな……？

「隊長を医者に診せなくては」

そう言うと、ロベルト殿下はバートン様の膝の裏に腕を差し入れて……流れるような仕草で、
バートン様をお姫様抱っこしました。

お、おひめさまだっこ。

男が男を――いえ、絵面の話でバートン様が女性であることは重々承知しているのですが――、しかも身長一八〇センチを優に超えている人間を、軽々お姫様抱っこ。

背も高いですし、極端に痩せているというわけでもなく、むしろ以前ちらりと、本当にちらりと！　拝見した際には、非常に筋肉質でセクシー……げふんげふん、ムキムキだったと思うので、結構重量があると思うのですが。

改めて、ロベルト殿下ってこんな感じだったかな、という気持ちが湧いてきました。

ゲームの中では、怪我をしたヒロインをおんぶして山道を歩くので精いっぱいだったような。

剣術大会でバートン様と戦ったり、街で不審者を撃退したりしているのは見ていましたけど……こんなに強かったでしょうか？　いえ、それを言うならまず俺様系じゃなくなった時点で、ゲームとは大違いなんですけど。

まぁ、罵を投げるひとがいるくらいですし……そういうことも、ある……のでしょうか？

ていうか、隊長って何なんでしょう。時々ロベルト殿下がバートン様のことをそう呼ぶのを見かけますけど……何の？　何番隊の？

頭の中が疑問符でいっぱいのところに、さらに別の疑問がふつふつと湧き出てきました。

あれ？　あれれ？

というか、なんだか……バートン様を見るロベルト殿下の目が、やけにやさしい、ような？

まるで、そう。

ゲームの中で、主人公《ヒロイン》に向ける眼差しのような。

「ロベルト。この中で一番腕が立つのはきみだろう？」

思考回路がショート寸前で一時停止してしまったわたしの前に、エドワード殿下が歩み出ます。

走って駆け付けたはずなのに、汗もかいていなければ髪も乱れていません。謎システムです。

「羆がまた現れないとも限らない。万が一を考えると、きみの両手が塞がっているのは危険だ」

「それは……確かに」

「だからリジーは私が背負おう。代わりなさい」

大真面目な顔で言うエドワード殿下。

あれ。今この人、バートン様のことを「リジー」とか言いましたか？

バートン様のお名前は「エリザベス」だったはずで……愛称で呼ぶなんて、何だか仲がよさげではないでしょうか。

ですがわたしの記憶にある限り、バートン様がエドワード殿下と仲良くしている様子を見たことはありません。むしろ、エドワード殿下が一方的に突っかかって……。

……あれ？

あれれ？

今わたし、何かこう……気づかない方が幸せなことに気づいてしまった気がするのですが。

でも、あの。そういえば。

あまりの衝撃で記憶からすっぽ抜けていましたけど……バートン様が女性だと知ったあの日、女の子たちに取り囲まれて、そこで聞いた話。

あの時は単なる腐女子の妄想だと思っていたそれが、頭の中でじんわりと存在感を増していきました。

「ですが……兄上には少々、重いかと」

「問題ないよ」

デリカシーゼロのことを言うロベルト殿下でした。いくら何でも女性に対してそれは失礼です。いくらバートン様相手でも。

ですが、気持ちは分かります。ご本人は問題ないと言ってますけど……エドワード殿下はいかにも箸より重いものを持ったことがなさそうな、というか重いものを持たせてはいけないような、儚げな雰囲気です。

ロベルト殿下が一瞬名残惜しそうに腕の中のバートン様に視線を向けたところで、アイザック様が声を上げました。

「待て。そもそも素人判断で怪我人を動かすのは危険だ。ここで助けを待つ方がいい」

あ、やっぱりこの人もなのかな、と遠い目になりました。

となると、と視線を動かす前に、クリストファー様が声を上げます。

「そ、そうですよ！　救助を呼ぶための笛も吹いたし、きっと先生たちが来てくれます！」

やっぱり、と思います。いえ、確信も確証も、何もないのですが。

ロベルト殿下ごとバートン様を庇うように歩み出たお二人を前に、相対した王太子殿下がふっと唇で弧を描きます。

「まぁ、女性一人背負えないようなきみたちだと、そう判断せざるを得ないかもね」

何でしょう。今の言い方、ちょっとこう、とげがあるというか。神経を逆なでするような言い方を、わざと選んでいるような。

何だかちょっと……火花がバチバチしていませんか？

いえ、まだわたしの妄想の域を出ないのかもしれませんけど……考えすぎと言われても仕方がないのかもしれませんけど……それでも。

何となく、察してしまいました。

火のない所に煙を立てるのが腐女子なんじゃ、と思っていたんですけど。

火のない所に煙は立たない、という先人の教えは、なかなか侮れないようです。

妙な緊張感があふれる中、それを壊すようにがさがさと木々が揺れる音がして——フィッシャー先生が、いつもの気だるげな仕草で現れました。

「あー、いたいた」

一瞬だけ、その瞳が鋭く光ります。

へらへらしただらしない先生に見えて、ファンディスクで攻略可能になったりするキャラですから。それなりに設定が盛り込まれているのを、わたしは知っています。

「迷子かと思ったら……なぁんか、面倒なことがあったみたいね」

先生はロベルト殿下に抱かれているバートン様を見て、そしてわたしの足に巻かれた簡易的な包帯を見て……さっとロベルト殿下のところに歩み寄ると、バートン様の身体を受け取ります。

驚くような早業でした。ロベルト殿下も反応できなかったようでぽかんとしています。

作中最強とか言われているキャラですから、実際のところ、わたしはたいして驚きませんでした。

「ほら、行くよ」

「え」

「誰か、ダグラスに肩貸してやんなさい」

「え」

バートン様を抱えてさくさく歩き始めたフィッシャー先生は、まだ呆然としている面々を振り返って、やれやれとため息まじりに言いました。

「何。自分で歩ける人は自分で歩きなさいよ」

そう諭すように言い捨てられて、攻略対象の皆さんは何だかちょっと、悔しそうに見えました。

ちなみに、わたしのことはロベルト殿下が運んでくれました。

何故かおんぶでしたけど。

いいえ、わたしもバートン様以外にお姫様抱っこされたいとは思わないので、いいのですが。

◇◇◇

「チェックメイトです」

「うぐ」

クリストファーがナイトを置いて、宣言する。

悪あがきにポーンを持ち上げてあちらこちらに手を彷徨《さまよ》わせるが、もうどうにも詰んでいた。

ため息をついて、降参だよと両手を上げる。

絶対安静でベッドに縛り付けられている私が退屈しないようにと、クリストファーが駒の種類からルールから丁寧にチェスを教えてくれたのだが……勝てないのは当然としても、まったく楽しさを見出せずにいた。

こう、小手先でコチョコチョとやる感じがどうにも性に合わない。この類のいらいらする感じ、ポーカーとかのカードゲームにはあまり感じないのだが……下手に立体なのがいけないのだろうか。もっと楽しめる遊び方があるのではないかと思ってしまう。例えば、盤面を割るとか。

「やっぱり、チェスはあまり好きじゃないな」

「そうですか？　ぼくは楽しいですけど……」

クリストファーが駒を丁寧にケースにしまう。

お兄様とクリストファーが指しているところを見せてもらったが、解説されてもまったく理解ができなかった。二人が仲良く遊んでいるのを見るのは悪くないので、私のことは気にせず二人で楽しんでもらえればそれでいい。

クリストファーがキングの駒を指で摘まんだのを見て、ずっと不満だったことを口にする。

「だいたい、クイーンが一番強いって。キングの立場がないじゃないか。私がキングだったら気まずくて仕方がない」

「そんな風に考えたことなかったです」

苦笑いしながら、クリストファーがチェス盤を片付けた。

「早く体を動かしたいな」

「ダメですよ。お医者さんも絶対安静って言ってたじゃないですか」

そう言われて、仕方ないかと頬杖を突く。

折れた肋骨が肺に刺さったらどうなるかと散々脅されたので、無理をするつもりはない。

ルート分岐であるダンスパーティーまでには踊れるくらいに回復している必要がある。だからこそ、今は大人しくしているべきだ。それも理解している。

だが、こうも寝るか座るかの繰り返しの生活をしていては身体が鈍ってしまう。

そう思って先日ベッドの上でやっていい筋トレがあるか医師に確認したら呆れられた。ないからこその絶対安静らしい。それもそうか。

「クリストファーだって退屈だろう。どこか遊びに行って来たら？」

「いいえ。ぼくは姉上の見張りなので」

「見張らなくてもいい子にしているよ」

私の言葉に、クリストファーが疑いの眼差しを向ける。

やれやれ、どうにも信用がない。目を離したら私が外に飛び出して駆け回るとでも思っているのか、常に家族か侍女長が見張りにつくという厳戒態勢が敷かれている。

家族は私のことを何だと思っているのだろうか。

苦笑いまじりに、呟く。

「また君に泣かれると、困るからね」

「え」

「泣いてただろう？　それはもう、ぼろぼろと」

「み、見えてたんですか⁉」

それはそうだと頷く。若干視界は霞んでいたが、普通に起きていたし意識もあった。

何より顔にぼたぼた涙が落ちてきていたのだ、気づかないはずがない。

「君が泣くと、こう……なんだかすごく悪いことをしてしまったような気がするんだ」

「してると思いますけど」

「手厳しいな」

笑って、ぽんぽんとクリストファーの髪を撫でて誤魔化しにかかる。

クリストファーは最初は恨めしげに私を睨んでいたが、やがて照れ臭そうに相好を崩した。

部屋にノックの音が響く。返事をすると、料理長が皿を持って入ってきた。

「メロン切ったんですけど。おやつにいかがですか？」

差し出された皿を見ると、食べやすくカットされたメロンがきれいに盛り付けられていた。

おやつも何も、さっき昼食を食べたところだ。こうも動かずに食べてばかりいたら、絶対に太る。

顔をしかめて受け取らない私を見て、料理長が皿をクリストファーに手渡した。

クリストファーは皿を受け取ると、カットされたメロンにフォークを刺す。

「仕方ないじゃありませんか。姉上へのお見舞いの品がたくさん届くんですから。全部兄上が食べたら兄上の健康に良くないです」

「もう完熟なんで、早く食べていただかないと。残りは俺たちがいただくんで」

どうも使用人たちが食後に食べるためにメロンを切った、というのが真相のようだ。

私に贈られたものだからと一応おすそ分けに来たらしい。

好きに食べてくれて構わないのだが……きっと両親もそう言うだろうに。

「せめて食べ物じゃなくて花にしてくれないかな」

「これ以上お花が届いたら、玄関ホールが溢れちゃいますよ」

クリストファーが苦笑いする。

この部屋の中にも正直これは置きすぎではないかというくらいの花がひしめいているが……玄関の方はもっと悲惨な有様らしい。

「王家からも毎日呆れるくらいお花が届いていて。侍女長が『王家の方はどれだけ花を贈れば屋敷を崩壊させられるのかお試しになっているようですね』って言うくらい」

侍女長が静かにブチ切れていた。

王家の誰がやっているのか知らないが、侍女長の血管が切れないうちにやめていただきたい。

クリストファーが手元の皿に視線を落とす。そして、ぽつりと呟いた。

「……みんな、姉上のことが好きなんですよ」

そう言われて、視線をベッドの横のテーブルに移す。堆《うずたか》く積まれた手紙の山が目に入った。

執事見習い《フットマン》の手が空いた隙を縫って代筆してもらって返事を出しているが、それでもまったく追いつかない。

「それなりに自覚はあるよ」

何せファンクラブがあるくらいだ。

ちなみに友の会の会長からの手紙はもはや手紙の域を超えて製本されていた。表紙はハードカバーの箔押し加工である。我がファンクラブの会長は手記を贈るのがお家芸なのだろうか。

こちらをじっと見つめていたクリストファーが、フォークに刺したメロンをこちらに差し出す。

「はい、姉上。あーん」

「え」

差し出されたメロンを見て、クリストファーの顔を見る。

彼はにこにこと機嫌よく笑っていた。

「いや、普通に右手は動くから」

「あーん」

「自分で、」

「あーん」

「…………」

食べないと終わらない気配を感じたので、仕方なく差し出されたメロンを口に含む。

甘くてみずみずしくて、高いメロンの味がした。果糖を感じる。

まぁ、フルーツだしな。お菓子を持ってこられるよりはいいかもしれない。

私が食べたのを見て満足したのか、クリストファーは次の一切れにフォークを刺して、自分の口に運んだ。お兄様に似て甘いもの好きの彼は、頬を緩めて幸せそうな顔をしている。

可愛い。非常に可愛い。ついつい見ているこちらも顔が溶けそうになった。

料理長も後ろでめろめろと顔を溶かしている。メロンだけに。

「エリザベス様」

料理長が開けっぱなしにしていたドアをノックして、侍女長が部屋に入ってきた。

侍女長の姿を見た料理長が「やべっ」という顔になる。

ドアを開けっぱなしにしたことと、ここで油を売っていたこと。

王家からの花キューピッド攻撃で沸点が低くなっている侍女長の怒りを買うには十分だろう。

侍女長は無言で冷たい視線を浴びせて料理長を縮み上がらせたあと、こちらに向き直った。

「ギルフォード家からお見舞いの品が届きました」

「花ならもう定員オーバーだよ」

「いえ、本です」

侍女長が抱えてきた包みを受け取る。

タイトルは……「運動療法に基づくリハビリテーション学」、「運動機能障害と理学療法」、「計画的な治療指針のマイルストーン」……表紙を見ているだけで眠くなってきた。

アイザックらしいチョイスと言えばそうだが、実用的なはずなのに実用性が皆無であった。

クリストファーが興味ありげにしていたので、一冊貸してやることにする。もし私の骨折が早く治りそうなことが書いてあったら、そこだけかいつまんで教えてほしい。

「あとは、……王太子殿下からも」

その言葉に、眉間に皺が寄る。またドレスじゃないだろうな。

先に中を検めたであろう侍女長の表情を窺う限り、ドレスの天井というわけではなさそうだが……彼女は名状しがたい、「何が何やら」という顔をしていた。

いったい何が入っていたんだと慄きながら、受け取った箱の中身を見る。

白いハンカチに丁寧に包まれた、くるみ割り器が入っていた。

私の手元を覗き込んでいたクリストファーが、きょとんと目を丸くする。

「それ、何ですか？」

「あーっ！　エリザベス様！　それ探してたやつ！」

出ていくタイミングを見失っていたらしい料理長が、声を上げてくるみ割り器を指さした。

「エリザベス様が『ちょっと借りるよ』とか言って持って行ってから、返ってこないなぁと思ってたんですよ！」

「何故、それが、王太子殿下から」

侍女長がスカイフィッシュでも見るような目を私に向けてきた。

何故も何も、借りパクされたのである。

そこまでの経緯は、話すと長くなるので割愛する。したい。

呆然としている侍女長をよそに、私はくるみ割り器を手に取ると、必要以上ににっこり笑って料理長に話しかけた。

「そんなことより、ほら。退屈だからくるみを割ってあげよう」

「ええ、今日くるみを使う料理は別に……」

「いいだろう、こう何か、上に散らせば」

「また適当なこと言う……」

タンパク質だ低糖質だと食事に注文を付ける割に味に興味がない（ピーマンを除く）私に日々付き合わされている料理長は、呆れかえった声を出して文句を垂れた。

それでもオーダーに見合った味もきちんとしたものを出してくれるのだから、さすがは公爵家の料理長である。うちでキャリアが長いのは、執事と侍女長に次いでこの料理長ではないだろうか。

「じゃあぼく、くるみ持ってきますから。大人しくしててくださいね」

「分かったよ」

しっかり釘を刺してから、食べ終わった皿や開け終わった箱を手に、料理長と侍女長、そしてクリストファーが部屋を出て行った。一瞬席を外すだけでこれとは、やはりどうにも信用がない。

一気に人口密度が下がった部屋の中で手持ち無沙汰になり、アイザックからもらった本を開く。思ったより図が多い、これなら私でも読めるかもしれない……と思ったのも束の間、食後の血糖値の上昇とともにあっという間に睡魔が襲ってくる。

うつらうつらとし始めたところで、コン、と、窓に何かが当たる音がした。

一気に頭が覚醒する。

何だろう。私の部屋は二階だが……窓の外には、背の高い木などはなかったはずだ。ベッドから立ち上がって、外の様子を窺う。特に木の枝が当たっているわけでもなければ、小鳥がいるわけでもない。

絶対安静と言われているが、トイレとシャワーは許されているのだし、別に窓を開けるくらいはいいだろう。そう判断し、鍵を外して窓を開け放つ。

「たいちょ――――!!」

開けた窓から声が飛び込んできた。

下を見ると、ロベルトが庭からこちらを見上げている。

目が合った瞬間、彼の表情がぱっと明るくなった。高低差をものともしない勢いで飛んできた例のキラキラが、私の顔面に容赦なく突き刺さる。

「良かった、お顔が見られて安心しました!」

「何でお前、そんなところに。入ってくればいいだろう」

「『公爵様からの命令で、誰もお通しできません』と、使用人に言われて」

そんなことになっていたのか、と思った。道理で見舞いの品は届いても、見舞いに来る人間がいないと思ったのだ。まぁファンは多いがさほど友達は多くないので、想定の範囲内ではあったが。

がっかり第二王子とはいえ王族相手にそこまできっぱり言うのであれば、執事か侍女長あたりが対応したのだろうか。その結果屋敷が贈り物であふれかえっていることを考えると、どちらがよいのかは私には判断がつかない。

ロベルトは元気よくキラキラを飛ばしながら、まったく悪びれた様子もなく続ける。

「なので、通らずにお会いする方法を考えました！」

とんちかよ。

おそらく使用人は、「ここを通らずに会うのはいいですよ」とか、そんなつもりで言ったわけではないと思う。「この橋渡るべからず」じゃないんだぞ。

「お加減は、いかがですか？」

「退屈で死にそうだが、他は問題ない。一ケ月もすれば元通りだ」

「一ケ月……」

先ほどまでの元気の良さはどこへやら、ロベルトが急に意気消沈した調子で呟く。上から見下ろす私には、彼のつむじしか見えなくなった。

ロベルトは、俯いたままで言う。

「……すみません、俺が……俺が、弱いから」

「は？」

「俺がもっと強ければ……貴女のもとへ、もっと早く駆け付けられたのに。貴女と一緒に、戦えたかもしれないのに」

心の底から悔しそうに言うロベルト。

だがそんなに深刻そうにされると、こちらはどうにも居心地が悪いというか、きまりが悪い。

私としては主人公であるリリアとじっくり話をする必要があったので、早く駆け付けられては困る。

そしてその後の羆との戦いも……私が望んでやったことだ。

はっきり言ってリリアすらも関係のない、私と乙女ゲームという世界機構との闘いだ。

ロベルトがどうであろうと、関係があるはずがない。

「……ロベルト」

私は彼の名前を呼んだ。

ロベルトが顔を上げる。散歩の途中で知らない道に入ってしまった犬のような、心細そうな表情をしている。あまりに情けない顔をするものだから、思わず噴き出してしまった。

「馬鹿だなぁ、お前は」

「え」

「あれは私の闘いだ。お前がいてもいなくても、どうなるものでもない」

「で、ですが」

おろおろした様子のロベルトに、また笑いがこみ上げる。

やれやれ、俺様キャラはどこへ行ってしまったのだろう。

「お前の助けが必要な時があったら、ちゃんとそう言うさ」

「！」

私の言葉に、ロベルトがカッと目を見開いた。

うん？　そんなに妙なことを言ったつもりはないのだが。

ロベルトはやけに意気込んで、こちらに一歩踏み出した。

「ほ、本当ですか⁉」

「ん？」

「必要な時は、俺を、頼ってくださいますか⁉」

「ああ」

必要だったらな。

そう言って頷くと、ロベルトの暗かった表情が嘘のように晴れていく。

若草色の瞳をまばゆいほどにキラキラとさせて、誇らしげに微笑んだ。まるで大輪の花が咲くような鮮やかな表情に、目がちかちかする。

そうだった。がっかり第二王子っぷりで忘れかけていたが、ロベルトも攻略対象。黙っていればイケメンなのだ。

ついロベルトに気を取られて……部屋のドアが開く気配に気づくのが遅れた。

「姉上？　どうし……」

「……あ」

「隊長？」

振り向くと、部屋の入口にクリストファーが立っていた。

窓を開けて立っている私と、黙って見つめ合うクリストファー。

二人が沈黙している中に、階下から呼びかけるロベルトの声だけが響く。

ぽとり、と、クリストファーが手に持っていた籠を床に落とした。籠から飛び出たくるみがコロコロと絨毯の上を転がる。

「姉上!!」

「違う、クリストファー。私はちゃんと大人しくしていたとも」

「あ、兄上！　父上！　姉上が!!」

「待て待て待て、言いつけるな、言いつけないで、クリストファー！」

「隊長!?　どうされました、隊長！」

「お前は黙ってろ！　おい馬鹿、壁を登るな!!」

あとがき

お世話になっております。岡崎マサムネです。

結局あとがきの正解が分からないまま書いているのですが、もう「これがあとがきです」と私が言い切ればあとがきなのかもしれない、という気がしてきました。言った者勝ちの精神です。

先日初めてインタビューというものを受けたのですが、まさか自分がインタビューをされる側になるとは夢にも思っていませんでした。

今後の人生でまたそんな機会があるのかは分かりませんが、他の方のインタビュー記事を読むのは楽しいのでいろいろ見ていたところ、定番の質問ってやっぱりあるんだなぁと思った次第です。


たとえば漫画や小説なんかの作者インタビューですと「キャラクターの中で自分に似ていると思うのは？」という質問をよく見かけますが、それを我が身に当てはめてこのお話を見渡した時、「誰に似ていてもヤバいな……」と思いました。

同様によく聞く「友達になりたい・気が合いそうなキャラクターは？」に対しても「誰とも仲良くなれる気がしないな……」と思います。

そんな（？）キャラクターたちが織り成すお話ですが、お楽しみいただけましたでしょうか？

私は彼女たちの私に似ていないところを愛しているし、私と仲良くしてくれなさそうなところが大好きです。

「似ているし気が合いそうだから好き」でもいいし、「似てもいないし気も合わないけど好き」でもいいし、「そんなもの考えたことはないけどとにかく好き」でもいいし、「く、くやしい！でも好き！」でもいいし。

このお話のキャラクターたちのことを、読んでくださった方がそれぞれの愛し方で愛してくださっていたら嬉しいです。

本を読んでくださっている間は読者の方と一対一のタイマン勝負ができるような、そんなお話になっていますように。


今回も美麗なイラストでキャラクターたちに命を吹き込んでくださったイラストレーターの早瀬ジュン先生、ノーブルでファビュラスなコミカライズの世界を紡ぎ出してくださっているぐっちぇ先生、瑛来イチ先生、ＴＯブックス編集部のみなさま、そしてもちろんいつも応援してくださる読者様、それからこの本に携わってくださったすべての皆様に、溢れんばかりの感謝とラブをお贈りして、結びの言葉とさせていただきます。

それでは皆様、またいつかどこかで。

Friend Data

おともだちデータ

お名前 Name

リリア・ダグラス

基本情報

誕生日 Birthday

6月29日

特技 Skill

治癒魔法（擦り傷程度）、他人の顔色を窺うこと

趣味 Hobby

手芸（前世では乙女ゲーム、漫画・アニメ鑑賞）

家族構成 Family

養父、義兄（実父、実母も健在）

好きな物 Like

二次元のイケメン

苦手な物 Not like…

男性、円滑なコミュニケーション

Q1 ずばり、好きな人はいますか？

す、すす、好きな人、ですか!?　えと、えーと、そのぉ、
いると言えば、いる、って、いうか、あの、めちゃくちゃ、いるっていうか、
あの、……め、目の前に、いる……っていうか、あ、な、ナンチャッテ!　でへへ!

Q2 理想のタイプは？

や、やさしくて、かっこよくて……わたしに、頑張れって、勇気をくれるひと……です。

Q3 初めてのデートはどこがいい？

は、はじめて????

……付き合ってから初めて、って解釈でいいのかな……もういっぱいデートしてるし……

じ、じゃあ、やっぱり、……夜景の見えるレストラン……とか?

Friend Data

おともだちデータ

お名前 Name

ロベルト・ディアグランツ

基本情報

誕生日 Birthday

7月24日

特技 Skill

剣術

趣味 Hobby

鍛錬

家族構成 Family

父、母、異母兄

好きな物 Like

隊長、身体を動かすこと

苦手な物 Not like...

甘い物

Q1 ずばり、好きな人はいますか？

はいっ!

Q2 理想のタイプは？

隊長です!

……あ。……た、隊長みたいな方です!

Q3 初めてのデートはどこがいい？

どこへでもお供いたします!

Friend Data
おともだちデータ

お名前 Name

クリストファー・バートン

基本情報

誕生日 Birthday

2月22日

特技 Skill

ヴァイオリン

趣味 Hobby

兄姉とおいしいお菓子を食べること、お洒落

家族構成 Family

養父、養母、義兄、義姉

好きな物 Like

家族、甘いお菓子、洋服

苦手な物 Not like...

虫、一人でいること

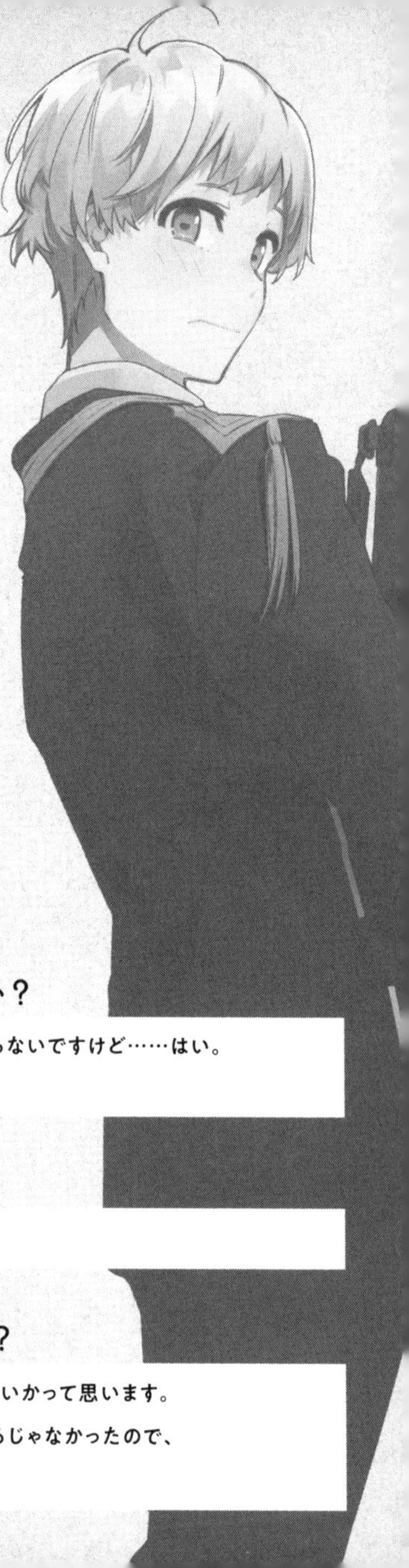

Q1 ずばり、好きな人はいますか？

えっと、……ぼくなんかがそう言っていいのかは、分からないですけど……はい。
います、好きな人。

Q2 理想のタイプは？

ぼくの家族になってくれる人、でしょうか。

Q3 初めてのデートはどこがいい？

好きな人と一緒だったら、きっとどこでも楽しいんじゃないかって思います。
一緒にピクニックとか、いいなぁ。この前は楽しむどころじゃなかったので、
今度はゆっくり、のんびりしたいですね。

巻末おまけ

コミカライズ第二話試し読み

漫画　ぐっちぇ
原作　岡崎マサムネ
構成　瑛来イチ
キャラクター原案　早瀬ジュン

第2話
エリザベス・バートン10才
私は悩んでいた
……
身長はこの2年で160センチまで伸び
お兄様ともさほど変わらないくらいになった
コンコン
エリザベス様お茶をお持ちいたしました
いいよ入って
※スクワット中
メイクの腕は上達したし
礼儀作法は完璧
失礼いたします
剣術も最近は騎士団の教官に教わるようになった
加えて
公爵家の侍女は大抵男に免疫のない花嫁修行中の下位貴族の令嬢たち
チラ
それらの要素があいまって

ありがとう
ボッ
侍女くらいなら簡単に落とせるようになってしまった
ああっ♡
くらあ
少しウインクしたり荷物を持ってやったくらいなのだが
仕事にならなくなる者が続出しているらしい
順調だ
ストン
順調にモテている
しかし

あくまでまだ
男慣れしていない侍女に
効果があるだけ
私の相手は
主人公《ヒロイン》——
攻略対象を全員落とせる
ポテンシャルと
主人公補正で
攻略対象のモーションを
「やさしさ」に
変化させてしまう
鈍《にぶ》さを持った
主人公
なのである
しかも
ゲームのパッケージが
光り輝いて見えるほどの
美貌を持った
イケメン攻略対象たちと
競い合って
勝たなければならない
現時点ではまだ
実力不足…
今の私は正直
ちょっとイケメンで
ちょっと背が高くて
ちょっと礼儀を
わきまえているだけの
パッとしない
モブ!!!
——そういうわけで

私は「自分の方向性」という
うーーん
若手芸人じみたことで悩んでいるのだ…!!
せめてアピールポイントが欲しいーーー!!
何か武器はないのか…!!
フン!
コンコン
エリザベス様 旦那様がお呼びです
エリザベス
クリストファーだ

遠い親戚筋に当たるが
事情があってうちに
養子に来ることになった
お前よりひとつ下の
弟になる
突然「家族が増える」と聞かされたから犬でも飼うのかと思ったら
男の子だったなんて…
まさか…お父様隠し子……
ハッ
エリザベス
ちらっ
背も小さいし 私と並んだら 十中八九 私が男で 向こうが女の子に見えるな
しかも彼…クリストファーは――
続きはWEBにてお楽しみください!
ピッコマにて先行配信中!
コミックコロナEXにて順次配信!

エリザベスをめぐって
ゲームヒロイン
ここからは、私とエリ様の王道ラブストーリーです！（願望）
キケンな
謎めいた転校生
一目惚れしましタ！どうかワタシと結婚してくだサイ！
いつでも嫁にもらいうけるよ
僕が恋人のフリでもしてやろうか？
貴女の役に立てるなら俺は――
危なっかしくて目が離せません！

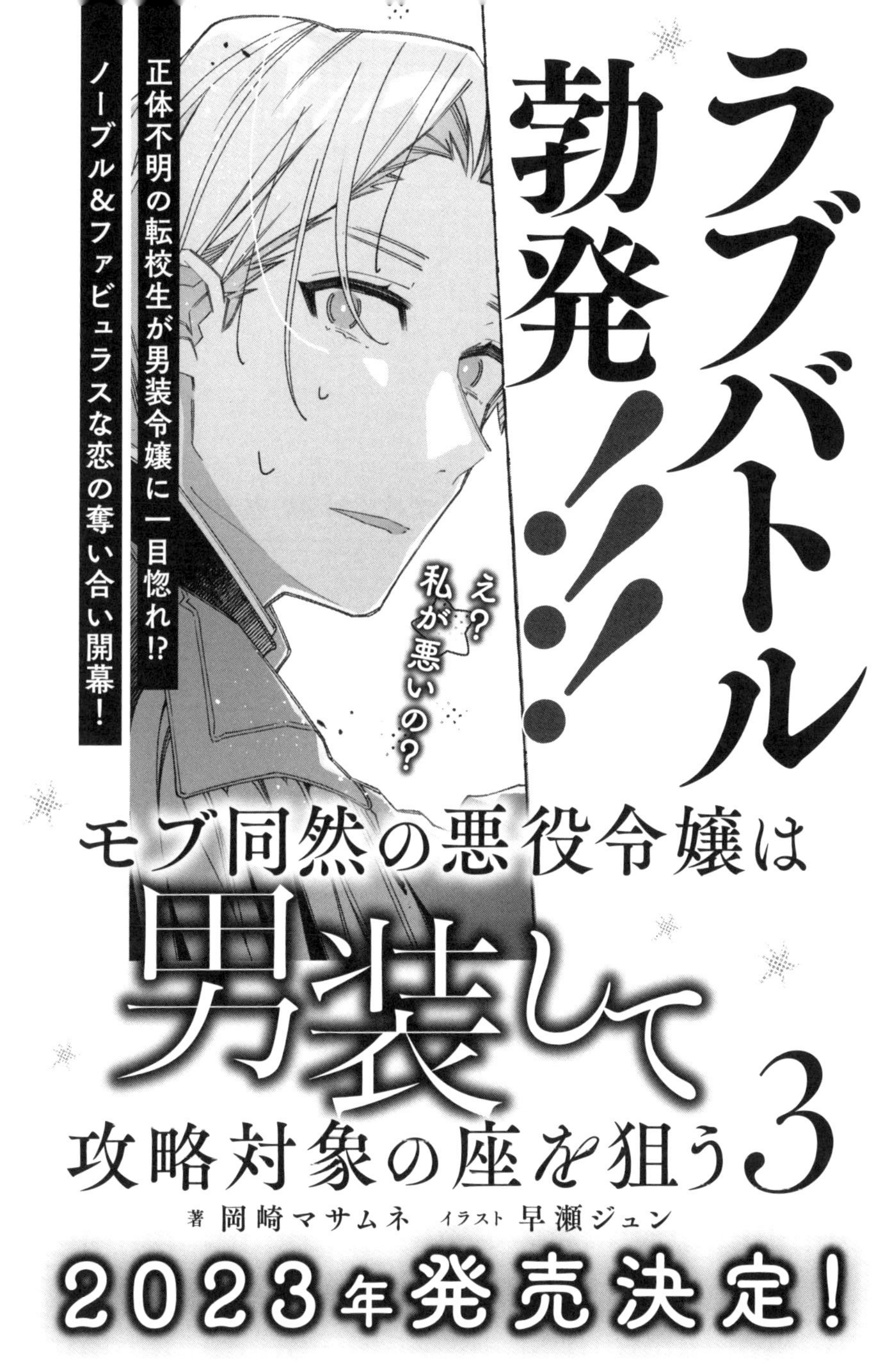
ラブバトル勃発!!!
正体不明の転校生が男装令嬢に一目惚れ!?
ノーブル&ファビュラスな恋の奪い合い開幕!
え?
私が悪いの?
モブ同然の悪役令嬢は
男装して
攻略対象の座を狙う3
著 岡崎マサムネ イラスト 早瀬ジュン
2023年発売決定!

モブ同然の悪役令嬢は男装して攻略対象の座を狙う２

2023年1月1日　第1刷発行

著　者　岡崎マサムネ

発行者　本田武市

発行所　TOブックス
〒150-0002
東京都渋谷区渋谷三丁目1番1号　PMO渋谷Ⅱ　11階
TEL 0120-933-772（営業フリーダイヤル）
FAX 050-3156-0508

印刷・製本　中央精版印刷株式会社

ISBN978-4-86699-720-9